AF220626

Bisherige Veröffentlichungen von Rainer Bressler:

7 Hörspiele (Tom Garner und Jamie Lester, Morgenkonzert, Folgen Sie mir, Madame, Aufruhr in Zürich, Nächst der Sonne, Geliebter / Geliebte, Gaukler der Nacht, Beinahe-Minuten-Krimi), produziert und ausgestrahlt in den Jahren 1979 bis 1993

Geliebter / Geliebte. 8 Hörspiele, Karpos Verlag, Loznica 2008

Privatzeug 1856 bis 2012. Versuch einer Spurensuche, 5 Bände (Spur 1 Reisen, Spur 2 Spielen, Spur 3 Schreiben, Spur 4 Dichten, Spur 5 Weben), BoD Norderstedt 2012 bis 2016

Pink Champagne

Eine romanesk prickelnde
kurze Geschichte,
die das Leben schreibt
und der das Leben
siebzehn Folgen beschert

Rainer Bressler

Lektorat und Korrektorat: Rainer Bressler
www.rainerbressler.ch
Umschlagbild: Foto von Rainer Bressler

Die Handlung sowie die Personen und Namen in diesem Roman sind erfunden. Ähnlichkeiten mit wirklichen Personen sind nicht beabsichtigt.

Herstellung und Verlag: BoD – Books on Demand, Norderstedt

ISBN: 978-3751973236

Bibliografische Information der Deutschen Nationalbibliothek:
Die Deutsche Nationalbibliothek verzeichnet diese Publikation in der Deutschen Nationalbibliografie; detaillierte bibliografische Daten sind im Internet über http://dnb.dnb.de abrufbar.

Für Dorothee

Inhalt

Die romanesk prickelnde kurze Geschichte, die das Leben schreibt

Tom Garner bittet Rotscher, diese Frau abzuholen, eine gute Bekannte, die Frau eines total erfolgreichen Kollegen, der seinerseits verhindert sei, zur Party zu kommen, während dessen Frau, eben die besagte Frau, eine ganz lässige Frau, unbedingt zur Party kommen wolle. Rotscher soll diese Frau abholen und sie zur Party mitbringen. Du kommst ja ohne Begleitung, da wird es dir nichts ausmachen, diese Frau abzuholen, den Umweg zu machen und sie zur Party zu fahren. Übrigens, sie heisst Lady.

Murrend begräbt Rotscher seinen ursprünglichen Plan, mit öffentlichen Verkehrsmitteln zu Tom Garners Party zu fahren. Er sucht seinen Wagen auf einem öffentlichen Parkplatz in der Umgebung seiner Wohnung. Er hat total verschwitzt, wo der Wagen stehen könnte. Er klappert alle umliegenden Strassen ab, bis er glücklich seinen MG erkennt. Keinen Alkohol und auch sonst Verpflichtungen – Mist, Mist, Mist! Rotscher hasst Verpflichtungen.

Lady ist tatsächlich ein Phänomen. Kaum zu glauben, dass sie die Frau dieses total erfolgreichen und berühmten Kollegen ist. Überhaupt nicht eingebildet. Überhaupt nicht blasiert, überhaupt nicht, wie man sich die Frau eines derart erfolgreichen, berühmten und Geld wie Heu scheffelnden

Kollegen vorstellt. Rotscher wagt verstohlene Blicke nach rechts, auf die quirlige, blondgelockte Frau auf dem Beifahrersitz, um dann gleich wieder geradeaus auf die Strasse zu stieren.

Es ist keine Strasse. Es ist ein holpriger Weg, der bergan durch einen Wald führt.

Tom Garners Party war gewesen, wie Partys sind, und Rotscher war heilsfroh gewesen, als Lady ihm sagte, sie werde nun mit öffentlichen Verkehrsmitteln nach Hause fahren. Die Kinder würden bereits zeitig Radau machen. Er brauche sich nicht um sie zu kümmern. Rotscher, ganz Gentleman, hob zu einem Protest an und liess keine Diskussion darüber zu, dass er sie nach Hause fahre. Nun im Auto, während er fährt und sie munter über dies und das plätschert, denkt Rotscher über dies und das nach. Plötzlich schreckt er aus seinen Gedanken auf. Er war total abgedriftet. Wie hatte er es bloss geschafft, die letzten Kilometer ohne Unfall zu fahren, in offensichtlich schlafwandlerischer Sicherheit. Rotscher ist es ein Rätsel, wie man scheinbar immer das Richtige tut, ohne wirklich bei der Sache zu sein. Da blitzt ihm durch seinen Schädel, wenn ein Reifen plötzlich einen Plattfuss hätte, würde er verzweifeln ob der Frage, feuriger Herzensbrecher oder nicht, das ist hier die Frage. Ob's edler im Gemüt – erstens hat Rotscher Schiss vor starken Frauen, zweitens ist er überhaupt nicht forsch und drittens hat er immer gleich Skrupel. Er schielt zu Lady rüber und nimmt noch wahr, dass die Intonation ihrer letzten Worte so ganz nach Frage klang. Und als sie ihn anschaut, und als sie verstummt ist, sagt Rotscher aufs Geratewohl hin, ja, ja, doch, doch, um sich gleich wieder abrupt der Strasse zuzuwenden.

Lady lacht hell auf und plätschert animiert weiter, während Rotscher antizipiert, wie Lady – falls ein Reifen einen Plattfuss hätte – sich ihm Beifahrersitz rekeln, mit ihrer

Zunge über ihre Oberlippe hin- und hergleiten würde, schweigend. Und er, er, Rotscher, würde in Angstschweiss ausbrechen und aus dem Geisterhimmel würden all seine Freunde höhnisch herunterlachen. Lady würde sagen, nein, hauchen, mit einer verrucht klingenden Stimme, wo es nun mal so ist, Mister Trimpel. Rotschers linkes Auge zuckt vor Nervosität. In seinen wildesten Träumen, Pubertierendenträumen, über die er längst hinausgewachsen ist, hatte er eine Phantasiegeschichte entwickelt, gehegt und gepflegt gehabt, dass ihn, den Schüchternen, den Zitternden und Zögernden, die Frau seiner Träume (wohlproportioniert, wallendes Haar, in einen hellen Nerzmantel gehüllt) an der Corniche am See um Feuer für ihre Zigarette bittet. Wie er ihr Feuer reicht, mit zittrigen Händen, öffnet sich wegen ihrer katzenhaften Bewegung kurz ihr Mantel. Ein Blick genügt. Sie trägt nichts unter dem Pelz, ist nackt, die helle Haut. Gespielt hastig hüllt sie sich wieder fest ein, zwinkert ihm, Rotscher, zu, signalisiert, dass sie im Eden-au-lac, dort drüben, residiert. Ihr Mann ist an einer Konferenz. Rotscher baut selbst ihren Mann in seine Phantasiegeschichte ein. Pubertäre Phantasien. Jetzt sitzt eine hübsche Frau neben ihm und er, Rotscher, muss ihr beweisen, falls ein Reifen plötzlich einen Plattfuss haben sollte, dass er ein ausgewachsenes Mannsbild ist. Wie, ja, wie würde John Elnambur sich in einer analogen Situation verhalten? Rotscher mopst es, dass ihm bei Ratlosigkeit immer dieser Idiot von John Elnambur einfällt, der überall ist und sich in seiner scheinbaren Unauffälligkeit immer schrecklich aufdrängt, anbiedert und anklebt, als ob er Gottvater ist.

John Elnambur würde sagen, ich küsse ihre Hand, Madame, und denk' es wär' ihr Mund, Madame. Er würde fortfahren, ich könnte vorgeben, das Veilchen-Bouquet an ihrer Korsage zurechtrücken zu wollen, mich über sie beugen. Zum Teufel mit John Elnambur! Rotschers linkes Auge zuckt vor Nervosität. Was bist du mir für in tapferer

Krieger! Ha ha ha, denkt Rotscher. Ihm trieft mit Bestimmtheit literweise Schweiss aus den Fingern, sobald er sich anschickt, Lady zu umarmen. Schiebt er seine Hand gleich von Anfang an unter das Seidenkleid oder ist solche Handgreiflichkeit zu dreist? Rotscher versinkt in Grübeleien. Und erröten würde ich dabei, hochrote Birne. Und mit Bestimmtheit stinkt meine Ausdünstung so schrecklich, dass sie Lady in die Nase sticht. John Elnambur parfümiert sich mit Jules und duftet wildmännlich ohne Beigeschmack. Eine Gauloise aus dem Mundwinkel hängend würde / könnte / sollte / müsste er murmeln, sie gestatten – und schon ist er Herr der Lage. Rotscher schielt zu Lady rüber und seufzt in Gedanken verloren, worauf Stille einkehrt, Lady verstummt und Rotscher ob dem Signal, das er von sich gegeben hat, erschrickt, weil Lady nun annehmen könnte / dürfte / müsste, dass er nicht ohne Grund geseufzt hat und sein Seufzer sich auf sie bezieht. Seine Gedanken sind schweisstreibend. John Elnambur parfümiert sich mit Jules und schon sagen die Damen entzückt, ach, sie verwenden Jules! Rotschers linkes Auge zuckt vor Nervosität. Wenn Lady bloss diesen seinen Tick nicht bemerkt! Er starrt stur nach vorne, ohne den Weg wahrzunehmen. Rotscher hat nichts gegen Schweiss. Doch einmal war er der Werbung auf den Leim gekrochen. Verführerische Blondinen sind ganz wild, an ihrem Typen YSL-Deodorant-Spray zu wittern, der ihre Nüstern zärtlich streichelt. Kaum hatte er sich üppig vollgepft-pft-pft, verklebten sich seine Poren und daneben schoss Schweiss bachartig aus seinem Körper, so dass er aus der Disco verfrüht nach Hause ging, weil er patschnass war. Schweissgebadet stand er in der Strassenbahn. Ein Hutzelweibchen, schrumpelig und grau, bot ihm ihren Platz an. Junger Mann, so wie sie stinken, haben sie Fieber. Rotscher schenkte den YSL Deodorant-Spray seinem kleinen Bruder, der ihn, hübsch mit einer roten Masche verziert an Papa weiterschenkte. Doch grundsätzlich hat Rotscher nichts gegen Schweiss, wenn er nicht im Übermass rinnt. Wenn, zum Beispiel, Ladys Körper von winzigen Schweissperlchen übersäht wäre, würde es ihn antörnen, bestimmt. Irgendwie schämt er sich sofort für diesen Gedanken, stellt sich vor, dass Gedanken in den Augen abgelesen werden können, was selbstverständlich Quatsch ist, doch schielt er etwas beklommen zu Lady hin, die wieder lustig weiter plappert und nichts von seinen Gedanken gemerkt zu haben scheint. Rotschers linkes Auge zuckt vor Nervosität. Er wirft einen Blick in seinen Schoss, wo alles dunkel ist und er nicht einmal sehen kann, ob seine Gedanken eine Ausbuchtung der ach allzu satt sitzenden Smoking Hose bewirkt haben. Dennoch beruhigt ihn die Feststellung, dass in dieser Düsternis auch Lady nichts Unanständiges mit ihren Augen würde wahrnehmen können. Er starrt hin und vage zeichnet sich ab, dass seine Lendengegend sich trotz zerknitterter Hose flach wie eh und je präsentiert. Er erstarrt. John Elnambur würde seine Gedanken bestimmt mit einer üppigen Ausbuchtung unterstreichen, was die Frauen, die Ursache des Vorganges sind, in der Regel entzückt, obwohl sie sich schrecklich entsetzt geben. Ihn beunruhigt echt, dass der Seitenblick auf Lady, der seine Gedanken wie wild herumwirbeln lässt, seinen Schoss genauso unberührt zu lassen scheint, wie wenn er zum Rapport beim Generaldirektor vortraben muss, am Kiosk Kleingeld für das soeben ausgewählte Mickey-Mouse-Heftchen herauszählt oder im Kochbuch nachliest, wie Wirsing zu blanchieren ist. Er erschrickt ob der Vorstellung, kein normaler Mann zu sein. John Elnambur versteht es immer, normal zu sein. Doch er, Rotscher überquillt von gutem Willen und versagt dennoch, wenn es darauf ankommt, seinen Mann zu stehen. Trotzig denkt er, ein rascher Abgang wäre wohl das Beste, plötzlich fällt er tot um, tapfer und gefasst an heimtückischem Krebs verendet oder anlässlich eines Autounfalls von Karosserieteilen geköpft, Blut spritzt in Fontänen, Schicksal eben. Dann stünden

Freunde und Verwandte, bestimmt auch Lady, die nun ja auch zu seinen Freunden zählt, fassungslos vor dem offenen Grab, in dem, in einer Holzkiste, seine irdischen Überreste ruhen. In Panik stiert er plötzlich wieder nach vorne, denkend, o Gott, ich habe die Strasse aus dem Blick verloren, schielt aber sogleich wieder nach Lady, während er an seiner Unterlippe knabbert. Sie sieht ihn mit grossen blauen Augen an, unterbricht ihren Redefluss und in ihren Augen flackert ein gewisses Etwas.

Rotscher verzweifelt ob seiner Unfähigkeit dieses gewisse Etwas in Ladys Augenflackern deuten zu können. Macht sie sich lustig über ihn, himmelt sie ihn an, ist sie total hingerissen von / zu ihm? Bei offenem Mund rümpft er seine Nase, wird sich seiner Mimik bewusst und es durchzuckt ihn, ich muss krass idiotisch ausschauen. Und Lady hat jeden Grund, ihn zu hassen. Während Lady ihn mit diesem unerklärlichen Blick anschaut, er sich, seine Augen sich immer mehr in ihren festsaugen, läuft er dunkelrot an. Auweia, denkt er, Lady stellt sich bestimmt vor, ich hätte unanständige Gedanken. Und plötzlich gibt es einen Knall.

Es ist kein wirklicher Knall. Ein hohles, dumpfes Pffft, das sich wie ein seltsamer Furz anhört, jedoch nicht stinkt. Dafür holpert nun der Wagen schrecklich. Plattfuss. Rotscher ist angespannt wie nie zuvor. Strassenbord sicher anpeilen. Wo ist der Wagenheber? Gibt es in diesem Wagen einen Wagenheber? Wo setzt man den Wagenheber am Chassis an? Küsse ich Lady oder nicht, und so weiter blablabla et cetera? Dann steht er plötzlich neben seinen Schuhen, schlüpft gleichsam aus seinem Körper und beobachtet sich aus der Vogelperspektive und findet die Situation zum Totlachen komisch. Ihn weckt der aufgeregt-entzückte Aufschrei Ladys, ein Plattfuss! Hat Rotscher Lady nun total entgeistert angestarrt oder schmachtend angeschaut – keine Ahnung. Rotscher weiss nicht mehr, wo ihm der Kopf steht.

Der Wagen kommt am Strassenbord zum Stehen. Rotscher zieht die Handbremse an. Unversehens rutscht ihm raus, ihre Bemerkung, Frau Seltner, klingt, als ob sie sich schrecklich über den Plattfuss freuten!

„Nicht doch, Mr. Trimpel. Der Plattfuss ist lästig. Doch bin ich mir sicher, dass sie das Problem spielend beseitigen. Die Situation ist zum Schreien komisch. In einer Soap Opera müssten wir uns jetzt in die Arme sinken, brennende Küsse, und ein wildes Verhältnis! Obacht, vergessen sie nicht, den ersten Gang einzulegen, sonst rollt der Wagen rückwärts! Übrigens, wetten, sie denken, ich als Frau weiss nicht, wo der Wagenheber ist. Lassen sie mich raten. Hier! Gefunden! Nein, nein, lassen sie mich machen. Lassen sie mich ihnen beweisen, dass ich kein Zuckerpüppchen bin, aber eine Frau, die ihren Mann zu stehen weiss. Nein, nein, Mr. Trimpel, seien sie kein Spielverderber!"

Rotscher steht neben seinem Wagen, schaut verlegen zur Seite, hasst sich, hasst seinen Wagen, verflucht den geplatzten Reifen, hadert mit dem ungerechten Schicksal, das ihm eine starke Frau zugespielt hat und er nun als totaler Versager, als lächerliches Exemplar einer echt schwachen Spezies dasteht. Er schielt zu Lady hin, die im Silberlicht des Vollmonds deutlich sichtbar ist, wie sie ihre Robe hochgerafft hat, auf dem Weg kniet und am aufgebockten Wagen das Rad mit dem platten Reifen mit dem Schraubenschlüssel traktiert. Rotschers linkes Auge zuckt vor Nervosität. Lady ist in ihrem Element, rosige Wangen, lachend blaue Augen, rasche Blicke zu Rotscher hin und wieder zurück zu ihrem Werk. John Elnambur mit seinem sündhaft-teuren, phallistischen Flitzer, hat bestimmt nie einen Plattfuss, blamiert sich nie vor einer Dame wie Lady und überhaupt, weshalb ist er, Rotscher, verdammt dazu, ein mausgrauer Durchschnittstyp zu sein, dem jedes Pech aller nur denkbaren

Klamaukkomödien zustossen muss. Wie viel lieber hätte er mit Lady ein Verhältnis angefangen. Endlich mal mit einer verheirateten Frau ein Verhältnis anfangen, höchste Zeit, schliesslich ist er nicht mehr der Jüngste, bereits über Dreissig. Lady sieht triumphierend zu ihm auf. Wir haben es geschafft! Sie sprudelt los und im Überschwang aufspringend, den gusseisernen Kreuzschlüssel in der Luft schwingend, so dass er Rotscher beinahe an den Kopf geknallt wäre, hätte er sich nicht weggebeugt, fällt Lady Rotscher um den Hals. Sie küsst ihn überschwänglich, unzählige Male auf beide Wangen, noch und wieder. Rotscher träumt und vergisst dabei, seine Arme um ihren zierlichen Körper herum zu schliessen und Lady ganz fest an sich zudrücken. Er steht da wie ein Stück Holz und lässt alles geschehen. Lady stösst einen schrillen Schrei aus.

„Mr. Trimpel, ich habe ihren Smoking verschmutzt. Wie dumm von mir. Wie kriegen wir ihren Smoking wieder sauber."

Rotscher steht verdattert da. Ladys Kleid ist total verdorben, Ölflecken, Schmierfett. Auf seinem Smoking sieht man die Flecken kaum und sein Hemd, herrjeh, das kann gewaschen werden. Wenn ihm bloss ein Text einfallen würde. Doch alles, was er sieht, ist die feine Silhouette von Lady, gegen das Mondlicht ihre Locken wie ein ausgeglühter Fadenknäuel. In seiner Hose tut sich was. Peinlich, peinlich! Er will sagen, dass die Situation nicht so ist, wie sie scheint, dass sie gute Freunde seien, nichts weiter, und so weiter blablabla et cetera, doch er bringt kein Wort über seine Lippen. Es wäre Rotscher im Moment egal zu stottern, Hauptsache, ein Wort bricht die Gespanntheit der Situation. Als sie wieder im Wagen sitzen, brav nebeneinander, Rotscher noch immer mit den nicht zu artikulierenden Worten ringt, lacht Lady munter auf.

„Mr. Trimpel … Unsinn, ich sage Rotscher zu dir und du nennst mich Lady. Ist das Leben nicht wundervoll? Ausser, meine schmutzigen Hände, zerrissene Strümpfe. Halte, bitte, bei der nächsten Tankstelle an, damit ich mir meine Hände waschen kann."

Lady erkundigt sich beim Tankwart, wo sich die Toilette befinde. Der Wagen benötigt genau sieben Liter Benzin. Der Tankwart sieht Rotscher misstrauisch an. Rotscher gibt ein fürstliches Trinkgeld und sagt, sie verstehen, Frauen, sie müssen öfters, als dass der Tank leer ist. Er stellt den Wagen an den Rand der Tankstelle. Es dauert ewig. Lady bleibt weg. Rotscher vertritt sich die Beine. Das Nachbargebäude scheint eine Fabrik zu sein. Innen hell beleuchtet. Arbeiten wohl rund um die Uhr. Rotscher drückt sich seine Nase platt an einer Fensterscheibe. Scheint ein Lagerraum zu sein, vielleicht Verkaufsraum. Kartons und Flaschen. Ein Wein-Grosshandel. Ein dicker, alter Mann thront schlafend auf einem Stuhl mit Armlehnen. Während Rotscher ihn anstarrt, erwacht er. Der Alte schaut Rotscher direkt in die Augen. Rotscher ist es schrecklich peinlich. Er schnellt vom Fenster zurück. Eine Türe wird aufgerissen. Der Alte baut sich vor Rotscher auf. Rotscher ist baff, zittert wie Espenlaub, innerlich, steht derweil aber wie zur Salzsäule erstarrt da.

„Nichts zu machen, junger Mann! Blasen sie mir in die Schuhe, rutschen sie mir den Buckel runter! Der alte Kimbel hat seinen Laden geschlossen und damit basta. Sonst gibt's eine Busse, von den Beamtenfritzen, die nichts Gescheiteres zu tun haben, als einem die Geschäfte zu vermiesen mit ihren gesetzlichen Geschäftsöffnungszeiten! Zum Teufel damit. Ich verkaufe ihnen nichts, keinen Tropfen. Und nun nehmen sie diese Flasche, damit sie nicht am Samstagabend auf dem Trockenen hocken mit ihrer Lady!

Der alte Kimbel verschwindet. Der Spuk ist vorüber und Rotscher hält eine Flasche in der Hand, wankt wie in Trance auf seinen Wagen zu, starrt die Flasche an, als Lady mit einem Schrei des totalen Entzückens ihm die Flasche aus der Hand reisst, jauchzt, Lanson brut rosé, die Flasche Rotscher wieder in die Hände drückt und befiehlt, öffne sie! Rotscher gehorcht wie ein kleines Kind, denkt erst danach, nachdem die Drähte weggedreht, der Korken gelockert und gleich knallen wird, dass ihnen Gläser fehlen und überhaupt, weshalb hier und jetzt ausgerechnet Champagner trinken. Der Korken knallt, eine gischtige Fontäne spritzt aus dem Flaschenhals. Lady schnappt sich die Flasche, setzt sie an, nimmt einen kräftigen Schluck, reicht die Flasche weiter an Rotscher mit einer ihn zum Trinken auffordernden Geste. Sie säuselt, herrlich, Pink Champagne! Ende der Geschichte.

Erste Folge

Kurzer geschichtlicher Exkurs

John Elnambur, der scheinbare Buhmann der Nation, öfters in der Geschichte erwähnt, ist ein Teil von jener Kraft, die stets das Böse will und stets das Gute schafft. So zumindest hört er sich gerne bezeichnet und ist geschmeichelt, wenn ihm diese Ehre angetan wird. John Elnambur ist fünftausendvierhundertunddreiundzwanzig Jahre alt. Hier spielt der Autor John Elnambur, denn er hat in Wahrheit keinen blassen Schimmer davon, ob und wann John Elnambur geboren wurde. John Elnambur hatte den Weg eines Mammuts gekreuzt und hatte das arme Ding so sehr durcheinander gebracht, dass es kurz darauf einging. Wo Böses geschieht, hat John Elnambur seine Hand im Spiel, bei Kreuzzügen. Entdeckungsreisen, Inquisition, Russlandfeldzügen, Pogromen und so weiter blablabla et cetera. Doch nicht nur im Grossen arrangiert er die grossen Katastrophen, aber auch im Kleinen, Intimen und Privaten die kleinen Kataströphchen. John Elnambur hatte zum Beispiel der Wahrsagerin, die der neunjährigen Jeanne-Antoinette Poisson in Paris im ersten Drittel des 18ten Jahrhunderts prophezeite, Mätresse des Königs zu werden, diese Sache eingeflüstert und hatte den Blick vom fünfzehnten Ludwig auf Jeanne-Antoinette gelenkt, so dass aus ihr die Markgräfin von Pompadour wurde. In der Geschichte taucht John Elnamburs Name nicht auf. Das

Element John Elnamburs ist die Phantasie. Bloss im Phantastischen ist er einigermassen fassbar. Stellen wir uns ungeniert eine Szene in den Fünfzigerjahren des sechzehnten Jahrhunderts vor, Aix-en-Provence, Arbeitszimmer des Arztes Michel de Nostredame. Ein Fremder namens John Elnambur, aus dem fernen Britannien (was selbstverständlich erstunken und erlogen ist), lässt sich beim Gelehrten melden. Folgender Dialog ist Tatsache, doch bisher lediglich in einem imaginären, als Flugblatt verbreitenen Bericht eines anonymen Autors festgehalten.

„Hy, Ihro … Exzellenz? Eminenz? Oder gar Faulenz?"

„O Fremder, lasse er die Floskeln. Künftig werden sie sich überholt haben. Wir begegnen uns in Augenhöhe, Mann ist Mann."

„Was sie nicht sagen, Docteur de Nostredame! Tatsächlich? Der Mensch als Mensch, schlicht Mensch, nicht Stand, Vermögen …"

„O göttliche Einfalt! Die Titel fallen weg – die Übermenschen bleiben. Solange die Schwachen sich als Viehherde treiben lassen, ist der Hirte, Meister, Treiber notwendig."

„Apropos schwach, ich kenne da zwei Turteltäubchen – sie werden im letzten Viertel des 20sten Jahrhunderts zu turteln anfangen –, die ständig schwach werden und zu turteln anfangen, sobald sie zusammen sind. So ist denn anzuzweifeln, dass sie die Macht über ihr Schicksal je erringen?"

„Und ich, ich, werter Sir John Elnambur, soll mich mit solchen Lappalien herumschlagen?!"

„Ruhig, ruhig Blut, Docteur de Nostredame. Ist Liebe nicht das grösste Gut des Menschen?"

„Liebe – pha! Was belästigen sie mich, Sir John Elnambur, mit solchem Privatzeug, das den Menschen zum triebgesteuerten Tier macht und ihn in seiner ganzen Hässlichkeit erscheinen lässt, lechzend, triefend vor Gier und ganz und gar seines Verstandes verlustig. Was interessiert einen gescheiten Menschen, ob und wie ein Mensch liebt! Liebe ist grundsätzlich ein Missverständnis. Dazu angetan, die Menschlein von ihrer niedrigsten Seite zu zeigen und Klatsch und Tratsch anzuregen. Mögen ihre Turteltäubchen in tausend Folgen einer Pink Champagne-Orgie ersaufen, mir ist's egal. Lassen sie, Sir John Elnambur, mich über die wesentlichen Dinge hirnen. Politik, Wirtschaft, Militär."

„Halt, halt, Docteur de Nostredame, woher wissen sie, dass Pink Champagne eine Rolle spielt? Verschanzen sie sich ruhig hinter den pechschwarzen Gläsern ihrer Brille. Sie sind nicht blind. Dass ich nicht selber darauf gekommen bin! Pink Champagne, das ist es, was die beiden nötig haben.

John Elnambur hat die Nase voll von grossen Katastrophen. Sie langweilen ihn. Sie zu inszenieren ist ihm ein Kinderspiel. Doch, fragt er sich, ist es möglich, im Privaten ein kleines Feuer zu legen, das so sehr am Rande glimmt, dass niemand es wahrnimmt und das sich unmerklich zu einem Flächenbrand ausbreitet, sich zu einer regelrechten und hübschen Katastrophe entwickelt? Wie kann man das vergiften, was kein einigermassen gebildetes Schwein interessiert, was Lieschen Müller träumt, was in Otto Normalverbrauchers Kopf vor sich geht? Und erst noch mit Pink Champagne!

Auf der ganzen Welt gibt es einen (verbürgten) Menschen, dem es nie und nimmer zustösst, ungebetenen Gästen seine, beziehungsweise ihre Türe zu öffnen. Ella von Swinger bemerkt nicht, wenn jemand an ihre Türe klopft. Sie ist tagein tagaus vertieft in das Schreiben gescheiter Briefe. Ihre Adressaten sind alle Geistesgrössen ihrer Zeit, Herrscher, Mächtige und Zeitungsredaktoren. Fini Trimber raunt ihren Freundinnen zu, Ella von Swinger nimmt überhaupt nichts mehr wahr, bemerkt nicht einmal, wenn ihre Butter im Kühlschrank ranzig wird. Während sie das mit verächtlicher Stimme sagt, verdreht Fini Trimber ihre Augen. Ihre Freundinnen nicken mit gemimtem Entsetzen. Fini Trimber denkt bei ihren Worten an die gute, häusliche Elbonia Zerrer, eine Seele von einem Menschen, der die Butter im Kühlschrank bestimmt nie ranzig wird. Fini Trimber weiss nicht, dass Hänschen Zerrer neulich freudehüpfend von der Schule nach Hause kommt, die Türe aufreisst, schreit Mutti Mutti, vor Mutti atemlos stillsteht und mit seiner frohen Botschaft – Hänschen Zerrer hatte eine Bestnote geschrieben, in Geographie, zum ersten Mal in seinem Leben, ausgerechnet in Geographie, wo er bisher immer ungenügende Noten eingefangen hatte, so dass, wenn seine Mutter die frohe Botschaft erführe, sie endlich einmal stolz auf ihn sein kann und, vielleicht, sogar in ihre Arme schliesst – herausplatzt. Mutti dreht ihm nicht einmal ihren Kopf zu. Sie starrt in die Ferne. Sie murmelt stimmlos, der Franz, dein Cousin Franz, hat sich diese Nacht im Estrich im Haus von Onkel Moritz erhängt. Hänschen Zerrer, Tränen der Enttäuschung und der Wut unterdrückend, schaut zum Fenster raus und schweigt. Er sieht, wie aus dem Nichts einem Passanten ein Geldschein auf den Kopf runter flattert, ein Hunderter. Was für ein Glück, denkt Hänschen Zerrer. Nur immer die Andern haben Glück. Der Passant ist Rotscher. Die Zeit, wo ihm der Hunderter unverhofft auf seinen Kopf flattert, zwei Minuten, bevor das Lebensmittelgeschäft schliesst. Er stürzt ins Lebensmittelgeschäft rein, rast kopflos, ohne sich dabei etwas zu denken – später wird er sich fragen, wie er ausgerechnet auf diese Idee gekommen war, nicht ahnend, dass John Elnambur seine Hand im Spiel hat – zu den Gestellen mit Wein, entdeckt keinen Rosé Champagner, stellt sich atemlos, doch seine Atemlosigkeit mit Nonchalance überspielend, vor der Kasse auf und streckt der Kassiererin den Hunderterschein hin und sagt, er wünsche eine Flasche Rosé

Champagner. Diese, eine dicke Person, stemmt ihre beiden Fäuste auf ihren Hüften auf und donnert los.

„Rosé Champagner! So eine Furz-Idee! Gestern die letzte Flasche davon verkauft. Sofort nachbestellt. Doch der Lieferant, so ein Tölpel. Analphabet oder sonst so ein Ausländer. Liefert immer bloss das, was ihm gerade gefällt. Sein Chauffeur, ein Rüppel, stellt seinen Laster ausgerechnet vor den Eingang, verstellt mit den Kartons und Kisten den ganzen Laden und bis ich mich durch das Chaos durchgekämpft habe, um ihm die Leviten zu lesen, ist er bereits über alle Berge. Auch so ein Analphabet oder sonst so ein Ausländer. Mit all diesem Pack um einen herum, wie wollen sie da ein Geschäft noch seriös führen?! Warten sie, da muss noch irgendwo eine Flasche Rosé Champagner sein. Ja, hier! Macht genau hundertundzwei Franken und fünfzig Rappen!

Rotschers Augen schnellen auf wie Wagenräder. Er errötet bis unter seine Haarwurzeln und streckt der dicken Verkäuferin baff den Hunderter hin.

„Das sind aber erst Hundert. Es fehlt noch zwei Franken und fünfzig Rappen!"

Rotscher klaubt, inzwischen in Schweiss gebadet, aus der kleinen Tasche seiner Jeans Münzen raus und fleht zum Himmel, dass es genügend ist. Er klaubt und klaubt und klaubt, immer mehr und mehr Münzen, bis die dicke Verkäuferin sagt, hier, die Flasche. Und nun raus aus dem Laden, dalli dalli, ich habe seit über einer Minute Feierabend. Rotscher hört, wie hinter ihm die Ladentüre verriegelt wird. Er schaut aufs Etikett, Taittinger, Comte de Champagne, brut rosé 1976. Zufällig sieht er das Preisetikett, siebenundneunzig Franken fünfzig Rappen! Seine Seele ist wie ein prall gefüllter Luftballon, in den jemand mit einer Nadel sticht. Nur mir, ausgerechnet mir fällt die Decke ständig auf den Kopf und dröhnt mich mit Gips, Backsteinen, Staub und Holzbalken zu. Die Vorstellung aber, wie Lady vor Freude über die Exotik der Champagner-Marke übersprudelt von glockenhell intonierter Freude, verdrängt den Kummer und den Schmerz. Lady wartet bereits zehn Minuten vor Rotschers Wohnungstüre. Peinlich, peinlich. Sie übersprudelt vor glockenhell intonierter Freude, genau wie Rotscher es sich vorgestellt hatte, genau wie sie es immer macht, doch keine Nuance übersprudelnder oder glockenheller, wo die Flasche doch so sündhaft teuer gewesen war. Dann flutscht der Korken raus, ohne Knall oder das geringste Blubb, der Wein schäumt nicht, er hat Korken. Rotscher knickt ein. Er ist pleite. Im Kühlschrank sind bloss noch ein vergammeltes Tetra-Pack 100 % naturreiner Orangensaft und eine einsame Falsche Feldschlösschen Bier. Rotscher weiss, jeder normale Mensch hätte diese sündhaft teure Flasche nicht gekauft, wäre rechtzeitig zum Rendezvous mit Lady erschienen, hätte im Kühlschrank eine Ersatzflasche gehabt! Bloss ich, immer ich bin der Versager, jammert Rotscher und muss dringendst von Lady getröstet werden, was er mit wohligem Grunzen geschehen lässt. Die Person ohne Fehl und Tadel hätte eine günstige Flasche Champagner oder einen trockenen Weissen gekauft und den Rest vom Hunderter auf die hohe Kante gelegt. Lady schenkt Rotscher im Überschwang des Augenblicks dreiundfünfzig Küsse, jedoch nicht ausschliesslich auf dessen Mund. Der Rosé Champagner – obwohl er ein klitzekleines Bisschen Korken hat, doch ist der Korken, darauf einigen sie sich, nicht gar so schlimm, dass der Genuss total verdorben wäre – lässt sie jauchzen und ihn ebenfalls. Rosé Champagner sprüht nicht Funken, entfacht kein Feuer, aber lässt kleine Gasbläschen aufblubbern. Diese verflüchtigen sich rasch und sind nirgends mehr. Doch die Geschichte, das Miststück, holt die Leute ein und erwischt sie da, wo sie es am Wenigsten erwarten. Das Treffen von Lady und Rotscher bleibt unbemerkt, ihr Zusammensein ist heimlich und ihrer beiden süsses Geheimnis.

Wenn da nicht Josiane Meunier de Chatterbox wäre. Ihr Name steht nicht für Uradel. Josiane Meunier besitzt in Chatterbox, PA, ein schlichtes Fünfeinhalbzimmerhaus und ist Anhängerin der neuen Volksbewegung „Jedem seinen Titel". Josiane Meunier de Chatterbox raunt Klara Stackl bereits an Tom Garners Party, dem längst verblichenen Ausgangspunkt der Geschichte, hinter vorgehaltenem, maschinell bemaltem Kunstseidenfächer aus der Volksrepublik China zu, mit Blick auf Lady, die gerade mit diesem kleinen Würstchen, diesem Nobody Rotscher schäkert, tja, tja, Lady hat es faustdick hinter den Ohren, und dann stösst sie einen Seufzer aus, zum Zeichen, dass sie eine Moral hat und unanständiges Verhalten verurteilt. Klara Stackl fährt nach Mitternacht ihren total besoffenen, krakeelenden Gatten Hannibal Ernst Stackl im leicht angerosteten Borgward Isabella von der Party nach Hause. Klara Stackls Brille rutscht ständig von der Wölbung, wo die Stirne in die Nase übergeht, in Richtung Nasenspitze nach vorne und Klara Stackl hält sich krampfhaft am Lenkrad fest, um nicht die Orientierung zu verlieren. Sie erinnert sich der Worte von Josiane Meunier de Chatterbox. Dann hat sie die Erleuchtung. Wenn die Begleitung von Lady ein Nobody, doch hübsch ist, kann nicht ausgeschlossen werden, dass es sich bei Rotscher um einen Gigolo handelt. Honni soit qui mal y pense, denkt sie und fragt ihren weltgängigen und alles wissenden Gatten Hannibal Ernst Stackl, ob es in der Stadt Bordelle gibt, wo im Übrigen hochanständige Frauen sich junge Männer kaufen für schöne Stunden. Zwischen den Ehegatten kommt es dann zu einem Wortwechsel, den Hannibal Ernst Stackl wegen Besoffenheit nur diffus memoriert und der Klara Stackl gleich wieder entgleitet, weil sie beim Fahren verkrampft auf die Strasse starrt. Bezeugt jedoch ist, dass Hannibal Ernst Stackl am Mittwoch beim Kegeln, nachdem er bereits mehrere Bier intus hat, herumkrakeelt, dass Lady als Belle de jour in einem Bordell arbeite und von Rotscher dort betroffen worden sei. Unter allgemeinem Gegröle versuchte die Kegelmeute aus Hannibal Ernst Stackl herauszupressen, in welchem Bordell denn Lady arbeite. Er weiss nichts Konkretes und lässt fallen, ach, in irgend so einer Zupfstube im Kreis Vier, nehme ich an. Jack Piepser, einer der Kegelmeute, klappert in der Folge alle einschlägigen Etablissements in der bezeichneten Gegend der Stadt ab, was Luciette Piepser sogleich erfährt. Dieses Verhalten ihres Gatten versetzt sie so sehr in Wut, dass sie die Scheidung einreicht und die Geschichte ihrer Freundin Hulda Imsted erzählt, die sehr nobel, jedoch etwas naiv und in Fremdwörtern überhaupt nicht bewandert ist, daher mit den Worten Gigolo und Bordell nichts anfangen kann und die Essenz extrahiert, Lady hat ein Verhältnis mit Rotscher. Hulda Imsted quält das Wissen um diese unselige Geschichte dermassen, dass sie sie beichtet, Absolution erhält und sie ab dato verdrängt. Vor dem Beichtstuhl jedoch sitzt Ladys Tante Elise, die ob der Geschichte, die sie aus dem Beichtstuhl erfährt, erblasst und ohne zu beichten zu Lady fährt und diese zur Rede stellt, ob sie tatsächlich ein Verhältnis mit einem gewissen Rotscher habe. Lady übersprudelt vor glockenhell intoniertem Amüsement und beruhigt Tante Elise, es sei alles ganz und gar nicht wahr. Bei ihrem Zusammensein mit dem verkorkten Rosé Champagner erzählt Lady Rotscher vom Besuch von Tante Elise und beendet die Erzählung übersprudelnd vor glockenhell intonierter Lust, und stell dir vor, die Leute tratschen bereits darüber, wir hätten ein Verhältnis. Dabei haben wir doch gar keines! Rotscher lacht, ja, was ist es denn, was wir haben?!

„Wir sollen ein Verhältnis haben???"

„Du bist köstlich. Die Leute haben bereits bemerkt, dass du ein Verhältnis mit mir hast, bevor du dir dessen bewusst bist."

Lady verstummt. Sie ist nicht mehr zu halten. Sie taumelt zu ihrem Alfa, murmelnd, o Gott, man tratscht über mich! Dann erstirbt ihre Stimme. Sie rast in ihrem Alfa schnurstracks nach Südfrankreich, klopft dort an das Tor eines Frauenklosters und bettelt darum, den Schleier nehmen zu können.

Es ist nicht an uns, Zeter und Mordio zu schreien. Lady hat sich frei entschieden. Ihr Entscheid soll respektiert werden. Also kein Anlass für das Anstimmen eines Klagechors.

Der ahnungslose Rotscher will die Sache klären, ersteht für viel Geld eine Flasche Moet et Chandon rosé und klingelt erwartungsvoll und spannungsgeladen an Ladys Haustüre. Er sieht zwar, dass die Garagentüre offen steht, Ladys Alfa nicht da ist. Es ist unglaublich doch wahr, ich, der Autor, laufe Gefahr als verrückt erklärt zu werden, doch ich schwöre hoch und heilig, dass sich nun genau das zuträgt, wie ich es Schritt für Schritt erzähle: ein rosig nackter Putto, aufreizend glänzend in prallem Babyspeck, mit flatterndem, nilgrünem Tüchlein um die Lenden wirbelt daher, grinst unverhohlen frech dem perplexen Rotscher ins Gesicht. Die Leute, deren Wahrnehmung Erscheinungen nicht sieht, wundern sich, weshalb Rotscher der Kinnladen runterfällt, er seinen Blick himmelwärts richtet und wie ein Idiot zu lachen und sich in seinen Haaren zu kratzen beginnt. Der Putto heisst Ariel. Er gurrt und fliegt davon. Rotscher spürt, ich muss diesem verflixten Teufel hinterher, schwingt sich in seinen Wagen und fährt los, ziellos, hinter Ariel her. Wenn Rotscher an einer Tankstelle hält, schwebt Ariel an Ort, streckt Rotscher die Zunge raus, zieht ihm eine lange Nase oder schneidet erschröckliche Grimassen. In der Nacht streut er, der auf wundersame Weise von innen her leuchtet, Silberglitterstaub als Fährte auf die Strasse und Rotscher denkt, wart's nur ab, kleiner Bengel, ich erwische dich und dann versohle ich dir deinen Hintern. Vor einer wuchtigen Eichentüre, geschwärzt vom Zahn der Zeit, die schweren Eisenbeschläge patiniert von Stürmen, Regen und Wetter, hält das Teufelchen an. Rotscher denkt, nützt's nichts, schadet's nichts, und betätigt den Türklopfer, so dass das Pochen dumpf durch die Nacht dröhnt. Die Schwester Wächterin bewegt zum Zeichen der Verweigerung des Eintritts den Zeigefinger ihrer rechten Hand bestimmt und heftig mehrmals hin und her. Menschen mit Schwanz, und erst noch Heiden – sie sehen mir wie ein Heide aus, bemerkt sie maliziös – kommen uns nicht über diese Schwelle. Ein Blick zu Ariel hin genügt und Rotscher erahnt das Ausmass der Tragödie. Lady muss, ja, muss hinter diesen Mauern schmachten, als Gefangene von bösen Mächten, in einem Verliess, in das Rotscher wegen seines Geschlechts keinen Zugang hat. Rotscher torkelt wie in Trance in das Städtchen, trinkt einen Pastis und noch einen, bis er erkennt, wie sinnlos das Saufen ist, und einen Quart Perrier bestellt, mit dem festen Vorsatz, ich werde Satiriker, baue auf meinen messerscharfen Geist und zerstöre alles, was Bestand vorgaukelt, als Gaukler der Nacht. Versehentlich hatte er diesen, seinen Vorsatz laut herausposaunt. Der Säufer neben ihm, John Elnambur, stösst ein Hhhmmmm aus, dann ist ein Zischen, ein kurzes Pppfft zu vernehmen, der Säufer schrumpelt zusammen und schwillt dann wieder an, verwandelt in die Figur eines Transvestiten, der wie Mae West ausschaut, bloss etwas jünger, aufgeputzt wie Dolores del Rio. Die Wasserstoff-Superoxid-Vamp-Imitation rückt näher an Rotscher ran, leckt sich mit einer fleischigen Zunge die tiefrot geschminkten Lippen und flötet, uuuhhhuuuhhh –

geiles Kerlchen! Brauchst ein Bettchen, um dich hinzulegen. Rotscher ist gerade im Begriff, einen existenziellen Gedanken über Sinn oder Unsinn des Lebens zu gebären, als sich in seinen Gehirnwindungen das Wort Bettchen festhakt und er nicht umhin kommt, kurz zu gähnen, und sich schrecklich nach einer Schlafgelegenheit sehnt. Er hört sich selber sagen, ja!

„Kämpfen oder nicht kämpfen, das ist hier die Frage? Obs edler im Gemüt, schlapp zu machen, die Frau hinter dicken Mauern schmachten zu lassen und sein Schicksal beklagen, oder sich wappnend gegen eine See von Plagen Kopf voran sich ins Abenteuer zu. Ha, Freundin, auf in den Kampf und mutvoll und so weiter blablabla et cetera."

Maurice Piport, wie ZsaZsa bürgerlich heisst, zieht und schiebt während seines / ihres Monologes Rotscher aus dem Lokal in Richtung Altstadt dieser südfranzösischen Stadt. Rotscher kommen zuerst die Tränen, als ZsaZsa sein Unglück so klar benennt, dann will er klarstellen, dass es sich bei Lady keineswegs um seine Freundin, sondern um eine gute Bekannte handle, und dann fragt er sich – während er, wie gesagt, durch Gassen und Gässchen und eine knarrende Treppe hoch geschoben wird – , woher, zum Kuckuck, ZsaZsa von der Geschichte überhaupt weiss, doch bevor er irgendetwas von sich geben kann, stolpert er in ein Bett, wird ausgezogen, zugedeckt und versinkt in den seligen Schlaf eines Gerechten. Selbst beim Aufwachen am nächsten Morgen, als Rotscher der Schädel etwas brummt, wohl nicht vom Quart Perrier, das er auch getrunken hatte, neben sich unter der Bettdecke einen rundlicher Glatzkopf, laut schnarchend, hervorragen sieht, beim nächsten Blick auf einer verspielten Louis XV-Kommode eine platinblonde Perücke entdeckt, trifft er die Wahl, sich über das Gewesene (oder nicht Gewesene) nicht weiter den Kopf zu zerbrechen, weil sein Schmerz, sein Jammer Lady heisst und in einem

Kloster schmachtet. Beim Gedanken, dass alles zu Staub zerfällt, muss er unwillkürlich grinsen. Er entwickelt die Utopie einer Welt der totalen Vergänglichkeit, wo die Dinge, die einem Menschen gehören, die selbe Verfallzeit haben wie ihre Besitzer und die Dinge, die einen ärgern, bloss von diesem Ärger berührt zu werden brauchen, um gleich zu Staub zu zerfallen, so dass es keine Hindernisse gibt und keine Erbschaft, nichts, das einem anhängen könnte. Rotscher denkt, während er in seine Hose schlüpft, zum Teufel mit der Plackerei, ich werde Philosoph, schreibe gescheite Bücher, verdiene damit Millionen, schaffe es sogar, dass Hollywood und Bollywood sich um die Rechte zur Verfilmung – man stelle es sich vor – eines philosophischen Bestsellers streiten. Möchtest du nicht duschen vor deiner Heldentat, hört er Maurice Piport mit rauer Stimme brummen. Rotscher stolpert beinahe über seine eigenen Beine, als er halbwegs in seiner Hose hängt, fängt sich auf, schiebt die Hose wieder runter und geht duschen, das heisst, zuerst pissen um danach zu duschen. Das, was er als Badezimmertüre ansieht, erweist sich als Türe des Kleiderschrankes von ZsaZsa, was Rotscher mit seinem Brummschädel nicht sogleich merkt. Er pisst, bis ZsaZsa aufkreischt und Rotscher, unter Androhung der Todesstrafe im Unterlassungsfall, je wieder ihre Fummel, die Schönen, die Seidenen, die Tüllenen, die Brokatenen und ihre Federboas in Unordnung zu bringen. Rotscher zieht seinen Schwanz ein und findet die richtige Türe. Später kommt er, züchtig ein Handtuch vor seine Scham haltend, zurück und will in seine Hose steigen. Doch Maurice Piport, nun wieder voll und ganz ZsaZsa sitzt nackt und fett, mit hängenden Wülsten, auf dem Bett, glotzt Rotscher unverhohlen an und seufzt, ich bin so ratlos, ob ich als Anita Bryant, Nina Hagen, Mireille Mathieu oder Nonne zum Karneval gehen soll. Durch das Wort Nonne wird Rotscher an Lady erinnert, die hinter hohen, dicken Klostermauern schmachtet. Augenblicklich schiessen ihm Tränen waagrecht aus den

Augen. Bestimmt halten diese bösen Nonnen Lady in einer Gefängnis-, pardon Klosterzelle gefangen, an Hand- und Fussgelenken mit Lederriemen ans Bett gefesselt. ZsaZsa unterbricht ihn.

„Du, Rotscher, steigere dich nicht in Phantasien aus einem Leder und S/M Pornofilm. Deine Lady ist vermutlich."

Rotscher wirft ZsaZsa bei dem Wort „deine" einen strafenden Blick zu, den ZsaZsa mit einem koketten Lächeln quittiert.

„Also, deine gute Bekannte namens Lady ist vermutlich freiwillig ins Kloster gegangen, aus Ekel vor der schnöden Welt. Und weil es so hübsch klingt, den Schleier zu nehmen. Lady wird auch älter werden. Da ist ein Nonnen Habit durchaus kleidsam. Man kann so Vieles unter diesen wallenden Gewändern verstecken."

Rotscher geht ein Licht auf. Was er dringendst benötigt, ist ein Fummel von ZsaZsa. Er schnappt sich ein blaues Samtkleidchen mit Spitzenkrägelchen aus der Kollektion von ZsaZsa und haut ab. Er sucht verzweifelt seinen Wagen, findet ihn. Auf der Kühlerhaube sitzt Ariel und grinst frech. Ariel schaut das Samtkleid an, schüttelt seinen Kopf, schnippt mit zwei Fingern und schon hält Rotscher anstatt des Samtkleides eine Nonnentracht samt Haube in der Hand. Rotscher verkleidet sich als Nonne, versteckt die Moet et Chandon rosé Flasche unter dem Habit und rennt los, was das Zeugs hält, in Richtung Kloster. John Elnambur kurvt nach getaner Arbeit in einem phallistischen Flitzer in Richtung Monte Carlo. Die Beiden steuern auf eine Kollision hin. Rotscher, den Kopf runter, und losgerannt, John Elnambur rückt mit einem Blick in den Rückspiegel die Chrysantheme in seinem Knopfloch zurecht, ist also genau so wenig auf die Strasse konzentriert wie der Renner Rotscher. Und da geschieht es: Holterdipolter, schreckensweit aufgerissene Augen, stockender Atem, Schreie, danach Ruhe nach dem Sturm und ein kleines Räuchlein das aufsteigt aus den Trümmern, die die Unachtsamkeit beschert hat. Quatsch. Rotscher katapultiert es in ein Weizenfeld und John Elnambur begeht Fahrerflucht, weil die Spiele an den hübschen, grünen Tischen von Monte Carlo attraktiver sind als die Begegnung mit irgendwelchen Ordnungshütern und irgendwelchen aus allen Körperöffnungen und Wunden blutenden Opfern. Rotscher also liegt auf seinem Rücken im Weizenfeld, noch etwas benommen, wundert sich, was ihm zugestossen ist. Er spürt irgendetwas auf sich liegen, tastet ab, harter Drillich, ein Filzhut, o Gott, ein Bauernknecht. Er reisst entsetzt seine Augen auf und starrt in die blauen Augen von Lady, die genauso in seine Augen starren wie seine in ihre. Beide lachen, Rotscher und Lady. Er als Nonne verkleidet, sie als Bauernknecht. Lady liegt bäuchlings auf ihm. Plötzlich bewegt sie sich etwas hin und her, greift unter sich, über Rotschers Körper, berührt die Flasche Rosé Champagner und stösst ein glockenhelles, fröhliches Ooohhh! aus. Rotscher kann und will sich nicht erklären, weshalb er unter seinem Gewand anstelle der Flasche Moet et Chandon rosé eine Flasche Dom Perignon rosé hervorzaubert. Über ihnen beiden schwebt Ariel, grinsend, mit flatterndem, nilgrünem Lendentüchlein und schenkt den Beiden zwei Gläser, hübsches Kristall, Flûtes, auf die in Belle-Epoque-Manier farbige Rosen appliziert sind. Happy-Ending! Happy Ending? Rotscher streift der Gedanke, dass John Elnambur sich in dieser Situation genau gleich wie er verhalten hätte. Ergo. Rotscher mutiert vom Versager zu so etwas wie einem Teufelskerl und sieht John Elnambur nicht mehr als wandelnden Vorwurf. Ergo kann er sich stark dafür machen, dass John Elnambur nicht der Buhmann der Nation zu sein braucht, aber ein brauchbarer Kerl ist.

Zweite Folge

Unaussprechlich kurze Geschichte

Motto ist, si unus cum una, solus cum sola in uno lectu inveniuntur, non pater noster orare crediuntur.

Intimes Bekenntnis von Kess Frank scriptor (Ach, diese Schreiberlinge!): Kathleen Elgin hört Kess Frank schweigend zu, damals in Key West, als er über seine Erfolglosigkeit als Schriftsteller lamentiert. Nach kurzem Schweigen lässt sie fallen, weshalb schreibst du nicht trash? Kess Frank wühlt in seinem Wörterbuchhirn und übersetzt trash mit Abfall und denkt, Kathleen Elgin redet Schrott. Er kennt seine Berufung, seine moralischen Verpflichtungen und so weiter blablabla et cetera und will alles andere als Abfall schreiben. Später horcht er auf, als jemand – in anderem Zusammenhang – ihn lachend aufklärt, trash könne auch und vor allem als Porno übersetzt werden. Kess Frank ist im Nachhinein hell entsetzt. Kathleen Elgin ist eine gesetzte, seriöse Dame, Kunstmalerin zwar, doch sehr seriös – und so ein Vorschlag!

Jetzt bin ich als Autor just soweit, mir Gedanken darüber zu machen, ob die zu erzählende Geschichte mit etwas Tralala und Tralali aufzupeppen ist. Im Grunde ist es simpel, man erzählt präzise, was Lady und Rotscher zusammen getrieben haben. Wir begeben uns behufs dieses

Vorhabens in den Äther und hören die Beiden – illegal – mit unzähligen Wanzen und Wänzchen ab. Wir unternehmen einen Lauschangriff, belauschen ihre Worte, bannen sie, zusammen mit den Geräuschen auf Datenträger. Gertrude Solafemm tippt die Worte wortwörtlich ab, das Produkt: siehe unten! Damit beflecke ich mein Schreiberling-Gewissen nicht. Ich bin kein Schmuddel Autor. Dieser Schweinekram ist nicht auf meinem Mist gewachsen. Ich kann jederzeit – und das zu recht – beweisen, dass ich ausschliesslich die auf Tonträger gebannte und analysierte Spur wiedergebe. Zu diesem Schritt sehe ich mich veranlasst, weil John Elnambur mir den heissen Tipp gab, auf Lady und Rotscher zu achten – der Ort des Geschehens sei das Haus von Lady. Neuer Absatz. (Jetzt folgt das, was weiter oben als „siehe unten!" bezeichnet ist. Wir sind ganz aufgeregt, denn wir sind dabei, wenn das Skandalöse sich tut!) Wir sind Ohrenzeugen von folgendem Geräusch.

Ein Möbel – erst die spätere Analyse der Produkte des Lauschangriffs, der Geräusche und der Worte, wird schlüssig ergeben, dass es sich dabei um ein Bett handelt – kracht mit ohrenbetäubendem Lärm zusammen. Die Beschreibung des Geräusches ist leicht übertrieben. Es ist ein dumpfes Zusammenkrachen, was schnell vor sich geht, ein, wie bereits gesagt, dumpfer Knall. Danach Stille. Aha, tiens, tiens, tiens, ein Bett ist unter bestimmten Lasten zusammengebrochen. Ha ha ha! Die Stille irritiert. Kein Gelächter, keine aufgeregten Stimmen, nichts. Bloss von weiter Ferne das Gelächter von John Elnambur, doch das darf uns weiter nicht beschäftigen. Genau hinhören. Ist nicht Lustgestöhne zu hören? Knapp vor dem wohlkoordinierten Orgasmus von zwei in einander verschmelzenden Körpern kracht das Bett zusammen, zum Beispiel.

Ursache des Zusammenkrachens des Betts sind, wie sich später herausstellen wird, Holzwürmer. Woher sie gekommen waren, wie alt sie sind und so weiter blablabla et cetera könnte Gegenstand weiterer Untersuchungen sein, die jedoch nicht durchgeführt werden, weil niemand Interesse am Ergebnis hat. Das Bett bricht überdies einige Zeit, nachdem Rotscher mit eingezogenem Schwanz – es handelt sich hierbei nicht um einen tatsächlichen Zustand, sondern um die gängige Redensweise, die im übertragenen Sinn zu verstehen ist – im Anschluss an das gemeinsame Joggen sich von Ladys Haus entfernt hat. Das Zusammenkrachen des morschen Bettes ist in folgenden Zusammenhang verflochten: Lady sitzt im Kaminzimmer und prostet sich selber zu mit einem Getränk, das beim Eingiessen glugluglu macht. Mit einem „Alter Mann und das Meer, weg da!", verscheucht sie den Kater, der sich offensichtlich im selben Raum aufhält wie Lady. Der alte Mann und das Meer – nicht das Buch mit diesem Titel, aber ein schnurrender Kater mit schwarzseiden glänzendem Fell, der diesen Namen trägt, als Referenz an das Buch mit diesem Titel, obwohl die Besitzer des Katers, die ihm auch diesen Namen gaben, das Buch nie gelesen hatten, aber vom Titel total hin sind – tänzelt weg bis ins Schlafzimmer (Wanze 17) und da geschieht es. Der Kater könnte über eine Kommode mit Anlauf auf das Bett gesprungen sein. Der mit Nachdruck auf dem Ehebett – wir wissen noch nicht, dass es sich dabei um das Ehebett handelt – landende, nicht gerade untergewichtige Kater verursacht eine solche Erschütterung, dass das Möbel zusammenkracht.

Diese Geschichte lässt sich rekonstruieren anhand der Geräusche, die von Wanzen 3 bis 17 aufgezeichnet wurden. Mit dem Porno ist es Essig. Selbst der Einsatz von versteckten Kameras hätte hier nichts gebracht. John Elnambur lacht sich ins Fäustchen. Die Wanzen sind noch da. Trippel taptap trippel taptap trippel taptap. Die Tatsache, dass die Schuhe, die das Geräusch verursachen, Pumps sind, weist auf Lady hin. Sie eilt klar vom Kaminzimmer ins Schlafzimmer.

„O Gott, das Bett!"

Weiter trippel taptap trippel taptap trippel taptap ins Arbeitszimmer von Ladys Liebling. Eine schwere Türe wird aufgerissen.

„Was ist jetzt schon wieder?!"

„Entschuldige. Hast du den Knall nicht gehört?! Unser Bett ist zusammengekracht. Einfach so. Also, das heisst, Der alte Mann und das Meer war im Zimmer."

„Ums Himmels willen, Grossmüetis Bett kaputt. Wie bringe ich es Mami bei, dass Grossmüetis Bett."

„Ich habe schon immer gesagt, wir sollten das alte Ding rausschmeissen. Da ist der Wurm drin. Und wenn die Holzwürmer weiter ins Parkett gehen."

Während dieses Gesprächs, das von Wanze 34 bis Wanze 17 wandert, wo es kurz bleibt, um dann weiter bis Wanze drei zu gehen, wird nichts Wesentliches ausgetauscht. Den Begleitgeräuschen von Wanze 5 bis Wanze 3 ist zu entnehmen, dass offensichtlich auch Ladys Liebling sich einen genehmigt (glugluglu-Geräusche!). Inhaltlich kommt die Einigung zu Stande, dass Lady im Gästezimmer schläft (was, wie sie spitz bemerkt, meist der Fall ist, weil sie wegen des Schnarchens von ihrem Liebling es nicht mehr aushält im gemeinsamen Schlafzimmer und überdies das Gästebett neu ist und eine Supermatratze hat), und ihr Liebling auf der Couch in seinem Arbeitszimmer. Die Analyse der auf den Wanzen festgehaltenen Geräusche in Kombination mit den wenigen, im Transkript der Gertrude Solafemm festgehaltenen Sätze und Worte lässt folgende Geschichte als wahrscheinlich erscheinen. Ladys Liebling begibt sich in sein Arbeitszimmer, zieht sich aus und blättert, während er sich auszieht, in einem Aktendossier oder in einem Ordner, geht dann runter ins Gästezimmer, um Lady in vorwurfsvollem Ton zu sagen, sie hätte sein Sofa in seinem Arbeitszimmer noch nicht eingebettet. Lady reisst Schränke auf, um das notwendige Bettzeug hervor zu nehmen. Ladys Bemerkung, „Hier, dein Pyjama!" und dem folgenden Ereignis ist zu entnehmen, dass Ladys Liebling nackt ist auf dem Gästebett liegt, während Lady ihren Pflichten nachkommt, im Begriffe ist, gleich das Sofa in ihres Lieblings Arbeitszimmer in ein kuscheliges Bett zu verwandeln.

Ein gellender Schrei von Ladys Liebling.

„O Gott, hat er dich verletzt."

„Das blöde Viech! Diese Krallen!"

„Lass mich sehen. Sei nicht so schamhaft, jetzt. Lass mich sehen. Als ob ich deinen Schwanz noch nie gesehen hätte! O! Es blutet."

„Das blöde Viech! Kannst du ihm nicht endlich beibringen, dass ich es nicht mag, wenn es mich anspringt. Ich war schon immer gegen diese Katze gewesen."

„(Kichern) Der alte Mann und das Meer mag dich, ist womöglich schwul."

„Lass diese Witze."

Halten wir fest. Lady inspiziert die Wunde, die Der alte Mann und das Meer an ihres Lieblings Penis mit Krallen verursacht hat, beugt sich also über die Lenden ihres nackten Mannes. Ein Knall. Draussen. Irgendwo draussen in der Nacht.

Knall ist nicht der angemessene Begriff. Ein dumpfer Plopp und etwas Rascheln. Kann nicht weit weg vom Haus sein, sonst würde man das Geräusch nicht so deutlich hören.

„Was war das?"

„Au, Finger weg von meinem. Muss ich noch lange warten, bis mein Bett bereit ist?!"

Schritte, nackte Füsse auf Parkett, entfernen sich von Wanze 17 und erreichen Wanze 33. Ein Fenster im Gästezimmer – Wanze 17 – wird aufgerissen.

„(glockenhell klingelingelingend) Ooooo!"

Wie dieses Ooooo! zu interpretieren ist, wüsste ich als Analyst der akustischen Aufzeichnungen nicht, wenn ich nicht Zusatzinformationen hätte. Das Tagebuch von Rotscher. Der es in seiner nachlässigen Art offen rumliegen lässt, so dass selbst ich es ungeniert einsehen kann. Nicht aus Neugierde, ausschliesslich im Interesse der Wahrheitsfindung.

„Mist, Mist, Mist! Ein Verhältnis mit einer verheirateten Frau ist das Schönste wovon ein Mann träumen kann. Doch da kommt mir mein Gewissen in die Quere. Es ist nicht anständig und so weiter blablabla et cetera. Also geh ich ins Kakadu und lasse mich volllaufen. Zu allem Überfluss drängt sich Severin Hasler mir auf."

Ich weiss, dass John Elnambur in die Person Severin Hasler geschlüpft ist und sich im Kakadu in unverschämter Weise an Rotscher ranmacht.

(Fortsetzung Tagebuch von Rotscher) „Severin Hasler raunt mir zu – zuerst denke ich noch, entferne ich mich wortlos oder haue ich ihm eins in die Fresse, damit er aufhört, mich anzulabbern – , Lady ist ganz scharf auf dich, will dich heute Nacht noch sehen! Ich, besoffen, wie ich bin, rase zu Ladys Haus. Ich weiss, dass sie im Gästezimmer schläft und dieses sturmsicher ist. Richtig, da ist tatsächlich Licht im Gästezimmer. Ich klettere am Aprikosenspalier hoch, schaue rein ins Gästezimmer. Und was muss ich da sehen. Lady bläst ihrem Liebling einen. Ich bin so platt, dass ich vor lauter Plattheit den Griff meiner Hände lockere und den Blättern entlang schlierend in die Tiefe plumpse. Ach, wie so trügerisch sind Frauenherzen!"

Mein Vorsatz als Autor, endlich mal einen – reisserischen, erfolgsversprechenden, die Bestseller-Listen erklimmenden – Porno zu schreiben ist in die Hose gegangen. Zudem ist die Geschichte sowieso aus. Lady und Rotscher sind – nicht formaljuristisch, aber tatsächlich – geschiedene Leute.

Halt, was ist das? Ariel schwebt vorüber und hält mit beiden Ärmchen, hoch über seinem Gesicht, aus dem ein Grinsen quillt, eine Tafel (wie die Nummerngirls im Zirkus vor ewigen Zeiten), auf der geschrieben steht, Dritte Folge!

Dritte Folge

Im Grunde kurze Geschichte

Urs Kummer ist ein Bild von einem Mann. Er trägt weder zu lange Haare, noch allzu farbige Kleider. Seine Markenzeichen sind Blazer mit blauen Knöpfen, dezent gestreifte Schlipse und im Winter graue Flanell-Hosen, im Sommer beige Leinen-Hosen. Sonst gibt es nichts über ihn zu sagen, ausser dass er schlaksig ist. Seine Schlaksigkeit, womöglich, katapultiert ihn in unzählige, mögliche und unmögliche Betten hinein. Weil er dennoch, mit grossen Steckknopfaugen wie die Unschuld vom Lande ausschaut, mögen die Männer ihn im allgemeinen gut und die Frauen wissen, dass sie mit ihm ohne weiteres ein Techtelmechtel haben können, weil niemand auf die Idee kommt, man könnte mit ausgerechnet Urs Kummer etwas haben. Urs Kummer ist der grosse Renner der Saison – und diese Saison dauert bereits einige Zeit. In seiner Freizeit, die zwischen des Tages Arbeit und des Nachts Vergnügen knapp bemessen ist, joggt er. Theoretisch weiss er nicht, weshalb er joggt. Praktisch tut er es einfach. Vielleicht ist es die Möglichkeit, als ausgewachsener Mann in knappen Shorts seine strammen Waden unbedeckt ausführen zu dürfen, vielleicht auch ist es schlicht der Umstand, dass er ohne das Joggen nicht weiss, was mit seiner Zeit zwischen der Arbeit und dem Vergnügen anzufangen. Möglicherweise ist schlicht und ergreifend die Mode schuld, sich sündhaft teure, luftgefederte

Joggingschuhe aus USA zu leisten. Er erzählt jedem, der es hören will, oder auch nicht, dass Joggen gesund ist, die Ausdauer im Liebesspiel fördert und so weiter blablabla et cetera. Tatsächlich aber hat er das Joggen jedes Mal, wenn es so weit ist, dermassen über, dass er einen Schlussstrich unter sein Joggen ziehen möchte, bis er auf dem Uferweg eine langbeinige Blondine oder sonst eine aufreizende Gestalt rennen sieht. Dann läuft ihm das Wasser im Mund zusammen und er ist zu jedem Opfer bereit. Seine grosse Lust ist seine durch und durch unkeusche, nicht jugendfreie Phantasie, denn dort treibt er es mit jeder unbekannten Schönen noch viel wilder, als er es mit den bekannten Durchschnittsfrauen tatsächlich treibt. Die Schönen folgen ihm in den Wald oder sonst wohin und dann geht es total schweinisch ab. Diesen Traum träumt er tagsüber im Grunde durchgehend, in 1001 Variationen. Wahrscheinlich ist es sein traumbedingtes Strahlen, das Urs Kummer für die Damen der Gesellschaft so begehrenswert macht. An diesem Abend ist er zufällig mit Josiane Meunier de Chatterbox verabredet. Also spart Urs Kummer seinen kostbaren Saft besser auf, als ihn von Hand zu verschleudern. Denn bei seinen Tagträumen muss er in der Regel oft Hand an sich legen. Doch heute nicht. Eben, weil er Josiane Meunier de Chatterbox sehen wird. In diesem Moment – er rennt gerade auf dem Gehsteig zwischen zwei Häuserreihen hindurch – gibt es einen aufreizenden Knall, eher ein Bpplooopp, und auf den Asphalt vor ihm fällt ein Champagnerkorken, der fröhlich, in abnehmender Höhe auf und nieder springt, bis er im Strassengraben liegen bleibt. Urs Kummer hebt den Korken auf, nimmt den Korken als Vorwand, um für heute das Joggen zu stecken. Er beäugt den Korken. Perrier-Jouet 1976 rosé.

Josiane Meunier de Chatterbox verschlingt Psychologie und ist bei modischen Themen Trendsetterin. Sie parliert, in Gruppentherapien, aber auch an Abendgesellschaften oder bei Ladies Lunches ungeniert über die Unterschiede zwischen Vaginal- und Klitoralorgasmen, befragt sich auch selber, in aller Öffentlichkeit, ob sie nicht eine Lesbe sei und ob Masturbation nicht tausend Mal befriedigender sei als Penetration durch einen Kerl, der immer entweder zu sensibel und zu wenig sensibel ist. Urs Kummer schüttelt immer seinen Kopf, wenn er Josiane Meunier de Chatterbox wieder dozieren hört, denn er kennt ihre andere Seite, ihre gleichsam private Seite, wo sie verlegen zu kichern anfängt, wenn es an die Wäsche geht. Wo sie darauf besteht, dass die Vorhänge – alle – zugezogen und alle Lichter gelöscht werden. Urs Kummer ist es recht so. Sie legt sich hin und er darf. Gleich danach rennt sie ins Badezimmer, um sich gründlich und länglich zu waschen. Damit ist die Frage vom Nachspiel auch erledigt. Um etwas zu sagen, erzählt er, dass er am Haus von Rotscher vorüber gejoggt sei und da sei doch wahrhaftig der Korken einer Flasche Perrier-Jouet 1976 rosé aus einem Fenster geflogen, ihm vor die Füsse. Josiane Meunier de Chatterbox, streckt ihren Kopf durch die bloss einen Spalt weit geöffnete Badezimmertüre und fragt, hast du etwas gesagt, Urs Kummer? Urs Kummer wiederholt seine Geschichte, sitzt nun demonstrativ nackt auf der Bettkante mit weit gespreizten Beinen, doch Josiane Meunier de Chatterbox schaut stur nicht in seinen Schritt.

Josiane Meunier de Chatterbox denkt gerade darüber nach, dass die Menschen klar falsch konstruiert sind. Wie sonst ist es zu erklären, dass nicht einmal Urs Kummer ihr einen Orgasmus zu bescheren weiss. Oder einen so klitzekleinen Orgasmus, dass sie nichts davon spürt. In ihr sträubt sich alles dagegen, Urs Kummer einen Orgasmus vorzustöhnen, wenn dieser Tölpel es nicht schafft, sie zum Singen und Klingen zu bringen. Die Männer sind alle

Versager. Und just bei diesem Stand der Gedanken kommt diese doofe Geschichte mit dem Champagnerkorken. Josiane Meunier de Chatterbox lacht insgeheim über all die Bplops, Bplops und Bplops bei den andern Leuten, die nichts von der Sache verstehen und sehr wahrscheinlich nicht einmal wissen, dass sie keine wahren Orgasmen kennen. Sie findet es ekelhaft, wie die anderen Leute glauben, in Betten Champagnerkorken knallen zu lassen, so dass die Weinfontänen die Bettlacken einnässen – und das ist für die anderen Leute Lust, Genuss, Orgasmus. Lächerlich! Während sie sich ihre Lippen knallrot schminkt, doziert sie darüber, dass gewisse Frauen Orgasmen als Antiorgasmen zelebrierten und diese Antiorgasmen dann als solche antiorgiastisch klimaxierten. Urs Kummer langweilt das Geschwätz. Er ist wieder geil. Er entschuldigt sich für seine schwache Blase und geht zur Toilette, wo er die Türe hinter sich abschliesst. Als sich Josiane Meunier de Chatterbox von Urs Kummer verabschiedet, beisst sie ihn kurz in sein rechtes Ohrläppchen und flüstert, und zu niemandem ein Sterbenswörtchen, bitte, mein Mann bringt mich um, wenn er von unserer Affäre hört!

Josiane Meunier de Chatterbox steuert ihr Lancia-Cabriolet schnurstracks zur Bar des Palace Hotels. Dort findet sie ihren schwankenden und gescheit daher redenden Ehemann in lustiger Gesellschaft. Sie verkündet lächelnd, dass sie soeben den ultimativen Orgasmus erlebt habe. Urs Kummer sei der beste Liebhaber der Welt. Hingegen seien, das habe ihr Viola Lamperding anvertraut, Rotscher und eine Dame – nun sie möge kein Geheimnis daraus machen, es handle sich um Lady, doch wolle sie nichts gesagt haben – es wie die Karnickel treiben, sogar um die Tageszeit, wo anständige Leute beim Aperitif sind. Die lustige Gesellschaft gerät ins Schwelgen. Eine Frau wie Josiane Meunier de Chatterbox muss im Bett wild wie eine Raubkatze sein, denken alle Leute der lustigen Gesellschaft, seufzen, und beneiden die Liebhaber der Dame. Bloss Balthasar Meunier de Chatterbox kann sich nicht vorstellen, wie ein Mann es schafft, Josiane Meunier de Chatterbox zufrieden zu stellen. Er nimmt sich vor, Urs Kummer genauer zu beobachten. Wenn dieser Mann tatsächlich eine Affäre mit Josiane Meunier de Chatterbox hat, muss er einen Schaden haben, schlimmstenfalls im Dach.

Balthasar Meunier de Chatterbox ist ein Erzfeind von Ladys Liebling. Dieser hatte im Auftrag eines Klienten vor wenigen Jahren Balthasar Meunier de Chatterboxens Fabrik übernommen, letzteren trotz gegenteiliger Versprechen aus der Geschäftsleitung rausgeschmissen und ihn so eines Sinnes im Leben beraubt, so dass Balthasar Meunier de Chatterbox zwar im Gelde schwimmt, aber ebenso im dominanten und domestizierenden Whiskyfluss in der Bar des Palace Hotels. Bevor die Bar des Palace Hotels öffnet, promeniert Balthasar Meunier de Chatterbox in der Stadt herum und flaniert im Stadtpark, wo er, so erinnert er sich, neulich beobachtet hatte, wie Lady und Rotscher sich begegnet sind und sich recht vertraulich gegrüsst hatten. Damals hatte er sich nichts dabei gedacht gehabt. Die Vorstellung, dass die Frau seines Erzfeindes ein Verhältnis hat, beschwingt ihn. Im Klub beim Nachtessen setzt er eine Trauermiene auf und quält sich die folgenden Worte aus dem Geist. Stellt euch vor wie schrecklich, Lady und Rotscher treiben es bei Tag wie die Karnickel und die Höschen und Unterhosen fliegen den Passanten vor Rotschers Haus nur so um die Ohren. Ich mache mir solche Sorgen um die Moral, nicht wahr. Olivier Manulofskowski schnappt jeden Klatsch und Tratsch liebend gerne auf und fügt immer noch mit bübischem Spass selbst erfundene Einzelheiten hinzu. So erzählt Olivier Manulofskowski in der Gesellschaft von unter anderen Hannibal Ernst Zackl beim Kegeln in der Kegelbahn des Hotels Bahnhof, und stellt euch vor, jetzt ist Lady sogar schwanger – was sagt Ladys Ehemann zu dem Kuckucksei, er ist doch ein Ehrenmann, durch und durch. Hannibal Ernst Zackl bekommt vor Entsetzen Hühnerhaut. Als er die Geschichte an Jack Piepser weiter gibt – es schaudert ihn noch, als er sie erzählt – , fügt er noch hinzu (weil er so sehr Mitleid mit Lady hat, die doch eine an sich sympathische Person ist), dass Lady nach Holland gereist sei, um dort abzutreiben. Jack Piepser erkennt in Lady eine Frau mit lockerer Moral und rechnet sich selber Chancen aus, mit ihr ein Verhältnis zu beginnen, macht aber, weil er die Damen verwechselt, Josiane Meunier de Chatterbox den Hof und zwar so aufdringlich, dass diese sich sagt, wenn ein Mann so aufdringlich ist, drängt sich auf, dass er einen zum Orgasmus bringen könnte, worauf Jack Piepser seiner Ex-Frau erzählt, er wisse nicht, weshalb seit Neustem in so hohen Tönen von der sexuellen Offenheit von Lady geredet werde, bei ihm habe sie sich bei zugezogenen Vorhängen und gelöschtem Licht flach hingelegt und gewartet, bis er sie bediene. Jack Piepsers Ex-Frau wiederum, die Jack Piepser jeden auch nur kleinsten Erfolg missgönnt, erzählte weiter, dass Lady so verzweifelt sei, dass sie sogar zu Jack Piepser ins Bett gestiegen sei, dieser aber keinen hoch gekriegt habe, denn Jack Piepser, davor hätte sie Lady warnen können, wenn sie gewusst hätte, dass sie sich an ihn ran machen wollte, sei ein totaler Versager. Um Lady nicht in allzu schlechtem Lichte dastehen zu lassen, fügte sie noch hinzu, dabei ist Lady überhaupt nicht auf Jack Piepser angewiesen, sie hat ja Rotscher, diesen Traum von einem Mann. Sie fragt dann Ella von Swinger, der sie diese Geschichte gerade kolportiert hatte, übrigens, weisst du, wer dieser Rotscher ist? Ella von Swinger frönt am Liebsten ihrer Leidenschaft, Leserbriefe an Zeitungen und Zeitschriften zu schreiben. Die heutige Moral scheint ihr als Thema ein gefundenes Fressen. Weil Ella von Swinger immer gleich weiter denkt, während sie Klatsch und

Tratsch hört, bekommt sie die Geschichten immer nur bruchstückhaft mit. Und als sie sich mit Lady im Humpelmayer zu einem Gläschen Champagner trifft und anhebt mit den Worten, gewisse Damen der Gesellschaft, stockt sie mit einem Mal, denn sie kann sich beim besten Willen nicht mehr erinnern, ob die Ex-Frau von Jack Piepser über Josiane Meunier de Chatterbox oder über Lady gesprochen hatte, und so musste sie im Bruchteil einer Sekunde wählen, dass sie Josiane Meunier de Chatterbox als Ehebrecherin darstelle.

„Gewisse Damen der Gesellschaft, du verstehst, gewisse Damen der Gesellschaft treiben es so bunt, dass man richtiggehend geschockt ist. Josiane Meunier de Chatterbox … Kriegst du auch Schluckauf von Champagner? Ich sage mir jedes Mal, Ella von Swinger, sage ich, keinen Champagner mehr! Also, Josiane Meunier de Chatterbox kennt Rotscher. Du weisst doch wer Rotscher ist, oder? Rotscher also hält sich Karnickel in seiner Wohnung. Und die treiben es, wie es Karnickel eben treiben. So musste Josiane Meunier de Chatterbox mit den weiblichen Karnickel zur Abtreibung nach Holland fahren, zu einem Tierarzt. Hat man da noch Worte?!"

Lady filtert beim Gehörten das Angefügte raus und behält zurück, dass zwischen Rotscher und Josiane de Chatterbox etwas läuft. Diese Vorstellung bringt sie zur Weissglut. Sie beschliesst, Rotscher nie mehr zu sehen. Soll er sich doch mit Josiane Meunier de Chatterbox vergnügen! Rotscher wiederum fragt sich, weshalb Lady ihm plötzlich die kalte Schulter zeigt und für ihn nicht mehr erreichbar ist. Nach dem vierzehnten Bier ist er sich sicher, dass Lady eine Zicke ist und er nie mehr im Leben einer verheirateten Frau nachschauen und hinterher pfeifen wird.

Ella von Swinger ist eine an allen Dingen interessierte Frau, prädestiniert dazu, Leserbriefe zu schreiben. Mit Schrecken wird ihr bewusst, dass sie von Karnickeln nichts weiss. Sie wälzt den Duden, Meyers Konversationslexikon und die Enzyklopädia Britannica und ist den Karnickeln noch immer so verdammt fern. Kurz entschlossen sucht sie Rotscher auf und fordert, die Karnickel mal anzuschauen, weil sie eine Vorstellung davon bekommen müsse, ob eine Abtreibung bei einem Karnickelweibchen lohnend sei. Rotscher starrt Ella von Swinger an. Ihm fällt der Groschen. Die Beste muss übergeschnappt sein. Er setzt eine ernste Miene auf und berichtet, es sei unwahrscheinlich, doch die reine Wahrheit, die Karnickel hätten plötzlich Flügel bekommen und seien davongeschwommen. Ella von Swinger reisst ihre Augen auf, bis diese die Grösse von Raddeckeln erreichen, und kritzelt wie wild in ihr Notizbuch. Doktor Hubertus Stockfischus von der MAZ – Mannheimer Allgemeine Zeitung – schreibt Ella von Swinger auf den diesbezüglichen Leserbrief zurück, er lasse sich von seiner liebsten und teuersten Lesebriefschreiberin nicht verarschen. Flügel seien zum Fliegen da, zum Schwimmen benötige man Flossen. Karnickel hätten weder Flügel noch Flossen, aber Schwänzchen. Ella von Swinger lässt sich so schrecklich gerne vom schrecklich gescheiten Doktor Hubertus Stockfischus belehren. Unendlich dankbar, dass sie in ihren Recherchen weiter gekommen ist, entschuldigt sie sich bei Doktor Hubertus Stockfischus und gibt der Hoffnung Ausdruck, wieder in seine Gunst zu gelangen, weil ihre Korrespondenz so erbaulich sei. Auf Rotscher ist sie schrecklich sauer. Um ihn zu treffen, erfindet sie das Gerücht, dass Rotscher unaussprechliche Dinge mit gewissen Damen à la Josiane Meunier de Chatterbox treibe, dabei flattert ihr linker Augendeckel vor Nervosität, weil sie es so schrecklich aufregend findet, „unaussprechliche Dinge" auszusprechen. Hannibal Ernst Zackl schnappt das Gerücht liebend gerne auf, denn in seinem Frauenbild steht oder stand Lady als Madonna in einem blauen, wallenden Umhang da, während Josiane Meunier de Chatterbox die Domina in Lederstrapsen mit einer Peitsche darstellt. Deshalb hatte er den früheren Gerüchten, die Lady mit Dreck beschmissen hatten, nie glauben wollen. Und nun kriegt er den Beweis, dass sein Frauenbild ihn nicht trügt. Er schüttelt Ella von Swinger überschwänglich dankbar die Hand und gratuliert ihr zu dem gelungenen Gerücht. Ella von Swinger ist vom Überschwang des sonst so anständigen Hannibal Ernst Zackl höchst befremdet und fragt sich, ob dieser Blick, dieser Händedruck, dieses Rupfen und Zerren erste Anzeichen einer Vergewaltigung sein könnten. Um ja keinen Fehler zu machen, schmierte sie Hannibal Ernst Zackl eine. Hannibal Ernst Zackl denkt, diese Frau ist übergeschnappt. Fini Trimber weiss bereits aus gut unterrichteter Quelle, dass Ella von Swinger übergeschnappt ist. Als Hannibal Ernst Zackl und Rotscher dies hören, wird ersterer sehr nervös und protestiert, nein, nein, nein, während letzterer losprustet vor Lachen und fallen lässt, überhaupt nicht, sie ist bloss lustig! Hannibal Ernst Zackl nimmt bei nächster Gelegenheit Balthasar Meunier de Chatterbox beiseite und flüstert ihm zu, wir haben uns getäuscht. Rotscher ist zwar ein Teufelskerl, doch nicht zusammen mit Lady, aber mit. Da fällt ihm ein, dass er das, was er sagen will, besser für sich behält.

„Mit wem denn? Los, los, sag schon. Du willst mir etwas verheimlichen. Doch, doch, ich spüre es. Charly, noch einen dreifach Old Fashioned für meinen lieben Freund, Hannibal Ernst Zackl. Mit wem hat Rotscher gevögelt?"

Balthasar Meunier de Chatterbox vermutet, dass Hannibal Ernst Zackl weiss, dass seine Frau ein Verhältnis mit Rotscher hat. Das Verhältnis ist ihm egal. Er ist froh, wenn Rotscher ihm die ehelichen Pflichten abnimmt. Doch wurmt es ihn, dass Hannibal Ernst Zackl in ihm den gehörnten Ehemann sieht.

„Hannibal, ich weiss, wie schwer es dir fällt, es offen auszusprechen, doch ich weiss, ich weiss, Rotscher treibt – Schande über sein Haupt – es mit sich selber, in unbeobachteten Momenten spielt er mit sich selber, bricht in Lustgestöhne aus."

Hannibal Ernst Zackl atmet erleichtert auf, dass er die Kurve noch einmal erwischt hat und nickt zustimmend.

Als Balthasar Meunier de Chatterbox seiner Frau gerade die Funktion eines faradayschen Käfigs erklärt, fällt ihm etwas ein.

„Ach ja, was ich dir noch sagen wollte, treibe es bitte nicht allzu auffällig mit Rotscher. Sei bitte etwas diskreter. Denk an unseren guten Ruf!"

Josiane Meunier de Chatterbox hätte am liebsten vor Freude laut aufgejauchzt, denn endlich, endlich kursieren Gerüchte über sie, ohne dass sie in Wahrheit einen Finger hätte zu rühren brauchen. Sie denkt, sie muss Lady bei Gelegenheit stecken, dass alle Leute sie, Josiane Meunier de Chatterbox, zu beneiden scheinen, dass sie sich einen Prachtkerl wie Rotscher krallen konnte. Doch dann hält sie inne und fragt sich, im Ernst, ist Rotscher so ein Prachtkerl? Egal. Um Lady etwas zu ärgern, ist jeder Mann recht. Und Lady scheint ja tatsächlich an diesem Rotscher etwas zu finden.

Vierte Folge

Kurze Geschichte

Rotscher funktioniert im Grunde einfach. Rollt alles rund, denkt er nichts. Brummt, scheppert, quietscht, ächzt und stöhnt es auf einer Ebene seines Daseins, sieht er schwarz. Nicht dunkelweiss, hellgrau oder dunkelgrau, aber schwarz. Er erinnert sich unwillkürlich an den Tiefpunkt seines Lebens, als ihm anlässlich des Konzerts einer Rockgruppe im Volkshaus eine fremde Hand in den Schritt gegriffen und in seinen Arsch hinein gegriffen hatte. Wie von den Tarantel gestochen, reflexartig dreht er sich um, ordnet ein bestimmtes Gesicht richtigerweise der fremden Hand zu und verpasst dieser Visage einen Kinnhacken, so dass Erich Lange – so erfährt Rotscher später, heisst sein Opfer – aus dem Mund zu bluten beginnt – hatte sich beim Kinnhacken auf die Zunge gebissen - , Blutfontänen ausspuckt und ohnmächtig zu Boden geht, während die Polizei, dein Freund und Helfer sogleich zur Stelle ist, um den „Schläger" (dabei kann Rotscher keiner Fliege etwas zuleide tun und den Griff in seine Arschbacken hinein hatte er irgendwie noch genossen, doch der Reflex und der ungeahnte Kinnhacken!) abzuführen, aufs Revier zu bringen, wo Rotscher während Stunden von Wachmeister Pfund einvernommen wird und nur von seinem Paten, Geni Kainer, zu früher Morgenstunde ausgelöst wird. Rotscher ist in Sachen Begegnung mit der polizeilichen Art gebranntes Kind und sieht schwarz, sobald es Schwierigkeiten gibt. Er misstraut sich selber und den anderen. Er denkt unwillkürlich über die Dinge nach, die er wahrnimmt, macht sich seinen Reim darauf und alles ist sonnenklar. Das heisst, das grelle Sonnenlicht blendet und er sieht schwarz. Das Schwarz, das er sieht, kann er in seiner Zusammensetzung, seiner Faserung, seiner Oberflächenstruktur, seiner Textur, seiner Form und seiner Erscheinung als Vorahnung jeglichen Seins bis in die kleinsten Einzelheiten beschreiben. Meist langweilt ihn das Beschreiben, so dass seine schwarze Sicht der Welt irgendwo im luftleeren Raum hängen bleibt und er sich einstweilen weiterhin munter seinem farbigen Alltag hingibt. Öfter aber häufen sich die schwarzen Flecken in seinem Alltag. Am besten nichts denken, ruhig in die Abortschüssel hinein pissen, den Pissestrahl beobachtend. Da durchblitzt ihn die Frage, stehe ich tatsächlich zu Hause vor der Abortschüssel oder woanders, im Büro, auf der Strasse? Ihm wird heiss, beinahe schummrig. Die Wirklichkeit beginnt – beinahe – zu rotieren, verschwimmt. Dann die Erinnerung: als ich heute früh die Kühlschranktüre aufriss, fiel mir der Deckel des Butterbehältnisses entgegen, prallte an meinem Körper ab, fiel zu Boden, zersprang schrill klirrend in tausend Stücke, die sternförmig wegstrebten. Da war er zusammengezuckt. Ein schlechtes Vorzeichen für den Tag. Kurze Zeit hat er alle Aufmerksamkeit darauf verwendet gehabt, vorsichtig Schritt um Schritt zu tun, dann das Vorzeichen vergessen. Es würde an diesem Tag in das Bild hinein passen, in aller Öffentlichkeit vor den wachsamen Augen unzähliger Leute einen Idioten aus sich zu machen, indem er mir nichts dir nichts, absurd, seinen Hosenstall öffnet, sagen wir auf der Bahnhofstasse, und einen satten Strahl auf den Asphalt sendet. Schreckensbleich tastet er die Umgebung ab. Alles da. Das Lavabo, das Handtuch an der Seite aufgehängt. Es sieht aus, als ob alles seine Richtigkeit hat.

Diese Zweifel an der Wirklichkeit fallen Rotscher dann und wann an. Er spricht nicht darüber. Oft, wenn die Umwelt ihn nicht gerade fordert, grübelt er über dieses Absacken des Bodens unter den Füssen nach. Holt ihn dann jemand mit einer direkten Ansprache aus seinen Grübeleien hinaus, erschrickt und errötet er, worauf die Andern sich unendlich lustig über ihn machen, weil sie denken, sie wissen, aus welchen Träumen sie diesen heillosen Träumer wieder rausgerissen haben. Eher selten lastet die Bewusstseinstrübung so schwer auf seiner Seele, dass die Umwelt in schwarzen Rauch gehüllt scheint und er bloss noch blöd grinsen kann. Neulich begegnete er einer Frau, die total gut aussieht. Rotscher weiss, ich kenne diese Frau von irgendwo her. Sie schaut ihm in seine Augen, herausfordernd, aufreizend. Rotscher löst sich in Verlegenheit, Stolz und Begierde auf, schmilzt dahin. In rasanter Schnelle rattern Gedanken durch sein Hirn. Dann hat es ihr also letztes Mal gefallen? Was hat ihr gefallen? Waren wir zusammen im Bett gewesen? Oder ist sie die Verkäuferin im Fotogeschäft? Oder die Enkelin von Grossmutters Freundin Hulda? Ist sie an dieser doofen Dinner Party sein Gegenüber gewesen und haben ihre Füsse mit einander gespielt, wobei seine grosse Zehe während der Rede dieses eingebildeten Trottels hoch bis zwischen ihre Beine geglitten war? Diese Brüste, dieser Hintern? Nimmt man Schönheit wahr, um gleich einen Film zu starten mit allen Handlungen, zu denen eben diese Schönheit einen inspiriert? Aus Ratlosigkeit wird ihm schwarz vor Augen. Er grinst blöd. Die bekannte / unbekannte Schöne zwinkert kurz mit den Augen – tatsächlich, ich schwöre es, sie hat mir zugezwinkert und dazu so frech gegrinst! – und weg ist sie! Diese kurze Begegnung auf der Schnittstelle zwischen Wirklichkeit und Einbildung beschäftigt ihn die nächsten Stunden, bis, ja, bis er plötzlich ein absolut schmerzhaftes, ihn in eine Art von Agonie katapultierendes, das Bewusstsein aufschreckendes und schärfendes Stechen in seiner Seite verspürt. Rotscher erinnert sich, dass er im Buch über das Jogging, das Lady ihm ausgeliehen hatte, aufgeschnappt hatte, Seitenstechen sei in der Regel nicht letal. Der Umkehrschluss dazu ist, dass man in Ausnahmefällen durchaus an Seitenstechen sterben kann. Wenn er jetzt stirbt, mitten aus dem Träumen von der unbekannten / bekannten Schönen, dann könnte er das unbedingt Lady nicht gestehen, denn Lady – obwohl sie ja nichts zusammen haben – würde bestimmt enttäuscht sein, wenn er, seine letzten Züge machend, an eine andere Frau denkt. Rotscher knabbert in Gedanken versunken an seiner Unterlippe. Wie ein Karnickel an einer Möhre, denkt Rotscher. Und das Stechen in der Seite ist weg. Und Lady will ja nichts mehr von ihm wissen, schneidet ihn.

Das Telefon klingelt. Lady. Rotscher hat keine Sprechstunde. Er wälzt diesen total wichtigen Gedanken, wird ihn bald, doch noch nicht jetzt, zu Ende gedacht haben. Unterbricht er den Gedanken jetzt, sind der Gedankenansatz, der Gedanke verloren, ist die Zeit, die er darauf verwendet hat, vertan. Das spürt er, wie die Redensweise sagt, im Urin. Obwohl er im Moment weder pisst, noch einen Drang dazu verspürt. Doch der Anruf von Lady kommt ungefähr fünf Minuten zu zeitig, stört ihn. Lady fasst sich kurz. Zackig kündigt sie ihm einen Kurzbesuch an. Bloss drei Minuten. In einer halben Stunde habe sie eine Verabredung. Dann hängt sie auf und stösst Rotscher in düstere Grübeleien. Er hätte Lady klipp und klar sagen müssen, so geht es nicht, ich habe keine Zeit. Er ärgert sich, dass er, der begnadete Denker, ständig gestört wird in seinen Gedanken, die nie zum vollständigen Gebäude anwachsen können, weil immer eine Lady etwas von ihm will und seinen ach so schönen Gedanken den Garaus macht. Selbst wenn sie, wie versprochen, nur drei Minuten bleibt, ist der Gedankenfluss durchbrochen, der ach so schöne Gedanke futsch, denn beim Denken, denkt Rotscher, kommt es auf den Rhythmus an. Wenn der Rhythmus nicht stimmt, sieht Rotscher schwarz und schwärzer. Mit ihrem Zwang, ihm, Rotscher, zu sagen, dass man sich nichts mehr zu sagen hat, bringt sie ihn, Rotscher, so weit, dass er seinen ach so schönen Gedanken endgültig begraben muss. Rotscher sieht schwarz. Lady bestimmt über sein Leben, indem sie kurz mal hin zu ihm fliegt, um dann gleich wieder wegzufliegen, nicht bedenkend, dass sie ihn, Rotscher, davon abhält, über die Schwärze in seinem Leben ernsthaft nachzudenken, um endlich einmal sein Dasein in Licht zu tauchen. Seit Rotscher Lady kennt, verläuft sein Alltag nach dem bekannten Muster. Kaum hat Rotscher einen schwarzen Fleck, von denen es in seinem Leben nur so wimmelt, begriffen / ergriffen, macht er sich voller Inbrunst an dessen minutiöse Analyse, grübelt nach, weil das Grübeln das Markenzeichen des Denkers ist und weil der Denker Welten über dem Taugenichts und Tunichtgut steht. Rotscher ist mächtig stolz darauf, sich nicht von seinen Trieben treiben / abtreiben / vertreiben zu lassen, aber zu grübeln, was dem Stochern in offenen Wunden gleich kommt, wobei Rotscher denkt, Masochist, auweia. Bin ich ein Masochist? Ppphuu, das möchte ich nun doch nicht sein, oder doch? Kaum ist Rotscher im Klüngel seiner Gedanken über die Schwärze an sich und im Konkreten gefangen, taucht Lady auf und. Ja, wie beschreibt der Schreiberling diesen Zustand?! Cole Porter schrieb einen Song: „they're unimpressed, they have no cares, they're just a couple of honey-bears" (Nichts kümmert sie. Sie sind sorglos. Wie ein Pärchen von Honigbären.), hübsche Umschreibung des Zustands. Ein Lächeln auf den Lippen, der Duft von blass-violetten, lachsroten und weissen Rosen, das Elektrisieren durch Berührungen, das Prickeln von Rosé Champagner, das Verschmelzen von Vergangenheit und Zukunft zu einer Lust ohne Fragen nach irgendeinem Grund des Seins, der

Moment, der Ewigkeit ist – stopp den Gedanken! Er wollte sagen, jetzt ist aber endgültig Schluss. Sie wollte sagen, jetzt ist aber endgültig Schluss. Ach herrjeh!

Was wäre Rotscher gerne? Top-Denker, Top-Manager und Top-Politiker, ein Top-Mann, der auf die Öffentlichkeit pfeift und ständig von Paparazzos, die ihn auf Schritt und Tritt verfolgen, der Populärkultur aufgedrängt wird. So gebrochen sein Äusseres bezüglich dieser Wunschträume ist, desto ungebrochener ist in dieser Beziehung sein Inneres. Er weiss, dass er das Zeugs hat, zu erreichen, was er will. In die Quere kommen ihm bloss seine lieben Mitmenschen. Allen voran seine Eltern, die alles falsch gemacht hatten. Bestimmt nicht absichtlich, nimmt er zu ihrer Ehrenrettung an. Dann die Lehrer, später die Chefs, jetzt Lady. Niemand scheint sein Potenzial wahrzunehmen. Alle scheren sich einen Deut um Rotscher den Menschen. Niemand nimmt seine Visionen ernst. Und nun hindert Lady ihn daran, gedanklich sein Glück beim Schopf zu packen. Nichts kann er auf die Reihe kriegen, wenn sie ständig auftaucht, „bloss kurz reinzuschauen", wo es zwischen ihnen, falls überhaupt je etwas war, aus ist. Die Aussichten sind düster, geradezu schwarz. Würde Lady bloss ein klitzekleines Bisschen an Rotschers Fortkommen liegen, würde sie ihm aus dem Weg gehen und ihn seine Riesenschritte machen lassen, ihm durch ihr Nichtvorhandensein den Weg leuchten. Sie aber sabotiert mit Nachdruck Rotschers gute Vorsätze. Sein, Rotschers Seelenheil und Wohl sind ihr wurst. Sie mag ihn nicht wirklich. Was ist Liebe? Liebt er Lady? Die Schwärze breitet sich im Nu aus. Rotscher wird schummrig. Zurück bleiben ein schreckliches Heulen und ein Zittern. Rotscher als Spielball eines unerbittlichen Schicksals, das ihm ständig neue Protagonistinnen und Protagonisten zuspielt, die ihn mit so ausgeklügelten Finten austricksen, so dass er ohnmächtig zurück bleibt. Und er, Rotscher, spielt frisch, frei und fröhlich mit. Doch halt, solange er, Rotscher, mitspielt, ist auch das mit der Ohnmacht bloss ein Spiel, genauso wie das mit der Liebe. Wo steckt Lady so lange?! Sollte längst hier sein. Wenn ihr bloss in der ihr eigenen Hektik nichts zugestossen ist! Sie zum Beispiel innerorts mit 100 Stundenkilometern einen Polizeiwagen gerammt hat! Bestimmt glaubt sie, dass sie mich liebt und ahnt nicht, dass alles bloss ein Spiel ist. Er wird Lady, sobald sie ihm gegenübersteht und ihm um den Hals fallen will, mit Nachdruck, mit sanfter Gewalt zurückstossen. Ihr sagen, schau, Lady, es macht keinen Sinn, dieses Zeugs zwischen uns, wir sind zwei Welten, okay? Hier ein Taschentuch für deine Tränen – Rotscher rast zum Schrank und entnimmt ihm ein sauberes Taschentuch, das er in seine Hosentasche steckt. Dort ist die Türe. Und stell dir bloss nicht vor, dieser Entscheid fällt mir leicht. Ich weine sooo grosse Krokodils Tränen. – Klingeln an der Wohnungstüre.

Rotscherlein, was nun !? Na ja, man köpft eine Witwe, der Korken knallt, glugluglu in Gläser und Gelächter, das in wohliges, dann rhythmisches Stöhnen übergeht, Rosé Champagner eben.

Die Folgen sind verheerend. Lady findet wieder Boden unter den Füssen, als es bereits vier Stunden später ist, als es hätte sein sollen. Ihre Verabredung beim Hairstylisten hat sie verpasst. Nun muss sie, wohl oder übel, für eine Woche mit ihrer natürlichen, anstatt mit vermittels Kunst natürlich gestylten Lockenpracht durch ihren Alltag gehen. In die Binsen gegangen ist ebenso der anschliessende Umtrunk mit Josiane Meunier de Chatterbox. Die Zeit reicht gerade noch, um pünktlich in die Ankunftshalle des Flughafens angestürzt zu kommen, um ihren Gatten mit treuem Lächeln und gattenergeben in Empfang zu nehmen, als er, zurückkehrend aus der grossen, weiten Welt in die heimischen Gefilde zurückgespuckt wird. Er sieht sie zwar an, doch erkennt er sie bloss vage hinter den Bilanzen, Berichten und Fachliteraturen, die bei ihm jederzeit im Vordergrund stehen.

„Du fragst dich bestimmt, Liebling, ob ich den Termin beim Hair-Stylisten verpasst habe. Es ist nämlich so, dass."

„Hair-Stylist", knurrt Ladys Liebling wie ein Roboter, denn er hört nicht wirklich hin.

Lady plappert munter drauflos. Heute sage man für Frisör Hair-Stylist. Ihr Hair-Stylist wäre bestimmt zu Tode beleidigt, falls er Frisör genannt wird. Und damit nimmt Ladys und ihres Lieblings Leben wieder den gewohnten Trott. Lady denkt, ich bin zu dumm für diesen gescheiten Mann. Und Ladys Liebling hängt bei seinen Bilanzen, Berichten und Fachliteraturen rum. Beim Abendessen im Restaurant Français, aus heiterhellem Himmel, ohne Vorwarnung (selbst Ladys Liebling weiss nicht, wie ihm geschieht), fragt Ladys Liebling, Schatz, wo ist dein Brillantring? Zu Ladys Rettung tritt der Sommelier dazwischen und fragt, ob er eine zweite Flasche Château Lafitte bringen soll. Sie wundert sich noch, dass die Flasche bereits leer sein soll und setzt zum Gedanken an, dass ihr Liebling einen schrecklich guten Zug zu haben scheine, als vor ihrem geistigen Ohr das Klick wiederklingt, als ihr Brillantring zu Boden gefallen war und auf dem Parkett unter das Bett gerollt sein musste, wo sie ihn – unverzeihlich – vergessen hatte aufzuheben. Der Sommelier entkorkt die zweite Flasche.

„Ich habe dich nach dem Brillantring gefragt?"

Ladys Liebling ist nicht im Geringsten erstaunt, dass er nachdoppelt mit seiner Frage, denn er weiss überhaupt nicht, was er fragt. Er hört auch nicht zu, als Lady bereits wieder munter weiterplappert.

„Ach, am Nachmittag hatte ich Josiane Meunier de Chatterbox getroffen. Sie hat mich gebeten, ihr meinen Ring auszuleihen, da sie sich einen gleichen anfertigen lassen möchte."

Sonst verläuft der Abend im üblichen Rahmen. Am nächsten Tag, gepeinigt von Vorahnungen, ruft Lady Josiane Meunier de Chatterbox an, um sich bei ihr für die verpatzte Verabredung zu entschuldigen und sie inständig zu bitten, ihrem Liebling gegenüber so zu tun, als ob sie sich getroffen hätten. Bevor Lady jedoch zu Wort kommt, entschuldigt sich Josiane Meunier de Chatterbox wortreich dafür, dass sie die Verabredung leider verpasst habe, schiebt vage Andeutungen vor, um zu begründen, weshalb sie die Verabredung verpasst habe, bis sie dann genervt erklärt, gescheiter, ich schenke dir gleich reinen Wein ein, du wirst sowieso dahinter kommen, über kurz oder lang.

„Hasse mich, verachte mich, denke das Schlimmste von mir: ich bin mit deinem Mann gestern Nachmittag kurz in Paris gewesen. Bestimmt hast du mich auf dem Flughafen gesehen. Ich hatte zwar eine riesige Sonnenbrille getragen und mich hinter einer Säule versteckt."

Lady kriegt einen Lachanfall. Josiane Meunier de Chatterbox ist zu tiefst beleidigt und findet, Lady sei die falsche Frau für Ladys Liebling, weil sie so überhaupt nicht wisse, was sich gehört und wie eine Frau zu reagieren hat.

Zurück zum Vorabend, als Lady abstürzt, um ihren Liebling vom Flughafen abzuholen und das Rotscherlein sich selber überlässt. Rotscher schüttelt sein weises Haupt, kommt langsam wieder zu sich. Seine Lebensgeister regen sich und er kann nicht verstehen, wie er schon wieder sich hat erwischen lassen und etliche Stunden gedankenlos verplempert hat. Plötzlich trifft ihn der Schlag: meine

Pokerrunde, ich habe sie total verschwitzt! Er packt seine sieben Sachen, flitzt zu seinem Auto und rast (heimst dabei zwei Bussen ein, eine wegen Geschwindigkeitsübertretung, eine wegen Überfahrens eines Rotlichts) und steht mit einigen Stunden Verspätung vor der Runde seiner Pokerkollegen, die bereits etliche Biere reingeschüttet hatten. Sie starrten ihn an, als ob er ein Marsmensch ist. Einer zeigt auf Rotschers Füsse, schüttelt seinen Kopf und brüllt vor Lachen. Alle starren hin und stimmen in das Gelächter ein. Rotscher steht barfuss da. Ausgelacht, verhöhnt, verspottet, wie ein begossener Pudel, ach, und Rotscher würde am liebsten losheulen. Seine Nerven liegen blank. Er kann sich nichts leisten. Nichts kann er sich leisten. Was kann der Mensch sich überhaupt leisten? Insbesondere Rotscher, mit dem stetigen Rosé Champagner-Konsum, den Bussen – ein Leben auf Pump. Der kleine Ariel hockt sich ihm auf die linke Schulter und flüstert ihm Worte ein, die Rotscher nun von sich gibt, in einer feurigen Ansprache, so dass von allen Anwesenden Rotscher am Meisten über sich staunt.

„Freunde, zum Teufel mit Anstand und Geboten, Verboten, Müssen und Sollen. Sind wir nicht frei geboren?! Als freie Menschen, die von Trieben getrieben werden, auf dass unsere Natur sich in Lust und Laun' entfalte! Was verplempere ich meine Zeit in öder Runde, wo's nur um schnöden Mammon geht. Ich hab euch alle über!"

„Komm, Kumpel, komm. Letztes Mal noch hast du Charly total fertig gemacht, weil er den Reissverschluss seines Hosenladens offen stehen hatte. Der Rotscher ist verliebt, ihn hat es total erwischt! Und erst noch eine verheiratete Frau, hahaha!"

„Arschlöcher, ihr seid so blöd. Mit euch will ich nie mehr was zu tun haben!"

Rotscher weiss nun, das Schwarze steckt in seiner Unentschlossenheit. Zum Teufel mit der Liebe! Er wird mit

Lady bei ihrem nächsten Beisammensein Tacheles reden. Er müsse nun endlich radikal aufräumen, sich auf eine sinnvolle, vernünftige Perspektive konzentrieren, den Dingen nicht mehr ihren Lauf lassen, selber bestimmen, männlich und wild entschlossen, schliesslich sei er ein Mann und müsse sich endlich auf seinen Hosenboden setzen und den Ernst des Lebens spüren! Das will er Lady sagen. Wird er Lady sagen. Hebt an es ihr zu sagen, mit sonorer Stimme, um seinem Entschluss den richtigen Ton zu geben, als Lady ihn kurz, zögernd, zaudernd unterbricht, was Rotscher erst mal aus der Fassung bringt.

„Wo ist der Rosé Champagner? Augen zu, nicht blinzeln. Voilà! Jetzt darfst du deine Augen wieder öffnen."

Lady strahlt wie ein Maikäfer. In Händen hält sie eine gekühlte Flasche Rosé Champagner. Rotscher stürzt in ein Dilemma, das ihn so abfedert, dass er gleich in den siebenten Himmel geschleudert wird. Seine fein säuberlich vorbereitete Rede würde so ganz und gar nicht in diese Situation passen. Unwillkürlich verschiebt er sie auf später. Der Gedanke, mir schwant Schreckliches, mir wird so schwarz vor Augen, bleibt weit hinter Rotscher zurück. Der Rosé Champagner hat Rotschers Sinne eingeholt und gefangen.

Fünfte Folge

Eine Geschichte, kurz und bündig

Lady bekommt, zu ihrem Glück, Rotschers Gedanken nicht mit. Sie hält ihn für etwas verschlossen, leicht schrullig, so typisch Mann, kann über seine Gefühle nicht sprechen, doch rundum schrecklich süss. Ihr kommt es wie ein kleines Wunder vor, wie sie alles unter einen Hut bringt: sie liebt ihren Liebling, sie liebt ihre Kinderchen, sie liebt Rotscher und alle Lieben haben neben einander Platz und keine einzige ihrer Lieben kommt zu kurz. Sie amüsiert sich darüber, dass selbst ihr Liebling ihre Notlüge mit dem Brillantring geschluckt hatte, wohlwissend, dass sie Josiane Meunier de Chatterbox nicht getroffen haben konnte, wenn er, ihr Liebling, mit eben dieser Dame sich in Paris verlustiert hatte, was sie, Lady, unbedingt nicht hätte wissen sollen. Lady seufzt wohlig auf, alles geht so perfekt auf. Rotscher hat derweilen einen Plan ausgeheckt, den er gleich umsetzen und Lady unter einem Vorwand an einen bestimmten Ort bestellen wird, um jeglichem Rosé Champagner und Tralala von allem Anfang an den Riegel zu schieben, so dass er endlich Schluss mit ihr machen kann. Er wählt Ladys Nummer mit festem Sinn und bis in den Hals pochendem Herzen, hört das rhythmische Schnarren des Geräts, danach ein kurzes Klick und dann die beschwingte glockenhelle Stimme Ladys, hier Lady, wer dort?

Der Höhepunkt dieser Geschichte, die das Timing einer griechischen Tragödie hat, bedarf notwendiger Erklärungen, denn die Hefe der Gegenwart ist und bleibt die Vergangenheit.

Das Haus auf dem Hügel befindet sich schon einige Zeit im Besitz der Familie von Ladys Liebling. Früher wurde dieser Besitz als bescheidenes Anwesen mit etwas Umschwung bezeichnet. Heute segelt er unter dem Titel Traumvilla in üppigem Park. In Wahrheit jedoch ist das Haus alt und eine Missgeburt bezüglich des Baustils, eine Mischung aus Neugotik und schlechtem Geschmack, verwinkelt und von Grünzeug überwuchert. Trotz dem Anschein von einem verwunschenen Schloss (aus dem Blickwinkel von harmoniesüchtigen Romantikern) enthält das Haus nur wenige, dunkle und kleine Zimmer (aus dem Blickwinkel von kritischen Zeitgenossen). Das Haus liegt unmittelbar an einer vielbefahrenen Strasse, ist jedoch von der Strasse her wegen einiger alter Bäume und etwas Strauch- und Buschwerk nicht zu sehen. Kaum war das Haus erbaut worden, errichtete ein Industrieller der Umgebung auf den umliegenden Feldern Arbeitersiedlungen. Im Laufe eines Erbstreites wurde der Industriebetrieb für gutes Geld an eine ausländische Investorengruppe verkauft, die den Betrieb ins Ausland verlagerte und die ehemaligen Arbeiterhäuschen an die damaligen Bewohner verkaufte, was an sich Sinn machte, denn längst wohnten keine Arbeiter mehr in den Häuschen, aber rechtschaffene Aspiranten für die liberal-konservative Partei, die die Häuschen gerne kauften, aufpeppten und ihre Devise my home is my castle auslebten. Die rechtschaffenen Aspiranten für die liberal-konservative Partei lokomotierten ins Alters- oder Pflegeheim oder auf den Friedhof und nachrückte trendiges Jungvolk, für das die ehemaligen Arbeiterhäuschen zu klein und etwas genant waren, so dass sie, zum Teil zumindest, Schenkungen an die öffentliche

Hand zwecks Schaffung von Wohnraum für Benachteiligte machten, so dass nun rund um die „Villa" auf dem Hügel Bedepperte, Bealkoholisierte, Bearbeitsloste, Beschlagene und Befrustrationierte ihren etwas gewöhnungsbedürftigen Alltag ausleben. Es wimmelt von Beduinentüchern, rostigen Deux-Chevaux, Ponchos aus Peru. Das Lebensgefühl schwankt zwischen Strand von Goa, Markt von Cuzco und der Versammlung der letzten Internationale, wo sich alle ewig Gestrigen mit Tränen in den Augen um den Hals fallen, echt betroffen sind und den Kampf beerdigt haben. Lady und Ladys Liebling hatten sich diese Nachbarschaft nicht ausgesucht, sie ist ihnen gleichsam zugefallen, im Laufe der Zeit. Ladys Liebling hätte das Haus gerne verhökert. Global tätige Firmen schreckten davor zurück, das Haus zu kaufen, weil die Nachbarliegenschaften Stiftungen und der öffentlichen Hand gehören. Die öffentliche Hand wiederum hätte Ladys Lieblings Anwesen gerne erworben, um dort gleichsam die Zentrale der Sozialarbeit einzurichten. Doch ist die öffentliche Hand nicht bereit einen marktgerechten Preis zu bezahlen. Überdies bestehen die Mitinteressenten an der Liegenschaft in der Regel aus Leuten, die kaum andere zu überbieten im Stande sind. Lady sagte, verkaufen wir den ganzen Plunder an die Stadt. Ladys Liebling wiederum ist alte Schule, versteuert sein gesamtes Einkommen ehrlich und korrekt und vertritt die ehrliche Meinung, als guter Bürger verkaufe man nichts an den Staat. Bestenfalls schenke man dem Staat, was man selber nicht benötige. Das Haus dem Staat schenken jedoch kann Ladys Liebling nicht, weil er ein ehrlicher Steuerzahler ist und es daher trotz beruflichen Riesenerfolges finanziell noch nicht auf einen so grünen Zweig gebracht hat, dass er stattliche Güter ohne weiteres verschenken kann. Vernünftig wäre demnach bloss der Verkauf des Hauses zu einem Spitzenpreis gewesen, was jedoch, siehe oben, sich nicht so leicht realisieren lässt, weshalb Lady und ihr Liebling samt Kinderchen weiterhin im nicht sehr attraktiven Haus und inmitten einer noch viel weniger attraktiven Nachbarschaft leben. Lady nimmt das Ganze sportlich. Ladys Liebling hat ob seiner Geschäfte keine Zeit, sich darüber Gedanken zu machen.

Lady hatte sich einmal kurz dazu entschlossen, sich getarnt mit Beduinentuch und Heilandsandalen als Genossin ins Getümmel zu stürzen und das Soziotop um ihr unverkäufliches Haus herum zu studieren. Sie skandiert provokativ im Chor der fröhlichen Menge die Parole mit, macht Hackfleisch aus den Bonzen (wohl wissend, dass sie selber das Ziel der romantischen Aggressionen ist). Der Genosse neben ihr, bekleidet mit einer Pumphose aus Taiwan und einer sehr weitmaschig gestrickten Schirmmütze, zieht ruhig an seinem Pfeifchen mit Gras. Während er Ringlein von Rauch in die Luft haucht, fragt er Lady, wem, Genossin, nützt es, wenn wir die Villa kurz und klein dekonstruieren? Wir selber wollen uns dort oben einnisten und in Saus und Braus leben, wie diese Bonzen es dort tun. Drum, bloss nichts kaputt schlagen, bloss den Bonzen ihr Daheim vergraulen. Auf dem Nachhauseweg wird sie Ohrenzeugin einer Unterhaltung zwischen einem, der gross daher redete und einem, der Notizen von der Rede macht.

„ … und trinken den ganzen Tag Schampanier, diese Bonzen! Verprassen, was wir Arbeiter erarbeitet haben! Hast du es? Wir Arbeiter erarbeitet haben."

„Wie schreibt man Schampanier? Schampanier, sagst du? Die Farbe von dem Zeugs ist wie Pisse, wenn Blut drin ist."

„Echt? Rot also? Bloss nicht schreiben, dass es rot ist. Sonst müssen wir uns mit ihnen solidarisieren, weil ihr Gesöff rot ist. Fürs Flugblatt reicht Schampanier, ganz einfach. Die Fascho-Schlampe hatte auf dem Rücksitz ihres Wagens sex Flaschen Schampanier, stell dir vor, sex Flaschen. Bist du so weit mit Schreiben?"

In dem Moment nähert sich der Briefträger, Fritz Grünlich. Er fragt, wer von Euch sind Josef Inkluger, Martha Sonda und Halibart Kremser? Der das Flugblatt diktierende wendet sich als Sprecher des Soziotops an Fritz Grünlich. Kein uniformierter Fritze könne sie, die wirklich freie Menschen seien, von ihrem.

„Entschuldigen sie. Ich heisse nicht Fritze. Ich bin der Grünlich Fritz."

„Ist ja gut, Opa. – Niemand kann uns, auch nicht du, Opa, von unserer konspirativen, alternativen Lebensweise abbringen. Unsere Namen sind Apacho-Magno, Mohammed-Ali, Gurudududu und ähnlich."

„Dann lasse ich für die Geldüberweisung halt diesen gelben Zettel hier und der Inkluger Josef mit der AHV-Nummer 208.49.173.117 muss sein Geld selber auf der Post abholen."

Der unter dem Namen Wudu-Chlapf laufende Rothaarige mit Sommersprossen meldet sich etwas verlegen und gibt an, der Sepp Inkluger zu sein. Hier sei sein Ausweis. Das farbige Völklein murrt und gibt Unmutsäusserungen gegen den Verräter von sich. Wenn es um Geld gehe, verteidigt Sepp Inkluger alias Wudu-Chlapf sich, müsse man auch mal über seinen Schatten springen können. Er lässt sich von Fritz Grünlich sein Arbeitslosengeld, seine IV-Rente, sein Sozialhilfegeld und das Stipendium für seine Zweitausbildung auf die Hand zählen. Nachdem die Unmutsäusserungen des farbigen Völkleins nicht nachlassen, doppelt er nach, wie sonst soll ich meine Reise nach Havanna zur Parteisitzung bezahlen, schliesslich sei es ein Anliegen von allen, dass er dort die Prostitution studiere, die doch in einem sozialistischen Staat ein echter Skandal sei. Fritz Grünlich entdeckt plötzlich Lady und stutzt. Apacho-Magno sagt zu Fritz Grünlich, glotze nicht so romantisch. Das ist die

Fascho-Hure von der Bonzen Villa auf dem Hügel. Mit dieser doofen Verkleidung kann sie uns nicht täuschen. An ihr ist nichts echt. Als ausgebeuteter kleiner Postbote musst du dich mit uns solidarisieren und auf sie da spucken. Fritz Grünlich knallt Apacho-Magno eine schallende Ohrfeige. Dieser ist perplex. Fritz Grünlich holt Luft und legt dann los.

„Diese Frau, die ihr beschimpft, ist eine wahre Lady. Sie ist die Güte in Person. Von Kopf bis Fuss eine Dame. Manchmal trägt sie ein schickes Hütchen mit Schleier, dann wieder nicht. Die Bezeichnung, mit der ihr sie tituliert, ist unerhört – ihr solltet euch schämen! Sie hat mir einmal Kleider für meine Kinder mitgegeben, nicht wahr, gnädige Frau. Das vergesse ich ihr nie im Leben. Und obwohl sie eine vornehme Dame ist, redet sie mit mir ganz normal. Das ist nicht selbstverständlich. Auf diese Lady lasse ich nichts kommen. Wer sie beleidigt, bekommt es mit mir zu tun. Verstanden?!"

Grünlich Fritz hat den Narren an Lady gefressen. Er spart sich die Postauslieferung für das Haus auf dem Hügel immer für den Abschluss seiner täglichen Runde auf. Lady bekommt oft Pakete und eingeschriebene Briefe, dann darf er an der Haustüre klingeln. Meist ist Lady nicht zu Hause und das Mädchen nimmt ihm die Post ab. Doch wenn Lady zu Hause ist, bittet sie ihn auf ein Glas Sherry rein. Grünlich Fritz mag Sherry nicht. Im Grunde verabscheut er Alkohol. Doch wäre er sich unverschämt vorgekommen, Himbeersirup mit viel Wasser zu verlangen. Weil es sich einfach nicht gehört. Er lässt sich nichts anmerken, dass er Sherry nicht mag. Und dann parlieren sie munter miteinander. Grünlich Fritz hat Lady auch schon mal sein Herz ausgeschüttet. Über seinen Ältesten und dessen Schulprobleme. Lady meinte, das seien keine echten Probleme. Der Älteste sei ein Musterknabe. Grünlich Fritz staunt immer wieder, wie einfühlsam Lady ist. Neulich konnte er sie beraten. Sie fragte ihn nach dem Mass von Normbriefkästen und dem erforderlichen Standort beim Haus. Grünlich Fritz lachte laut auf. Er erklärte ihr, dass ihr Briefkasten weder in Form noch mit Standort der Norm entspreche. Das wisse sie eben, antwortete Lady. Sie sei soeben von der Kreispostdirektion aufgefordert worden, einen vorschriftskonformen Briefkasten aufzustellen.

„Machen sie sich keine Sorgen, gnädige Frau. Ich bringe ihnen die Post auf jeden Fall. Ich werde das mit der Kreispostdirektion schon deichseln!"

Lady hätte liebend gerne einer Firma den Auftrag erteilt, einen vorschriftskonformen Briefkasten aufzustellen, kann es nun aber mit Rücksicht auf Fritz Grünlich, den sie unter keinen Umständen vor den Kopf stossen möchte, nicht tun. Grünlich Fritz geht von Pontius zu Pilatus, gibt sich der Lächerlichkeit preis, zieht den Zorn seiner Vorgesetzten auf sich und wird vom Direktor der Kreispostdirektion gar schmunzelnd als kleiner Rebell bezeichnet. Das ist zwar löblich, doch das muss nun aufhören, verstanden?! Sonst müssen wir uns vom Grünlich Fritz trennen, verstanden?! Er ist doch, weiss Gott, keiner dieser Linken, oder?! Hinter den Kulissen tut sich also so Einiges in Sachen Ladys und Ladys Lieblings Briefkasten. Ladys Liebling ist als Bürger loyal seinem Staat gegenüber und erwartet vom Staat Loyalität ihm, dem Bürger, gegenüber. Hinzu kommt, dass Ladys Liebling den Verdacht nicht von der Hand weisen kann, Lady habe ein Verhältnis. Das Verhältnis an sich ist ihm wurst – er kann sich bei seiner vielen Arbeit nicht auch noch um jeden Mist kümmern –, doch ist ihm bewusst, dass der normale Mann sich in seiner Ehre verletzt fühlen muss, wenn seine Frau ein austhereheliches Verhältnis hat. Da Lady in seinem Denken nicht erste Priorität hat, steckt er seinen Kopf in den Sand und reagiert Lady gegenüber dann und wann gereizt, so zu sagen ohne bestimmten Anlass, ganz einfach, wenn ihm ob der allgemeinen Situation wieder mal die Galle hoch kommt. In so einen Zustand der Gereiztheit oder sogar Übergereiztheit hinein war besagtes Schreiben der Kreispostdirektion geflattert. Im üblichen Alltagstrott wäre ihm die, wie er es nun bezeichnete, Illoyalität (denn Ladys Liebling besteht auf dem Gewohnheitsrecht, den Briefkasten so behalten zu können, wie er seit Jahrzehnten steht) dieser staatlichen Institution nicht aufgefallen. Nun aber fand er teuflischen Gefallen daran, das Schreiben der Kreispostdirektion zu zerzausen, wies höhnisch auf vier Schreibfehler hin und so weiter blablabla et cetera. Er, der sonst in Sachen Haushalt keinen Finger rührt, schreibt sogleich, ohne Lady darüber zu informieren, einen Brief an die Kreispostdirektion und verhöhnt es als absurd, einen kleinen Vorgarten von 12 Metern 30 als Park zu bezeichnen. Überdies seien 12 Meter 30 jedem Briefträger zuzumuten, schliesslich würden sie von der Post, einer öffentlich rechtlichen Anstalt angemessen entlöhnt.

Im Nu sausen längste Episteln zwischen Kreispostdirektion und Ladys Liebling hin und her. Die Sache selber ist längst erledigt. Lady hatte zusammen mit den Kinderchen den alten Briefkasten sorgfältig demoliert. Die Kinderchen hatten ihren Spass daran. Ein vorschriftskonformer Briefkasten steht da. Grünlich Fritz erschrickt am nächsten Tag ob diesem Vandalismus, rät Lady dringendst zu einer Strafanzeige gegen unbekannt, wobei man doch vermuten dürfe, wer die Vandalen seien. Lady seufzt theatralisch, ach! Der neue Briefkasten steht, vorschriftskonform. Ladys Liebling bemerkt den neuen Briefkasten nicht. Es sausen also längste Episteln hin und her zwischen Kreispostdirektion und Ladys Liebling. Ladys Liebling prangert die Bürokratiehörigkeit der kleinen Leute – damit meint er den Kreispostdirektor höchstpersönlich – an.

Bloss in Klammern (Beim Namen des Kreispostdirektors blinken bei Ladys Liebling keine Alarmlichter auf. Dabei hätte ihm der Name durchaus etwas sagen können. Der Kreispostdirektor nämlich hatte vor wenigen Jahren von Ladys Lieblings Vater einen jämmerlich dahinsiechenden Bauernhof in den Alpen gekauft, dessen Land er in kleinste Parzellen aufteilen lässt zwecks Baus von Ferienhäuschen. Damit hat der Kreispostdirektor so viel Geld gemacht, dass sein Lohn als Kreispostdirektor knapp ausreicht, um seine Vermögenssteuer zu bezahlen. Nichts desto trotz ärgert der Kreispostdirektor sich grün und blau über die Arroganz der Superreichen. Der Kreispostdirektor betrachtet Ladys Liebling kraft dessen Namen und Position als einen dieser Superreichen, auf die er einen echten Hass hat.)

Irgendwann verläuft das Hin und Her der Episteln im Sand. Ins Spiel kommt nun Lehrling Meier. Lehrling Meier fliegt bei der Televisionsgesellschaft raus, weil er – unbeabsichtigt – allen Frauen den Kopf verdreht und den Vorgesetzten zu viele Fragen stellt. Der Direktor der Televisionsgesellschaft ist ein Skatfreund des Kreispostdirektors. Der Direktor der Televisionsgesellschaft findet die Massnahme des direkten Vorgesetzten von Lehrling Meier übertrieben, wollte jedoch nicht eingreifen, als dieser die Kündigung aussprach (der direkte Vorgesetzte von Lehrling Meier ist schwul und nimmt es Lehrling Meier offensichtlich übel, dass er als Einziger bei ihm nicht die geringsten Chancen hat, daher die schlechten Gefühle und die Überreaktion) und fragt den Kreispostdirektor anlässlich eines Skatabends, ob er bereit sei, Lehrling Meier zu übernehmen. Der Kreispostdirektor ist bereit. So kommt es, dass Lehrling Meier jetzt Lehrling der Kreispostdirektion ist. Wenn Lehrling Meier seine Fragen nicht beantwortet bekommt, startet er eigene Experimente, um allfälligen

Antworten auf seine Fragen auf die Spur zu kommen. Im Laufe eines solches Experimentes bei der Kreispostdirektion, Unterabteilung Telefon, steckte er seinen Schraubenzieher in ein Loch und wartet ab, was geschieht. Es gibt einen dumpfen, scharfen Knall, ein Räuchlein steigt auf und es stinkt bestialisch. Lehrling Meier denkt, aha! Ein Kurzschluss, der aber, o Wunder, bloss eine Telefonleitung lahm legt. Zufälligerweise handelt es sich bei dieser Telefonleitung um den Festnetzanschluss von Lady und Ladys Liebling im Haus auf dem grünen Hügel. Also wird er gemächlich und guter Dinge zu seinem Chef, dem Telefonchef gehen und ihm von seinen interessanten Erkenntnissen Bericht geben, nicht ohne die Bemerkung (eine gewisse Ungehaltenheit des Telefonchefs darüber antizipierend, dass ein Festnetzanschluss nun unterbrochen sei), alles sei kein Problem, er könne den toten Anschluss gleich wieder aktivieren.

So viel zur Vergangenheit, die die Hefe einer dynamischen Gegenwart ist. Zurück zur ursprünglichen Geschichte. Als Rotscher Lady durch den Draht ihr „Hier Lady, wer dort?" singen hört, weiss er, dass er sich folgende kurze Rede zurechtgelegt und so gut memoriert hat, dass er gleich damit wird loslegen können.

„Lady, seien wir vernünftig. Es ist noch nicht zu spät, Schluss zu machen. Mit aller Wahrscheinlichkeit bist du nicht mein Typ und ich nicht deiner. Die Wahrheit ist manchmal hart zu ertragen. Doch, ich bitte dich, seien wir stark. Überdies kann ich es mit meinen moralischen Grundsätzen nicht vereinbaren, ein Verhältnis mit einer verheirateten Frau zu haben. Auch dir, das spüre ich, ist es ein Gräuel, von der Madonna zur Hure zu werden. Ich werde schrecklich leiden, doch, zum Glück, gibt es genügend Zupfstuben in der … Was, du weisst nicht, was Zupfstuben sind?! Massagesalons, wo die Masseusen andere Dinge anbieten als bloss Massagen.

Die Liebe, glaube mir, ist nicht mein Ding. Und Leidenschaft ist schön bei Werther, Proust und Barthes, doch im eigenen Leben führt sie unweigerlich zu einem energetischen Ungleichgewicht. Du hast deinen Liebling. Sei nett zu ihm und er wird nett zu dir sein. Also dann, tschüss! Ach ja, treffen wir uns zum letzten Mal, zur Feier der Trennung, des Abschieds im Nouvelle."

Rotschers einziges Problem ist, dass er jetzt gleich, jetzt mit seiner fein säuberlich zurecht gelegten Rede loslegen muss, sich nicht beirren lassen darf, wenn Lady versuchen wird, ihn zu unterbrechen. Bevor er jedoch seinen Mund öffnen kann, ist die Telefonleitung tot.

Er legt auf, hebt wieder ab, wählt Ladys Nummer, die Leitung ist besetzt. Rotscher weiss nicht, dass die tote Leitung die Folge eines Experiments von Lehrling Meier ist. Lehrling Meier geht stolz zu seinem Chef, dem Telefonchef, und erklärt, seinem Versuch zu Folge könne gezielt ein einzelner Telefonanschluss lahm gelegt werden. Der Telefonchef explodiert. Es hätte gerade noch gefehlt, dass das corpus delicti gleich beseitigt werde! Lehrling Meier solle sich unterstehen und etwas anrühren, nochmals hineinzupfuschen. Es müsse alles so bleiben, wie es sei. Lehrling Meier ist ihm sowieso ein Dorn im Auge, weil der Kreispostdirektor persönlich ihn ihm zugeteilt hat. Welches Interesse hat der Kreispostdirektor an Lehrling Meier? Das Treiben von Lehrling Meier ist ihm zu bunt. Wutentbrannt rast er, den Lehrling Meier an einem Ohr hinter sich her schleifend, zum höchsten Chef, dem Kreispostdirektor und sagt, Lehrling Meier muss gefeuert werden! Der Kreispostdirektor langweilt sich und so kommt ihm diese Geschichte gelegen. Er ermahnt den Telefonchef, aufgeweckten jungen Menschen gegenüber nicht allzu ungeduldig zu sein. Zudem habe er selber dem Direktor der

Televisionsgesellschaft versprochen, diesen jungen Mann unter seine Fittiche zu nehmen.

„Ohne mich, Herr Kreispostdirektor! Und wissen sie, wessen Leitung tot ist?! Vornehme und landesweit bekannte Herrschaften. Wir blamieren uns. Das Ganze ist ein Skandal. Wenn die Presse davon Wind bekommt, will ich nicht schuld sein!"

Kaum bekommt der Kreispostdirektor mit, wessen Leitung tot ist, denkt er, warte, warte, Bürschchen (und damit meint er nicht etwa Lehrling Meier, aber Ladys Liebling), jetzt lasse ich dich schmoren. Dein Anschluss bleibt unendlich lange tot. Dem Telefonchef gibt er Anweisung, den Vorfall, bevor etwas verändert wird, genau zu untersuchen, eben weil es sich um eine prominente Person handle, dürfe nichts überstürzt werden.

Lady hält den Telefonhörer in der Hand. Schüttelt ihn. Rotscher hält den Telefonhörer in der Hand, schüttelt ihn. Ladys Liebling, der eben da Lady anrufen will, um mit ihr Tacheles zu reden, wundert sich, dass die Verbindung nicht hergestellt werden kann und schüttelt sein Telefon. Zwei der drei Betroffenen rufen den Störungsdienst an und bekommen zu hören, dass der betreffende Anschluss zurzeit ausser Betrieb sei. Zwei zucken mit den Schultern und interpretieren die tote Leitung als Wink des Schicksals. Die dritte Betroffene wird aktiv.

Eine Viertelstunde später klingelt es an Rotschers Wohnungstüre. Lady steht im Türrahmen, blonder Lockenkopf, strahlende Augen, verführerisches Lächeln, in der Hand eine Flasche Perrier-Jouet Belle Epoque rosé haltend. Rotscher greift danach, schreit beinahe auf. Die Flasche ist ja eiskalt. Na ja, wie wir ihn lieben, den Rosé Champagner, nicht wahr, säuselt Lady. Rotschers Schrei erstickt in Rotschers Kehle, bevor er tonal wird. So nimmt alles seinen Gang. Erst danach fällt Rotscher wieder ein, dass er ja Schluss hatte machen wollen. Das Potenzial der Geschichte ist verpufft. Was zu Mord und Totschlag im Timing einer griechischen Tragödie hätte führen können, mündet, weil die Kommunikation unterbrochen ist, in den gewohnten Alltagstrott, was die Protagonisten und Protagonistinnen nicht einmal zu schätzen wissen, weil sie nie ahnen können, an welchen Klippen sie sehr nah vorbeigeschrammt sind. Und sie tanzen einen Tango und sie trinken Rosé Champagner! Halt, halt, halt.

Sexte Folge

Kurz und bündig, geschichtlich und doch allgemein

Halt, halt, halt: John Elnambur taucht dann auf, wenn Menschen – verdammt – ihre Unschuld endlich verlieren und zu armen Sündern werden sollen. Er kennt die Tücken aller Objekte und deshalb auch die Tücken dessen, was eigentlich tückenlos sein sollte, ein ganz gewöhnlicher Alltag, dem soeben die Zuspitzung mit dem Timing einer griechischen Tragödie abhandengekommen ist. Die Objekte, um die es hier geht, werden von D. H. Lawrence John Thomas und Lady Jane genannt und stehen in irgendeinem Zusammenhang mit Leidenschaft und Begierde (Hier zeigt sich einmal mehr, wie viel hübscher es ist, in verklausulierten Anspielungen zu erzählen, insbesondere in Zeiten, wo ficken, vögeln, bumsen zum alltäglichen Vokabular gehören und auch auf subventionierten Bühnen die Jugendlichen und die Alten ständig splitterfasernackt über die Bretter rennen dürfen, die die Welt bedeuten).

John Thomas ist ein Stehaufmännchen. Das weiss John Elnambur. Darüber hinaus weiss John Elnambur, wie man dieses Stehaufmännchen zum Kippen bringt. Cherchez la femme! Diesmal jedoch nicht in ihrer körperlichen, aber in ihrer ideellen Erscheinung. Im Prinzip ist es einfach und natürlich, doch John Elnambur rollt einen riesigen Stein dazwischen. Einfach und natürlich ist die Sache nur, wenn die Menschen blindlings ihren Trieben folgen, Sex haben und auf Erotik, Gefühle, Sinnlichkeit und so weiter blablabla et cetera verzichten, äffchengleich sich Augen, Ohren und Mund zuhalten. Nicht unbedingt John Elnamburs Ding.

Was ist John Elnamburs Ding? Er liebt die Dinge vertrackter. Er mischt die Dinge auf. Er rührt die Masse bis sie schäumt und ungeahnte Reaktionen entwickelt. Dann lacht er, heissa horrido, und seine Visage verzieht sich zu einer schreckverbreitenden Fratze in ungezähmter Lust und rücksichtsloser Schadenfreude. Doch diese Momente John Elnamburs werden nicht wahrgenommen, genau so wenig wie sein filigranes Wirken, das zu den Katastrophen, zu den widerwärtigsten, blutrünstigsten, perversesten Konstellationen führt, falls es so abläuft, wie John Elnamburs Gehirn es sich ausmalt. John Elnambur ist, von niemandem bemerkt, die Statistik, die in Nummer 45 des „Bravo" anno domini 1963 besagte, dass Jugendliche im Durchschnitt mit 15 Jahren auf ihre Unschuld pfeifen und sie in der Folge auch tatsächlich wenige Tage später verlieren. John Elnambur ist auch der Kommentar der interviewten Jugendlichen, der besagt, wie herrlich es sei, seine Unschuld zu verlieren und dass dieser Verlust das Erstrebenswerteste im Leben sei. Der 19-jährige Rotscher verinnerlicht anno domini 1963 besagte Statistik und katapultiert sich in einen unendlichen Weltschmerz, weil er noch total, oder beinahe, unschuldig ist, bloss von ausgeschämtesten Phantasien zum beinahe unterbruchlosen Wichsen verdammt, was niemand, NIEMAND jemals erfahren darf. Er überlegt sich, dass einer, der so sehr von der Norm abweicht, wohl oder übel als pervers zu bezeichnen ist. Unschuld ist ein düsterer Begriff. Erstens ignoriert er geflissentlich die Hälfte seines Körpers, die unterhalb des Leibgürtels gelegen ist. Kommt er nicht umhin, seinen Körper in unteren Regionen zu berühren, dann nur mit den rosaroten Gummihandschuhen, die seine Mutter jeweils am Waschtag zur grossen Wäsche überzieht. Einmal sucht die Mutter kurz nach Tagesanbruch verzweifelt besagte Handschuhe. Plötzlich sind sie wieder da. Mutter schüttelt ihren Kopf und sieht zu Rotscher hin, der sie unschuldig anschaut. Und mit der Schmutzwäsche bin ich jetzt schrecklich im Hintertreffen. Ob ich es schaffen werde, alle Schmutzwäsche noch zu waschen, ach? Kannst du dir erklären, dass ich meine rosaroten Gummihandschuhe während einer geschlagenen Stunde verzweifelt suche und plötzlich sind sie wieder da? Rotschers Kopf läuft im Nu dunkelrot an. Mutter wird im Nu in Angst und Schrecken versetzt. Was ist mit dir los, hoffentlich nicht eine unheilbare Krankheit!? Die Vorstellung, dass ihr Sohn von einer unheilbaren Krankheit vorzeitig dahingerafft werden könnte, lässt sie mehrere Tränen vergiessen. Sie langt in ihren Geldbeutel, zupft einen mittleren Geldschein raus und bittet ihn, die notwendigen Medikamente zu kaufen, um auch ja gesund zu werden. Zweitens kommt Rotscher nicht umhin, jede Stunde mindestens einmal seinen Körper in den unteren Regionen zu berühren, schon nur um zu schauen, ob noch alles da ist und funktioniert. Er ist dabei unschuldig. Es kommt einfach über ihn. Grundsätzlich trägt er dazu die rosaroten Gummihandschuhe und hütet sich, seinen Blick zu senken und zu beobachten, was er tut. Ergo hat er seine Unschuld nie wirklich angekuckt und kennen gelernt. Im Weg steht ihm seine Schuld, eine zwiefältige Schuld, einerseits seiner Mutter gegenüber, die wöchentlich einmal die rosaroten Gummihandschuhe verzweifelt sucht, und andrerseits „Bravo" gegen über, weil er es einfach nicht schafft, seine Unschuld anzukucken und ihr einen solchen Tritt zu versetzen, dass sie weit weg fliegt und er sie verliert. Die dritte Schuld wiegt nicht so schwer, lastet aber auch auf seiner Seele. Gemäss Aussagen von Jugendlichen im „Bravo" ist das Verlieren der Unschuld das Erstrebenswerteste im Leben. Für Rotscher jedoch ist das Ankucken von Impressionisten das Erstrebenswerteste im Leben. So braucht er die Geldscheine, die Mutter ihm wöchentlich zusteckt nicht für Medikamente, aber auch nicht für Schweinekram, sondern er spart das Geld um die Orte aufzusuchen, die ihm das grösste Entzücken sind: Das Jeu de Paume, die Tate Gallery, die National Gallery, Boymans-van Beuningen, Rijksmuseum, Bayrische Staatsgemäldesammlung, National Gallery of Ireland, Museum of Modern Art, Kunsthaus Zürich, Stedelik Museum, Kunstmuseum Basel, Gemeentemuseum Den Haag. Das Entzücken beim Betrachten von Impressionisten interpretiert Rotscher als Orgasmus. Was sonst kann ein Orgasmus sein? Er blättert Nr. 45 von „Bravo" aus dem Jahre 1963 von hinten nach vorne durch und sieht die Impressionisten nicht ein einziges Mal darin erwähnt. Von dem Moment an ist Rotscher klar, er ist abartig. Er trägt sein Schicksal mit Fassung und schweigend. Letzteres trägt ihm die Qualifikation ein, ein stilles Wasser zu sein, das tief gründet. Jedes Mal, wenn jemand darauf anspielt, läuft Rotschers Kopf dunkelrot an. Er weiss, dass seine Leidenschaft nicht tief gründet. Seine Freunde gehen davon aus, nimmt er an, dass er, der ruhig-verlegene, schlaksige Jüngling hinter seiner Fassade die wildesten Ausschweifungen erlebt. Inzwischen hat er so viele Geldscheine gesammelt, dass er sein Geld nicht mehr so genau einzuteilen braucht. Nach dem Besuch des Jeu de Paumes führt er sich nicht, wie geplant, eine Aufführung des Cyrano de Bergerac in der Comédie Française zu Gemüte, aber schleicht sich verlegen den Hausmauern von Montmartre entlang, immer wieder das Bündel Geldscheine in seiner Hosentasche befühlend. Der Handel mit der Dame bedingt einen Transfer der Geldscheine von Rotschers Hosentasche in die Handtasche der Dame. In einer Absteige fordert sie ihn auf, nicht herumzutrödeln, endlich seine Hose auszuziehen („Schätzchen, auch die Unterhose!") und sich flach aufs Bett zu legen.

„Hände weg! Was stellst du dir vor. Du darfst dich an meiner Möse begeilen, doch unterstehe dich, mich zu berühren! Was ist mit dir los? Kriegst keinen mehr hoch? Bist schon ausgefickt für heute? Sag mal.

Die Dame versucht einen Gummi über Rotschers Schrumpelding zu
streifen.

„Oder bist du einer dieser Perversen? Das kostet mehr."

Rotscher hat all sein Geld an sie ausgegeben. Einem Impuls folgend stösst er die Dame beiseite, zieht seine Unterhose (in der Eile verkehrt herum) und seine Hose an und nimmt blindlings Reissaus, mit sich und seinem Schicksal hadernd. Die Unschuld klebt an ihm. Er verzweifelt und sieht schwarz und schwärzer. John Elnambur grinst und reibt sich zufrieden seine Hände. Rotscher pfeift inzwischen auf eine genaue Kenntnis der Unschuld, wichst ständig mit den rosaroten Gummihandschuhen seiner Mutter übergezogen, doch ohne hinzugucken. Mit Statistiken, leichten Damen und allem Geschwätz, das dazu angetan sein könnte, ihn von seinem Weg abzubringen, will er nichts mehr zu tun haben. Das Leben ist so schon schwarz genug.

Rotscher lebt halbwegs glücklich in den Tag hinein, sammelt Ansichtskarten mit Impressionisten Bildern drauf, raucht Marlboro (weil er den Gauloise-Typ inzwischen überwunden hat) und trinkt Bier. Dann wiederum entdeckt wer die Kubisten und raucht Players No. 6 und trinkt J+B. Später fährt er voll auf David Hockney ab, flippt auf antike Marmorstatuen, raucht Nordpol und kauft sich einen Walkman, um Cole Porter und Noel Coward zu hören. John

Elnambur ärgert diese Selbstgenügsamkeit Rotschers. Er lässt den ersten Korken von Rosé Champagner knallen und das ist auch der Auftritt von Lady. Darüber, ob und wann Rotscher seine Unschuld verliert, schweigt des Sängers Höflichkeit.

Lady besteht voll und ganz aus Unschuld und kennt nichts ausser ihrer Unschuld, die sie aber nicht zu benennen vermag, aber als etwas Gegebenes hinnimmt. Das gewisse Etwas, eben ihre Unschuld, amüsiert Lady so sehr, dass John Elnambur auch ihr nichts einflüstern kann. Sie sieht John Elnambur mit grossen Augen an, staunt und tut dennoch, was sie will. Niemand nimmt Lady ihre Unschuld so richtig ab, doch gleichzeitig weiss niemand, was sie mit ihrer Unschuld in aller Unschuld treibt. Lady fragt sich, weshalb ausgerechnet sie dieses gewisse Etwas hat, das ewig zu dauern scheint. Sie fühlt sich frei und offen, nicht eingeschränkt durch Perspektiven mit zu scharfen Konturen und freut sich über 1001 Möglichkeiten von Lust, Freude und vor allem von Fantasie. Sie weiss, dass alles, was der Schwere der Erdanziehung unterliegt, über kurz oder lang in den Dreck fällt. John Elnambur spricht lasziv die Worte vögeln, bumsen, ficken aus, doch Lady lacht glockenhell und flüstert, ach, John Elnambur! Lady schwärmt davon, wenn Mensch im Menschen verschmilzt, die Welt versinkt, der Sternenhimmel alles überdeckt. John Elnambur sagt, zum Teufel, Lady, Fressen und Scheissen und Ficken – was ist das Leben sonst?! Doch Lady spricht von sternenförmigen Glitzerfunken eines Feuerwerks, ein Regen aus aufblitzenden Ahnungen von Lichtern, die vorbei sind, bevor sie sind. John Elnambur versucht Lady auf einen Begriff festzunageln, Vamp, Diva, Dame, Hure, Heilige, Madonna. Lady winkt ab. Während sie abwinkt, ist sie bereits woanders und hört John Elnambur nicht mehr zu. John Elnambur bietet alles auf, was er auf Lager hat, den Dandy, den Gigolo, den Teufelskerl, den Hasenfuss, den Richter, den Henker, den Schönling, den

Glöckner von Notre-Dame – Lady bleibt stark und sieht nur ihren Rotscher. John Elnambur vermutet, Lady sieht ihren Rotscher ausschliesslich in ihrer Fantasie. Diese Frau ist die Unschuld von der Stadt, aufgeklärt und fröhlich. Was sie tatsächlich tut, das wissen die Götter und sie sagen es nicht – der Diskurs über die Unschuld von Lady bleibt somit im Vagen.

Zusammenfassend ist festzuhalten, dass Rotscher es aufgegeben hat, über Unschuld nachzudenken, während Lady die ewige Unschuld in Person ist. Was Wunder, dass Lady und Rotscher selbst in der sexten Folge von Pink Champagne nicht den Stoff für lüsterne Geschichten liefern. John Elnambur raunt, wart's nur ab, Rotscher, Lady, wart's nur ab. Die Zeit der Wunder wird noch kommen! John Elnambur sieht sich diesen Gegebenheiten machtlos gegenüber, schwört sich aber dennoch, unter keinen Umständen locker zu lassen. Er lenkt Rotschers Schritte in ein Pornokino. Rotscher sieht sich mit der Tatsache konfrontiert, dass ein Freund den Vorschlag macht, ins Pornokino zu gehen, die übrigen Freunde triefende Lefzen bekommen und Rotscher nicht Spielverderber sein möchte. Um ehrlich zu sein, selbst Rotscher ist kein Heiliger. Vielleicht, womöglich, mit drei, vier, fünf, sechs Bier in seiner Birne wäre er selbst alleine ins Pornokino gegangen, doch so, wie die Dinge liegen, kann er sagen, ich mach's ja bloss meinen Freunden zuliebe. So bekommt Rotscher mit, wie Männlein und Weiblein es auf Küchentischen, in Badewannen, auf Almen, in Kellern, verschnürt in Stricke oder eingezurrt in Leder und Eisenketten es treiben, Ärsche versohlend, alle Löcher mehrfach stopfend, dabei stöhnen und seltsame Mienen aufsetzen. Rotscher befindet, lächerlich! Rotscher hat Lady gegenüber ein total schlechtes Gewissen, fühlt sich als Schweinehund, kratzt sein letztes Geld zusammen, ersteht eine sündhaft teure Flasche Krug rosé und pilgert zu Lady, die gurrt und schnurrt beim Anblick, der sich ihr bietet. Der Champagner perlt, Lady und Rotscher quatschen, lachen und fühlen sich sauwohl. Jetzt kommt eine nicht ganz jugendfreie Passage. Doch Obacht, es sieht bloss so aus, als ob etwas geschehen könnte, was nicht jugendfrei ist. Doch es geschieht nichts – weshalb, darüber schweigt des Sängers Höflichkeit. Unschuld gerettet! John Elnambur wütet und tobt, führt Veitstänze auf und stösst einen Urschrei aus. Er wird auf noch fiesere Tricks zurückgreifen müssen.

Die Moral von der Geschichte ist – ach, lassen wir das Moralisieren! Zur Sicherheit hatte Rotscher noch eine Flasche Bollinger rosé mitgebracht, weil er den Horror vor Wein mit Korken hat. Also knallt, nachdem der Krug rosé gehöhlt ist, noch ein zweiter Korken. Lady und Rotscher lachen, quatschen, fühlen sich pudelwohl, bis Lady sagt, der Wein hat Korken. Rotscher kostet. Stimmt, Lady, der Wein hat tatsächlich Korken. Shit! Und sie lachen wie die Maikäfer in einem Flugjahr. Leider gibt es immer weniger Maikäfer, weil die neuen Methoden der Gärtnerei einen Schulterschluss mit der Chemie beinhalten, die Engerlinge ausgerottet werden und es so kaum mehr Flugjahre gibt und so weiter et cetera blablabla. Kurz, Lady und Rotscher quatschen, lachen und fühlen sich sauwohl. John Elnambur wuselt weiter im Geschwrubel der lieben Leute und schwört, dass die Geschichte von Lady und Rotscher noch böse enden wird, die Beiden endlich ihre Unschuld verlieren und vor aller Augen zu armen Sündern werden. Wie sie aber enden wird, steht in den Sternen geschrieben. Was heute ist. Nun, die Abenddämmerung, mit hübschem Abendrot geht über in dunkle Nacht, schon dämmert der Morgen, die Bettlacken sind durcheinander gestrampelt. Vielleicht stecken Lady und Rotscher ihr Köpfe zusammen, erzählen sich kichernd gegenseitig, wie sie früher einmal und was sie früher einmal und so weiter blablabla et cetera.

Siebente Folge

Eine kurze Geschichte, die das Leben schreibt

John Elnambur flaniert durch Gassen und auf Boulevards, lässt die Gedanken baumeln, streift kurz das Gutmenschentum von Ladys Liebling, diesem verwöhnten Lackel, und sein Blick bleibt an Kitty Solandero hängen, die an ihm vorüber streicht. Da macht es klick, metallig hell ein Klick. Kitty Solandero – eines der Telefonfräuleins in Ladys Lieblings Kanzlei! Lehrling Meier hatte – in Folge fünf – die Katastrophe mit dem Timing einer griechischen Tragödie verhindert gehabt. John Elnambur nimmt Kitty Solandero aufs Korn. Diese Frau hat das Potenzial, eine Dynamik auszulösen, die mit etwas John Elnamburschem Zauber für Lady und Rotscher in der Katastrophe enden wird.

Kitty Solandero hatte schon immer ein sehr niedliches Gesichtchen gehabt. Ihr Körper begann im zarten Alter von Zwölf zu erblühen und reifte zu einem perfekten Männertraum heran. Die Eltern Solandero hielten Schönheit für ein Werk des Teufels (dabei hat John Elnambur hier seine Hand nicht im Spiel), lamentieren lautstark über das Unheil, das mit der körperlichen Schönheit von Kitty Solandero über sie herein gebrochen ist. Jeden Sonntag flehen sie die Madonna an, dass sie die Schande, die die Schönheit im

Schlepptau nach sich zieht, von ihnen abwenden möge. Im Übrigen sind sie einfache und rechtschaffene Leute. Sie beteuern Kitty Solandero, dass sie sie genau so lieben wie ihre Brüder und Schwestern, dass sie sich aber wegen ihrer verderblichen Schönheit Sorgen um ihre Zukunft machen. Kitty Solandero leuchtet dies ein. Sie verspricht ihren Eltern hoch und heilig, sich nie auch nur das Geringste auf ihre Schönheit einzubilden. Mamma Solandero verdreht ihre Augen gen Himmel und bewegt ihre Lippen. Wenn bloss alles gut enden wird! Papa Solandero tätschelt seiner Tochter Kitty Solandero die Hand und warnt, Schönheit zieht Taugenichtse an, deshalb müsse sie sich unbedingt vor Männern hüten. Für sie sei es, wegen ihrer Schönheit, verflixt schwierig, einen anständigen – leider, leider seien die anständigen Männer meist hässlich – und hässlichen Mann zu finden. Kitty Solandero nickt.

Kitty Solandero liebt ihre Eltern und weiss, dass Eltern immer recht haben. Sie weiss, dass es nicht gut ist, abends mit Freundinnen auf den Plätzen und an den Strassenecken rumzuhängen, auf jedes Lächeln von Jungs zu reagieren und sich abends mit Jungs zu treffen, die dann doch nur das Eine wollen. Sie schminkt sich weder die Lippen knallrot, noch die Augen pechschwarz. Kitty Solandero ist klar, nach der Schulpflicht wird sie nach Italien reisen und dort ihre geliebte Nonna pflegen. Ist die alte Nonna erst mal gestorben, wird sie die Kinder ihrer Geschwister hüten und so weiter bis an ihr Lebensende. Im Grunde ist Kitty Solandero froh, sich nicht auf die Ungewissheiten, die der Umgang mit Jungs nach sich zieht, einlassen zu müssen. So ist sie denn auch unbeschwert, fröhlich, aufgeräumt und überall beliebt. Als die Schulpflicht von Kitty Solandero zu Ende ist und sie ihren ganz selber ausgeheckten Plan, nämlich zur geliebten Nonna, die sie so lange nicht mehr gesehen hat und die sie über alles liebt, nach Reggio di Calabria zu ziehen, bekannt gibt, stösst dieser auf Widerstand. Mamma Solandero bekreuzigt sich und Papa Solandero setzt eine ungewohnt strenge Miene auf. Die Verwirklichung des Planes wird ihr ohne weitere Erklärungen verboten.

Der 17-jährige Francesco Solandero ist auf die Ehre seiner kleinen Schwester bedacht, verteidigt sie immer und überall und hält ihr Ansehen, ihre Zucht und ihr Wesen derart hoch, dass sie, Kitty Solandero, gleichsam unberührbar ist. Ob seiner Pflicht als ältester Bruder findet er keine Zeit, je ein Wort mit Kitty Solandero zu wechseln. Zudem weiss er, wie alles zu sein hat, ohne sie nach ihrem Willen zu fragen. Der 16-jährige Paolo Solandero schüttelt verlegen seinen Kopf, als Kitty Solandero ihn bittet, sie aufzuklären. Er möchte seinem ältesten Bruder nicht ins Handwerk pfuschen. So muss Kitty Solandero sich wohl oder übel von ihrem 12-jährigen Bruder Giovanni Solandero aufklären lassen. Die Aufklärung betrifft den Grund des Widerstandes ihrer geliebten Eltern gegen ihren Zukunftsplan. Es sei so, plappert Giovanni Solandero munter drauflos, die Nonna habe das mit dem im Ausland mühsam erarbeiteten Geld gebaute Häuschen in Kalabrien verkauft und sich einen Ferrari für den Erlös gekauft.

„Weisst du, Kitty, so einen brrrrm brrrrm brmmm."

Giovanni Solandero kann das Röhren eines Ferraris gut nachahmen. Überdies ist er der Einzige der Familie, der Kitty mit seinen Ausführungen gesteht, die Nonna zu bewundern. Er kriegt beinahe Orgasmen bei der Vorstellung, wie die Nonna mit dem Ferrari Reggio di Calabria unsicher macht. Er kann nicht verstehen, was daran so abscheulich sein soll, dass die Familie die Nonna seit Jahren meidet. Zia Agata kichert, sobald das Thema Nonna aufkommt, verlegen, hält ihre Hand schützend vor den Mund und errötet hold.

Kusine Teresa Solandero klärt Kitty Solandero darüber auf, dass die steinalte Nonna.

„Ich bitte dich, Nonna ist bereits über 40! Ich glaube 48. Und das mit dem Ferrari ist nicht der Grund, dass man ihr böse ist. Sie selber fährt den Ferrari nicht. Mit dem Ferrari fährt Aldo. Also, dass alles klar ist zwischen uns, ich habe nichts gesagt. Ich habe dir auch nicht gesagt, dass der Aldo der schönste Mann der Welt ist, solche Muskeln, und irgendwie, ich finde, ein Ferrari passt besser zu einem hübschen 20-jährigen als einer alten Schachtel über 40. Und dann das Beste, es ist nämlich so, dass …"

Teresa Solandero bringt kein weiteres Wort mehr über ihre Lippen. Sie kichert bloss noch. Kitty Solandero begreift, dass es in dieser abscheulichen Geschichte Unaussprechliches gibt und das Unaussprechliche unausgesprochen bleiben soll. Für Kitty Solandero bricht eine Welt zusammen. Die Nonna hatte sie immer verehrt gehabt, obwohl sie sie nur von sehr viel früher her kennt. Sie überlegt sich, dass ihre Pläne nicht unbedingt kaputt sind. Womöglich ist die Nonna nicht die weise und alte Frau in schwarzen Kleidern, wie sie sie sich vorstellt. Vielleicht sollte sie jetzt erst recht nach Reggio di Calabria reisen und der Nonna ins Gewissen reden. Doch dazu kommt es nicht. Francesco Solandero ist auf die Ehre seiner kleinen Schwester mit südländischem Temperament bedacht – und begründet seinen Entscheid nicht. Dafür rät er den Eltern, Kitty Solandero mit einem rechtschaffenen Kerl unter die Haube zu bringen. Dann sind sie die Sorge um Kitty Solanderos Ehre los. Er denke da an einen prima Kumpel. Den Eltern leuchtet das ein.

Ercole Karumakis ist 21, sieht blendend aus und gehört klar nicht zu den jungen Leuten, die sinnlos mit Papas Auto rumfahren und Drogen konsumieren. Kitty Solandero kann es nicht fassen, dass ein anständiger Mann mit den

Vorzügen eines Ercole Karumakis sich ausgerechnet für sie, die sie mit Schönheit geschlagen ist, interessiert. Nach einer ersten Besichtigung nickt Ercole Karumakis zustimmend. Die Eltern Solandero atmen erleichtert auf. Francesco Solandero fädelt die Hochzeit ein. Er legt auch seine Hand dafür ins Feuer, dass Kitty Solandero noch Jungfrau ist – na klar. Ercole Karumakis sagt, das wolle er auch gehofft haben, sonst verstosse er Kitty Solandero. Bis zur Verehelichung treffen sich Kitty Solandero und Ercole Karumakis ausschliesslich in Gegenwart von Fraucesco Solandero. Das Hochzeitsfest gelingt, dauert einige Tage und die beiderseitigen Familien kreuzen vielzählig auf.

Kitty Solandero versteht mit einem Mal nicht mehr, was an Männern so schrecklich sein soll. Sie beginnt ihren Ercole Karumakis zu bewundern. Er kümmert sich um alles, ist umsichtig, aufmerksam und redet kaum. Das, wovor sie sich am Meisten gefürchtet hatte, geschieht immer bei Dunkelheit, wenn es Ercole Karumakis gerade überkommt. Sie bekreuzigt sich, will unbedingt ihren Kopf nicht verlieren und denkt an etwas anderes. So führen die Beiden eine glückliche Ehe. An Nachwuchs stellen sich drei Kinderchen ein. Die dritte Geburt bedingt die Entfernung von Kitty Solanderos Gebärmutter, so dass mit Kindern Schluss ist. Kitty Solandero atmet auf. Ercole Karumakis ist enttäuscht. Seine Stimmung wird wieder heiter, als sie ihm vorschlägt, sie gehe nun in die Fabrik arbeiten, damit er sich endlich seinen Traum erfüllen könne, einen Opel Manta, goldgelb mit GT-Streifen. Insgeheim hofft sie, dass Ercole Karumakis Natur endlich einschläft und sie, die Natur, ihn nicht mehr überkommt. Dem ist aber nicht so. Noch nicht. Sie hofft weiterhin und bekreuzigt sich häufig in der Dunkelheit des ehelichen Schlafzimmers.

Alle sind zufrieden. Die Nonna mit ihrem Aldo, der inzwischen zwei Jahre jünger geworden ist und Innocento heisst, bleibt aus der Familie ausradiert. Papa Solandero hat als Folge eines Arbeitsunfalls Schmerzen im linken Knie, bezieht eine Invalidenrente, spielt oft Boccia und hält sich eine junge Freundin, von der niemand in der Familie Notiz nimmt. Mamma Solandero putzt fremder Leute Wohnungen, von früh bis spät, und seufzt viel. Die Kinder Solandero gehen ihren bürgerlich angepassten Weg, ausser Monica Solandero. Sie ist ein Bisschen zu dick geraten, so dass Giovanni Solandero, noch bevor er erwachsen geworden war, hatte fallen lassen, für dich finden wir einen Scheich aus Arabien, sie lieben fette Weiber und dann können wir erst noch fünfzig Kamele für dich fordern. Mamma Solandero haute Giovanni Solandero wegen seines lockeren Mundwerkes eine Ohrfeige und beruhigte Monica Solandero, keine Sorge, für dich finden wir leicht einen Mann, weil er nie in Sorge zu sein braucht, dass du ihm je Hörner aufsetzen wirst. Monica Solandero will es genau wissen. Sie versucht Araber, Einheimische, Südländer, sogar einen Inuit, kurz, alles, was auf dieser Welt so kreucht und fleucht, und sie wird recht wohlhabend dabei. Sie fährt ein Cadillac-Cabriolet aus den 50er Jahren und ist ebenfalls aus dem Familienkreis ausradiert, bis sich kurz nach ihrer Ermordung herausstellt, dass sie ein riesiges Vermögen hinterlässt. Zum Entsetzen der Familie jedoch hinterlässt Monica Solandero auch ein niedliches Töchterchen, das steinreiche Erbin ist. Das Gerangel um das Geld von Monica Solandero dauert an und Monica Solandero ist wieder in die Familie aufgenommen, unter der Bezeichnung La Poverina, wobei diese Bezeichnung immer von einem Seufzer begleitet wird. Giovanni Solandero wurde von seiner Schwester mit einem Legat bedacht, das ihm an seinem 21sten Geburtstag zufällt. Er steckt gerade mitten in einem seiner unzähligen Nord-Süd Dialoge drin (du aus dem schicken Villenquartier, ich aus dem tiefsten

Kalabrien). Der Vermögenszufall steigert seine Chancen und Möglichkeiten ungemein, jedoch bloss, wenn er lauthals davon berichtet, was wiederum auch alle Verflossenen anzieht, die bei ihm Glanz des Goldes wittern. Er erhält auch unzählige Vorschläge für Investitionsmöglichkeiten, entscheidet sich dann für eine der riskanteren und wird prompt, als er mit Stoff im Wert von mehreren Millionen aus Bolivien zu Hause landet, festgenommen und in Handschellen abgeführt. Mamma Solandero seufzt, bis auch Giovanni Solandero aus dem Familienverband ausradiert wird. Im Übrigen sind alle zufrieden und gehen ihren ordentlichen Weg.

Ercole Karumakis hat seinen Stolz und deshalb missfällt es ihm, dass Kitty Solandero mit schmutzigen Händen aus der Fabrik nach Hause kommt. Die Hände werden jeweils nur in den Ferien sauber, wenn Kitty Solandero einige Zeit nicht in der Fabrik geht. Ihm ist im Grunde egal, ob Kitty Solandero saubere oder schmutzige Hände hat. Doch vermutet er, dass seine Kollegen über die schmutzigen Hände von Kitty Solandero hinter seinem Rücken tuscheln. Dann könnte noch das Gerücht aufkommen, er sei nicht in der Lage, seine Familie zu ernähren und Kitty Solandero müsste in die Fabrik arbeiten gehen, um die Familie zu ernähren. Er verbietet Kitty Solandero daher, weiterhin in die Fabrik zu gehen. Kitty Solandero ist untröstlich, hör mal, Ercole, ich bin dumm und für dumme Leute gibt es Arbeit bloss in der Fabrik. Ercole Karumakis ärgert sich schrecklich über seine Frau und schmiert ihr eine schallende Ohrfeige.

„Alle anderen Weiber können was Anständiges arbeiten, wo ihre Hände nicht schmutzig werden, bloss du nicht!"

Kitty Solandero bewundert Ercole Karumakis für seinen Scharfsinn. Wo er recht hat, hat er recht. Kusine Teresa Solandero, die inzwischen acht Kinder hat und deren Mann von einem Baugerüst runtergestolpert und nach einem Fall aus hoher Höhe zu Tode gekommen war, putzt jeweils am Morgen in der Früh und am Abend nach Büroschluss Büros in der Stadt, weil sie es unanständig findet, nicht zu arbeiten, obwohl sie eine Abfindung erhalten hat, mit der sie sich in Reggio di Calabria eine Villa und einen Ferrari leisten kann. Kusine Teresa Solandero erzählt Kitty Solandero, dass in einem der Büros eine Telefonistin gesucht wird.

„Ich bin dumm, Kusine Teresa Solandero!"

„Und wenn schon! Da sind viele Leute. Du musst bloss so tun, als ob du gescheit bist, und es funktioniert!"

Ladys Liebling sagt gerade wieder mal zu Lady, wie erstaunlich es ist, dass viele Frauen trotz der aufgeklärten Zeit mit prinzipieller Chancengleichheit so wenig Selbstvertrauen haben.

„Unsere neue Telefonistin kommt aus einfachsten Verhältnissen. Man kriegt das Gefühl, an ihr sind alle gesellschaftlichen Umwälzungen seit dem viktorianischen Zeitalter spurlos vorüber gegangen. Gottergeben schickt sie sich in ihr Schicksal. Wenn sie etwas mehr Selbstsicherheit hätte, wäre sie Topmanagerin oder Universitätsprofessorin."

„Vielleicht ist sie glücklich so."

„Ich werde sie auf Geschäftskosten weiterbilden lassen."

„Gutmenschenzeugs!"

Kitty Solandero lässt sich nicht verführen. Sie weiss, welches ihr Platz auf Erden ist. Wenn die Türe der Telefonzentrale offen steht und sie die Leute im Korridor vorüber gehen sieht, staunt sie oft. Insbesondere Lady gefällt ihr. Sie bewundert ihre Eleganz und ihre Natürlichkeit.

Haare, so luftig, so wallend. Ein Bild, wie direkt aus einer Zeitschrift entstiegen. Einmal erkennt sie ein Kleid, das Lady manchmal trägt, in der Auslage eines noblen Modegeschäfts. Bloss aus Neugierde geht sie ins Geschäft und fragt verschämt, wie viel das Kleid koste. Ein Mehrfaches ihres Monatsgehalts. Kitty Solandero verschlägt es beinahe den Atem, doch nicht wegen Preises, aber wegen der abgestandenen Luft in diesem Geschäft. Und diesen abgestandenen Duft der Luft erschnüffelt sie seither an vielen Orten, auch im Korridor neben ihrer Telefonzentrale (die eine separate Belüftung hat) und in den Büros von Ladys Liebling und seinen Kollegen und Kolleginnen. Seither bewundert Kitty Solandero zwar Lady nach wie vor, beneidet sie aber nicht mehr. Insbesondere wundert sie sich darüber, dass Lady sich an diesen Orten, in denen so stickige Luft lastet, so frisch, frei und fröhlich bewegen kann. Ihre Telefonistinnen Kollegin meint spitz, das liege nicht an Ladys übernatürlichen Fähigkeiten, aber an ihrem Freund. Trimpel. Habe auch schon hier angerufen. Seit Lady Trimpel habe, sei sie aufgeblüht. Rotscher heisse er mit Vornamen. Mit ihm zusammen verprasse sie das Geld ihres Mannes, der sich beinahe zu Tode schufte. Bestimmt trinken die Beiden Frizzante.

„Lady ist aber verheiratet," entfährt es Kitty Solandero.

Die Telefonistinnen Kollegin sieht Kitty Solandero dreckig grinsend an, schüttelt ihren Kopf und verdreht die Augen. Für Kitty Solandero bricht eine Welt zusammen. Entweder lügt die Telefonistinnen Kollegin oder es gibt tatsächlich verheiratete Frauen, die es mit anderen Männern als ihren Ehemännern treiben. Ekelhaft!

Bis dahin hatte Kitty Solandero geglaubt, dass in diesen hohen Sphären der feinen Gesellschaft alles Gold ist, was glänzt. Sie hatte geschwärmt von diesen herrlichen Leuten, die sie aus ihrem Telefonkabäuschen hinaus wahrnimmt und deren Namen so herrlich klingen, Josiane Meunier de Chatterbox, Fini Trimber, Hannibal Ernst Stackl, Jack Piepser, Doktor Hubertus Stockfischus – Namen, deren Klang auf der Zunge schmilzt. Ercole Karumakis wundert sich, weshalb sie zu Hause plötzlich nichts mehr aus dem Büro erzählt. Kitty Solandero lächelt verlegen und will ihren Mann nicht enttäuschen, hebt an zu einer Bürogeschichte, doch die Geschichte klingt flau und lustlos. Ercole Karumakis denkt, ach, Frauenlaunen! Kitty Solandero hätte es nie übers Herz gebracht, die Wahrheit zu erzählen.

Lady handelt jeweils spontan und denkt nachher darüber nach. In einem Geschäft, in dessen Verwaltungsrat Ladys Liebling sitzt, geniesst sie Spezialbedingungen, bezahlt nie die Dinge, die sie dort „kauft", weil die Rechnungen an die Geschäftsleitung gehen, dort mit Minimalstpreis für mit dem Geschäft verbandelte Personen versehen und an Ladys Liebling weitergeleitet werden zur direkten Begleichung. Lady bezahlt in diesem Geschäft einen Bruchteil dessen, was auf dem Preisetikett geschrieben steht. Entzückt von einem Ding, das gemäss Preisetikett ein Vermögen kostet, wählt sie es für Rotscher aus und bedenkt erst danach, o Gott, wenn mein Liebling dahinter kommt! Also ruft Lady kurz entschlossen Kitty Solandero an, erklärt ihr das Missgeschick – in moderater, sehr vager, leicht abgeänderter Form – und bittet sie am Monatsende, wenn sie zum Postfach für Ladys Lieblings Büro gehe, bei den an Ladys Liebling gerichteten Briefen auf den Absender zu achten und den Brief mit dem und dem Absender herauszuzupfen und für sie, Lady, an ihrem Arbeitsplatz in der Telefonzentrale zum Abholen bereit zu halten. Sie werde demnächst reinschauen. Sie bereite eben eine Überraschung für ihren Liebling vor. Lady kauft in einer Parfümerie einen Flacon „femme" von Rochas, vergewissert sich, als sie bei Kitty Solandero reinschaut, an einem Tag, an dem sie weiss, dass ihr Liebling im Ausland ist, bevor sie zu Rotscher geht, dass ihr Liebling auch tatsächlich nicht im Büro ist und trifft Kitty Solandero in der Telefonzentrale.

Von Kitty Solandero kennt sie bloss die Stimme vom Telefon her und die Geschichte, die ihr Liebling ihr erzählt hatte. Als sie nun Kitty Solandero zum ersten Mal gegenüber sitzt, ist sie begeistert von ihr. In ihrem Überschwang entschliesst sie sich, die Flasche Laurent Perrier Blason rosé, mit der sie Rotscher überraschen wollte, mit Kitty Solandero in der Telefonzentrale zu trinken. Kitty Solandero weiss nicht, wie ihr geschieht. Lady bemerkt nach wenigen Minuten, dass sie das arme Ding überfordert. Sie entschuldigt sich wortreich, bemerkt aber, dass Kitty Solandero ihrem Blick penetrant ausweicht.

„Haben sie etwas gegen mich?"

„Ach, es ist nichts. Nein, nein, was sollte ich auch gegen sie haben. Nicht wirklich."

„Raus mit der Sprache!"

Kitty Solandero fasst sich ein Herz und fragt, ob es zutreffe, dass sie, Lady, einen Liebhaber habe. Lady prustet los vor Lachen und gesteht, dass sie jeder anderen Person gegenüber die Frage bestimmt verneinen würde, doch ihr, einer so süssen, wunderbaren, jungen Frau gegenüber könne sie nicht lügen. Daher gestehe sie, sie sei verliebt und überglücklich.

„Sie sind eine Hure!"

Lady sieht Kitty Solandero entgeistert an. Aus Kitty Solandero platzt alles raus, was sich im Laufe der Jahre aufgestaut hat. Sie schimpft und zetert, zieht in den Dreck und hält ferne Ideale hoch, bis sie heulend zusammenbricht, ihren Kopf in Ladys Schoss legt und wimmert. Lady streicht ihr über das Haar. Lady flüstert, im Leben sei oft mehr möglich, als man sich als kleiner, beschränkter Mensch einbilde. Sie hatte geglaubt, dass Liebe unteilbar sei. Das jedoch sei ein Irrtum. Sie liebe ihren Liebling und sie liebe Rotscher und beides habe neben einander Platz. In einer heftigen Bewegung setzt Kitty Solandero sich wieder auf, mit wutentbranntem Gesicht, ergreift die Flasche mit dem Rest Champagner und schüttet diesen Rest Lady ins Gesicht und übers Kleid.

Rotscher versucht, Lady zu beruhigen. Das dumme Gänschen habe überhaupt keinen Grund, sich wegen ihr, Lady, so sehr zu ereifern. Wenn sie es dennoch tue, dann sei es ihr Problem, das sie ganz alleine mit sich zu lösen habe.
„Klar?"
„Mir ist die Lust vergangen. Wenn Menschen so gemein sein können."
„Und denk daran, sie selber leiden am Meisten unter dem Gift, das sie verspritzen."

Am nächsten Abend erzählt Ladys Liebling beim Nachtessen, dass Kitty Solandero (Du weisst, unsere neue Telefonistin, die, der ich anerboten hatte, eine Ausbildung zu bezahlen) plötzlich gekündigt hat. Grundlos eigentlich. Das heisst, der vorgeschobene Grund stimmt eher nicht. Sie habe erklärt, von einer verstorbenen Schwester ein Legat erhalten zu haben. Auf die Anstellung als Telefonistin sei sie nicht mehr angewiesen. Zudem müsse sie sich um ihre Nonna in Reggio di Calabria kümmern. John Elnambur reibt zufrieden seine Hände, in Erwartung der blutrünstigen Rache der zu tiefst gedemütigten Lady. Die Rache bleibt aus, Lady – John Elnambur kann es nicht fassen – lacht glockenhell und rein und klar (sie bewundert diese Frau für ihre Prinzipien und nimmt die Beschimpfung nicht persönlich) und Ladys Liebling hat weder Zeit noch Lust (einen weiteren Gedanken an diese an sich banale Kündigung und an sich banale Person zu verschwenden, macht sich nie und nimmer bezahlt – Schwamm drüber, Kopf hoch!), der für ihn (mehr als marginalen) Geschichte auf den Grund zu gehen. John Elnambur gerät beinahe ausser sich. Seine Misserfolge bringen ihn an die Schwelle zu einem tiefsten Abgrund.

Achte Folge

Allgemeines in geschichtlicher Kürze

Es gibt unzählige John Elnamburs. Überall lauern John Elnamburs, am gemütlichen Stammtisch, beim Frisör unter der Haube, auf den Holzplanken der nostalgischen Badeanstalt am See, am Samstagabend in den lustigen Familiensendungen am Fernseher, am Derby von Ascot, in den Pausen in Bayreuth oder am Marathon in New York. Erst neulich erfrechte sich einer der John Elnamburs aus dem Mund des Präsidenten des Europarates zu sprechen – niemand merkte es! Bloss die Propheten merken, wenn John Elnambur am Werk ist, doch sie, ach, gelten nichts im eignen Land. So führt denn John Elnambur, führen die John Elnamburs, nicht nur Lady und Rotscher, nein, ganze Nationen an der Nase herum. Wittert ein Prophet einen John Elnambur, kann er Gift darauf nehmen, dass er umgehend verleumdet, gesteinigt und liquidiert wird. Sicher vor den John Elnamburs sind bloss Schafsköpfe, Rindviecher und Frösche, das heisst Menschen, denen solche Bezeichnungen angeheftet werden, wobei die John Elnamburs ad hoc zu entscheiden belieben, wer was gerade beliebt zu sein. Obwohl die John Elnamburs vorgeben, allmächtig zu sein, sind sie es nicht. Sie haben nämlich eine Schwäche für Mrs Liberty, mit vollem Namen Mrs Liberty Enlightening the

World. Mrs Liberty ist ein draller Barockengel. Die John Elnamburs sind total scharf auf Mrs Liberty. Verstandesmässig wissen die John Elnamburs, dass Mrs Liberty ihr Verhängnis ist. Mrs Liberty ist harmoniesüchtig, sentimental und macht aus ihrer Schwäche die Stärke, mit der sie die stärksten Männer schwach macht. Wenn die Männer vor ihr kriechen, verweigert sie sich ihnen höhnisch grinsend und macht den putzigen Männlein Striche durch ihre Rechnungen, so dass diese, die unbedingt Helden sein müssen, ihren Sklaven und Bewunderern weismachen müssen, weshalb sie dennoch anzubeten sind.

Die John Elnamburs sind in einem Orden zusammengefasst, der strikte Satzungen hat. Erstes Prinzip dieser Satzungen ist das Bösesein. Das zweite Prinzip ist die Geheimhaltung des ersten Prinzips. Drittes Prinzip ist die Verwischung jeglicher Spuren der Prinzipien und fünftes Prinzip ist die Legung falscher Fährten. Zur Verwirklichung dieser Prinzipien gelten gewisse Verbote. Damit das Böse auf Erden erhalten bleibt, ist Liebe strikte verboten. Echte und eingefleischte John Elnamburs schneiden sich daher, falls masculini generis, zur Vermeidung der körperlichen Liebe den Penis ab oder werden schlicht impotent oder, falls feminini generis, nähen sich ihre Vagina zu oder werden zumindest frigide. Die John Elnamburs mit dem Hang zu Mrs Liberty sind scheinbar ein prinzipienzersetzendes (oder falsche Fährten legendes) Element. Diese John Elnamburs entwickeln Schuldgefühle, weil sie überzeugt davon sind, Verräter zu sein. Sie führen ein Doppelleben. In Wahrheit sind sie keine Verräter. Ihnen geht es einzig und allein ums Vögeln und sie nehmen an, dass das Liebe sei. Dass dem nicht so ist, fällt ihnen nicht ein. Begegnet einem „liebenden" John Elnambur Mrs Liberty, rattern vor seinem geistigen Auge 7'352 Positionen beim Geschlechtsverkehr durch und er konditioniert sich auf die technisch ausgeklügeltsten

Turnereien, was ihn in ein derartiges Feuer katapultiert, dass er schwitzt wie ein Schwein. Daher stinkt er immer ein wenig. Einst vögelte ein John Elnambur Mrs Liberty auf Teufel komm raus, bis diese mit schneidend metallischem Trompetenstoss einen Furz fahren lässt und zu einem Gummifetzen zusammenschrumpft. Dieser John Elnambur kam nicht umhin zu erkennen, dass Mrs Liberty sich ihm während seines Vögelns entzogen und an ihrer Stelle eine Gummipuppe runtergejubelt hatte.

Ein John Elnambur pirschte sich an Mrs Liberty ran, als diese als Vestalin im Rom der Antike Orgien feierte. Als die Reihe an ihm ist, zischt sie, hau ab, Bürger von Rom John Elnambur! Einen Kreuzzug begleitete Mrs Liberty als eine Dame, die ihre Gunst gegen Geld allen Männern gibt. Als die Reihe an John Elnambur ist, knickt Mrs Liberty ein, hebt ihren Handrücken ihrer Rechten an ihre Stirn und haucht seufzend, Migräne, du verstehst, Ritter John Elnambur! 1517 stehen Mrs Liberty und John Elnambur als Volk nebeneinander in der Unmenge Volk vor der Kirche zu Wittenberg, skandieren Drohungen, schwingen Fäuste in die Luft, diskutieren angeblich Thesen. John Elnambur erkennt Mrs Liberty und begehrt sofort das, was jeder normale Bock in gemischten Menschenmengen begehrt. Er hebt mit seiner Linken (während er seine Rechte zur Faust geballt nach oben hält) den Rock von Mrs Liberty, öffnet seinen Hosenbauer und so weiter blablabla et cetera, doch erkennt er plötzlich, dass sie ihm einen haarigen Männerhintern hingeschoben hat, sich hämisch grinsend von John Elnambur entfernt und ihm die lange Nase macht. Beim Sturm auf die Bastille, in der Volksmenge, schafft er es erneut, hinter Mrs Liberty zu stürmen. Erneut hebt er ihren Rock und so weiter blablabla und Tralala. Im Moment jedoch, wo es für ihn ernst gilt, trifft ihn ein Streifschuss am linken Ohr. Spontan sucht er halt, umschlingt Mrs Libertys Körper, klammert sich an ihren

Brüsten fest, sinkt in die Knie, so dass er, von der Geschwindigkeit der Bewegung überrascht, zubeisst und seine Zähne im prallen, nackten Hinterteil von Mrs Liberty verkeilt. Ein zufällig anwesender Maler hält die Idylle in einer rasch hingeworfenen Skizze fest (Der verzweifelte Mann, der aus Hunger seine Frau in den Hintern beisst, weil er sich keine Brioches leisten kann, wie der Maler das fertige Ölgemälde dann benennt). Das Mammutgemälde, ein Fanal der Geschichte, hängt in einem der sechs Salons en suite in der Belle-Etage im Haus Nr. 13 an der Place des Vosges und wird anno 1904 Raub von Flammen, als das gesamte Gebäude durch Brand zerstört wird. Ein John Elnambur stösst an einer Aufführung des alljährlichen Theaterspektakels auf seinen Augapfel, Mrs Liberty, wird sofort messerscharf und schwört sich, dass sie ihm diesmal nicht entwischt. Die betreffende Aufführung am Theaterspektakel besteht im Wesentlichen darin, dass die Schauspielerinnen und Schauspieler zuschauen und die Zuschauerinnen und Zuschauer etwas Lustiges tun müssen. Die Schauspielerinnen und Schauspieler treiben die Zuschauerinnen und Zuschauern zu diesem lustigen Treiben an. Das Spektakel findet auf einem eigens zu diesem Zweck angelegten Kornfeld innerhalb der Stadt statt. Ein findiger Manager der „Genossen- Schafft gesundes Leben GmbH" (hinter diesem Namen verbirgt sich ein multinationaler Konzern als Holding-Gesellschaft mit 1001 Töchtern, deren Hauptaktionäre der chinesische Staat, eine Handvoll Emirate und Monsieur P. Dupont sind, mit Sitz in Zug, Schweiz) hatte den genialen Einfall gehabt, den Organisatoren des Theaterspektakels schmackhaft zu machen, das Happening als Ernte-, Dresch-, Flegel- und so weiter Fest aufzuziehen. So ernten und dreschen und flegeln die Zuschauerinnen und Zuschauer munter vor sich her, verwirklichen sich selber, sind happy, sehr kulturny und so weiter blablabla et cetera. Unnötig zu sagen, dass diese Aufführung den ersten Preis der National Peoples Bank, den diese zur Förderung des Theaterschaffens ausgesetzt hatte, gewinnt. Mrs Liberty nimmt am Spektakel teil als Frau Dr. chem. eines Chemiemultis aus USA. Sie ist Emanze, in einem sackartigen Kleid aus violetter Jute und ihre üppigen Rundungen sprengen beinahe den Sack, das heisst den Sackstoff. John Elnambur als Vizedirektor einer namhaften Bank ist ebenfalls dezent gekleidet, wie es sich gehört. Als aufgeklärter Mann, der jeden Dienstag in einer Männergruppe über die Befindlichkeit als Mann debattiert, ist er für diesen Privatanlass, den er aber als Spion der Bank besucht, in zartes Rosa gehüllt, um seinen Hals ein neckisches Tüchlein in den Regenbogenfarben und in der Hand ein Handtäschchen aus Seide, mit Krokodil gefüttert. Ein schmachtender Blick in Richtung Mrs Liberty und schon präsentiert er eine aufrechte Stange. Seine Schärfe ist so scharf, dass sein Verstand wie gewohnt stillsteht. Mrs Libertys Kupfer-, Wolle-, Bastkleid aus Sackleinen wird plötzlich zu einem Traum aus giftgrüner Seide, die weisshäutige Rundungen knapp bedeckt und Einblicke freigibt und so weiter blablabla et cetera. Zum Teufel, entfährt es ihm und er staunt. Diesmal kommt er zum Ziel. John Elnambur kreischt, das ist ja noch schärfer als der Gipfelsturm auf einen 7'000er! Danach ist John Elnambur kurz euphorisch und fällt dann in eine Depression, weil er ein Verräter ist. Er schluckt ein paar bunte Dingerchen und ist wieder total gut drauf. Er steckt sich eine Zigarre in den Mund und trabt beim Chef vor. John Elnambur erzählt dem Autor, was für ein Teufelskerl er ist und wie er auch diese Probe spielend geschafft hat und zum Ober-John Elnambur befördert worden sei.

Der Autor hat sich geistig von seinem schwatzhaften Gegenüber verabschiedet und malt sich aus, wie ein Chef der John Elnamburs sich konsequenterweise verhalten müsste. Lob gibt es keines. Der Chef müsste seinem Sklaven teuflisch einen glühenden Pfahl in den Hintern treiben und ihm gleichzeitig siedendes Öl in den Mund giessen, dann wüsste der Sklave, der Meister malträtiert mich, also schätzt er mich. John Elnambur kreischt teuflisch. Weil beide Teufel sind, der Sklave und der Meister, sind beide happy. Während John Elnambur dem Autor von Pink Champagne die Mechanismen im Orden der Teufel erklärt, ploppt von irgendwo her ein Champagnerkorken. Perrier-Jouet rosé 1976.

Rotscher giesst Lady im Übermut etwas perlenden Rosé Champagner ins rechte Ohr und raunt, veni, vidi, vici, worauf sie ihn in seine Brust boxt, so dass er flach auf den Rücken plumpst. Lady raunt, Feigling, dabei hattest du Schluss machen wollen!

Mrs Liberty derweil, örtlich ganz woanders, lacht sich ins Fäustchen darüber, dass sie John Elnambur einmal mehr genarrt und ihn derart in das Gespräch mit dem Autor hineingelotst hat, dass sie Lady und Rotscher ungeniert dieses hübsche Fläschchen Perrier-Jouet rosé 1976 zuspielen kann und diese einmal mehr nicht umhin kommen zu feiern und sich nolens volens einmal mehr zu versöhnen. Darauf trinkt Mrs Liberty einen kräftigen Schluck Champagner-Weizenbier. Ein Riesenknall. Die Freiheitsstatue bekommt einen Riss. Mrs Liberty lacht. Sie hat sich ihrer ehernen Form entzogen und geistert nun umher, die symbolische Fackel hoch haltend gegen alle John Elnamburs. Und irgendein Trottel mit Geld wird die Restaurierung der toten Hülle berappen, auf dass der Riss nicht mehr sichtbar ist. Und die Leute werden im Ernst glauben, dass diese Statue, deren Inneres aus einer beklemmend engen Wendeltreppe besteht, für Freiheit steht. Hahaha!

Neunte Folge

Die Folgen als kurze Geschichte

Im Allgemeinen sind Lady und Ladys Liebling einer Meinung. Ein Beispiel: Natascha Lustfrosch ruft Lady an und Lady hat keine Lust, Natascha Lustfrosch zu treffen, aber Natascha Lustfrosch besteht darauf, Lady zu treffen, worauf die Beiden sich um Fünf zu einem Dry Martini auf der begrünten Terrasse des Belvoir treffen. Als Lady eintrifft, thront Natascha Lustfrosch bereits unübersehbar an einem Tisch mitten auf der Terrasse. Sie trägt eine riesige Sonnenbrille, was nicht sonderlich auffällt, weil die Sonne scheint. Lady trägt ebenfalls dunkle Gläser, nicht weil sie unbedingt die Sonnenbrille benötigt (im Gegenteil, sie findet es unanständig, in Gesellschaft Sonnenbrillen zu tragen), aber weil sie zu Hause vergessen hatte, die Brille mit den nachdunkelnden Gläsern gegen die Brille mit den nicht nachdunkelnden Gläsern auszutauschen, wie sie es vorgehabt hatte. Ohne Brille ist Lady blind. Sie hätte Natascha Lustfrosch auf der Terrasse des Belvoir unmöglich erkannt und die ihr dann gegenüber sitzende Natascha Lustfrosch bloss als Schatten wahrgenommen. Natascha Lustfrosch trägt wallendes Schwarz. Lady fühlt sich neben ihr in ihrem kurz geschürzten Vielfarbigen beinahe etwas daneben und unscheinbar.

„Hallo, Natascha. Wie geht es?"

Natascha Lustfrosch schweigt. Sie sieht Lady an. Mit dem gekrümmten Zeigefinger ihrer linken Hand – bei abgespreiztem kleinem Finger – zieht Natascha Lustfrosch ihre Brille ihrem Nasenrücken entlang bis zur Nasenspitze. Lady verfolgt den Vorgang und erschrickt, als sie die entzündeten Augen von Natascha Lustfrosch sieht. Lady denkt, Netzhautentzündung, und fischt in ihrem Gedächtnis nach dem Namen des Modearztes in Augenangelegenheiten. Der Name fällt ihr ein, sie hebt an loszureden, wird aber mit gebieterischem Blick Natascha Lustfroschs zum Schweigen gebracht. Lady möchte das Rot von Natascha Lustfroschs Augen original sehen, hebt ihre Sonnenbrille hoch, um festzustellen, dass sie nun überhaupt nichts mehr sieht. Da kommt ihr die Erleuchtung für die magischen Worte. Erzähl, Natascha, bitte, bitte, erzähle! Lady lehnt sich zurück und schaut Natascha Lustfrosch erwartungsvoll an. Diese öffnet wie auf Kommando ihre Schleusen und heult los.

Was Natascha Lustfrosch dann erzählt, ist für Lady nicht neu. Severus Lustfrosch hatte schon immer gerne überall geschnuppert, wo es etwas zu schnuppern gibt. Natascha Lustfrosch als aufgeklärte Frau ist immer stolz darauf gewesen, was für ein modernes Paar sie sind. Durch Zufall bekommt Natascha Lustfrosch mit, dass Severus Lustfrosch diesmal nicht bloss ein bisschen schnuppert, sondern tatsächlich hüpft und immer wieder, in kürzer werdenden Abständen hüpft – und das ausgerechnet mit Lavendola Klump. Natascha Lustfrosch schweigt. Lady begreift nicht weshalb. Sie weiss nicht, wer Lavendola Klump ist.

„Der Name tut nichts zur Sache. Doch stell dir vor, sie ist 15 Jahre älter als ich und dick wie ein Fass! Meine Freundinnen werden lachen über mich. Ich werde zum Gespött der Leute. Ich bin erledigt! Und ich sagte zu Severus, Severus, sagte ich, das kannst du mir nicht antun. Du machst mich zum Gespött der Leute. Du denkst bloss an dich, Severus, Lieber. Und kannst du dir vorstellen, wie dieser Rohling reagiert hat?! Er hat mich angeschrien, ich habe ihn angeschrien, die lieben Kinderchen sind schreiend davongerannt, Marie ist zur Salzsäule erstarrt und hat geschrien wie am Spiess und Kuno, der gute, alte Kuno hat geschrien, als ob ihm ein Feuer unter seinem Hintern brennt. Alle haben geschrien und Severus und ich haben uns bis zur Erschöpfung beschimpft. Du kannst dir nicht vorstellen, wie peinlich es war. Vor den Kindern, vor den Bediensteten! Severus hat Worte aus der untersten Schublade benutzt. Ich ebenfalls, unbewusst, wo mir alles Unanständige so fremd ist. Als ich realisiere, welche wirklich ordinären Schimpfworte mir wie von selber aus meinem Mund rutschen, habe ich noch mehr heulen müssen."

Nachdem Natascha Lustfrosch drei Dry Martinis und eine Suada von 20 Minuten hinter sich hat, erstarrt sie beim Blick auf ihre brillantenbesetzte Rolex und muss dringend weiter.

Lady berichtet ihrem Liebling von Natascha Lustfroschs häuslichen Tribulationen. Ladys Liebling gibt aus Anstand vor, Lady höchst interessiert zuzuhören, doch im Grunde vermag blosses Geschwätz ihn nicht von seinen Geschäften abzulenken. Lady weiss, dass ihr Liebling nicht zuhört. Doch es ist okay für sie. Weil Ladys Liebling aus Bequemlichkeit – darin hat er totale Routine – in variierenden Abständen ja, jaja, jajajaja sagt, ist es tatsächlich so, dass Lady und Ladys Liebling bezüglich Natascha Lustfrosch und deren häuslichen Tribulationen wie auch bezüglich aller anderen Themen immer einer Meinung sind. Lady denkt, Natascha Lustfrosch hyperventiliert, ein kleiner Seitensprung ist nicht der Rede wert und selbst, falls Severus Lustfrosch mit Lavendola Klump, wer auch immer die Dame sein mag, eine ausgewachsene Beziehung pflegt, was ist schon dabei. Lady liegt auf einem Liegestuhl mitten im Rasen, schwelgt in Tagträumen und lässt sich hübsch besonnen. Ladys Liebling liefert einen Monolog ab, den Lady wie aus der Ferne wahrnimmt.

„Erwarte mich bitte nicht zum Nachtessen. Oder doch, erwarte mich zum Nachtessen. Ich muss den Kindern ein vorbildlicher Vater sein. Erwarte mich also um Fünf – oder Sechs oder Sieben oder Acht – zum Nachtessen. Und noch etwas, bitte nicht immer so luxuriös. Es braucht nicht jeden Abend Cavaillon-Melone und Parmaschinken zu sein! Wir sind einfache Leute. Frankfurter Würstchen und Kartoffelsalat tut es auch. Zudem bin ich über Mittag bei Chez Emile und dort wird es zur Vorspeise bestimmt wieder Cavaillon-Melone mit Parmaschinken geben. Und bitte, lasse mich nicht im Stich, gehe an die Modeschau des Couturiers, der zum Konzern gehört, dessen Verwaltungsratspräsident ich bin. Es wird schon erwartet, dass die Frau des Präsidenten sich da zeigt. Doch unterstehe dich, dort etwas zu kaufen. Wir können es uns nicht leisten, wollen den Kindern kein schlechtes Beispiel geben. Und: Überraschung, Überraschung, ein Geschenk für dich: ich schenke dir meine Karte fürs Theater morgen. Ich kann dich leider nicht begleiten, aber für dich wird es eine Freude sein, Mama oder deine Kusine zum Theaterbesuch einzuladen, auf meinen Platz. Viel Spass. Oder lädst du Rotscher dazu ein. Dem armen Schlucker tut etwas Kultur gut. Oder besser, nein: lade ihn nicht ein, sonst beginnen die Leute zu munkeln. Apropos, hast du was mit Rotscher."

„Ja."

Ladys Liebling hört nicht auf Ladys Antwort, denn er ist bereits weg. Und so sind Lady und ihr Liebling sich auch diesbezüglich einer Meinung. Am übernächsten Abend plappern die Kinderchen während des gesamten

Abendessens, zu dem Ladys Liebling erst fünf Minuten vor Schluss dazu stösst, höchst animiert, so dass Lady und Ladys Liebling (letzterer bloss die letzten fünf Minuten) Zuhörer sind und Lady und ihr Liebling erst drei Tage später anlässlich des Dinners, das zu Ehren von irgendwelchen Honoratioren von irgendwoher in irgend einem Rokoko-Saal irgend eines noblen Hauses der Stadt gegeben wird, dazu kommen, sich gegenseitig ein paar Worte zuzuzischen, weil ihre Tischnachbarn, ein Paar aus Tokio, fliessend japanisch sprechen, aber keine andere Sprache. So reicht es, dass Lady und ihr Liebling ihre Tischnachbarn anlächeln, nicken und wieder lächeln, während sie sich folgenden Dialog zuzischen.

„Es bleibt unter uns?"

„Was?"

„Du und Rotscher."

„Na klar. ICH hänge es nicht an die grosse Glocke."

„Ach, wie herrlich. Dann sind wir einer Meinung!"

Lady lächelt hold und denkt, wie schön, wir sind immer einer Meinung. Dann hält der Präsident irgendeines Klubs, der zufällig Gastgeber dieses Abends ist, seine Tischrede. Daraufhin antwortet der Doyen der Honoratioren und so weiter blablabla et cetera. Auf der Heimfahrt sitzt Ladys Liebling auf dem Beifahrersitz und diktiert in sein Diktafon, während Lady chauffiert. Zwischenhinein, Lady überhört den Satz beinahe, mitten im diktierten Stoff, hängt etwas schräg der Satz im Äther:

„Und weshalb, zum Teufel, kopulierst du ausgerechnet mit diesem mickrigen Würstchen von Rotscher?! Hat er was, das ich nicht habe?! Ich könnte genauso lässig sein wie er. Weshalb hast du nicht ein Verhältnis mit z.B. Kramp. Er zumindest hat eine Position, ist immerhin Weltbankdirektor."

Lady sagt, Rotscher ist Zufall, und Zufall soll man, ich weiss nicht. Ladys Liebling hört nicht mehr hin, diktiert zu Ende und beginnt dann, auf dem Beifahrersitz, zu schnarchen, was Lady richtig dahingehend interpretiert, dass Ladys Liebling nicht anderer Meinung ist als sie.

Ins Theater, auf ihres Lieblings Platz, schleppt Lady ihre Mutter mit, damit sie wieder mal unter die Leute kommt. Der Theaterbesuch ist ein Fiasko. Gegeben wird Stichtag von Thomas Hürlimann. Eine vollbusige, junge Schauspielerin huscht splitterfasernackt über die Bühne. Ladys Mutter ist entsetzt. Sie kann und will es nicht fassen, dass es mit der Menschheit soweit gekommen ist. Lady versucht ihrer Mutter klar zu machen, dass niemand mehr was dabei findet, dass die Zeiten sich geändert haben. Ladys Mutter bleibt stur bei ihrer Meinung, dass das Sitten wie in Sodom und Gomorrha seien. Sie, Lady, und alle Menschen würden schon sehen, wo diese Ausgeschämtheit enden werde. Lady fragt kokett, und wie verhält es sich mit Michelangelos David. Ladys Mutter lächelt süffisant. Erstens handle es sich bei dieser Skulptur um Kunst, zweitens sei diese Skulptur weltberühmt und drittens sei ein Feigenblatt da. Lady bestreitet das Vorhandensein des Feigenblatts. In der Folge streiten sich die beiden Frauen über das Vorhandensein oder Nichtvorhandensein des Feigenblattes. Tags darauf will Lady ihre Mutter anrufen, um sich zu erkundigen, ob sie den Theaterabend gut überstanden habe. Doch Lady ist im Büro, ersäuft im Büro in der Arbeit und erinnert sich erst abends im Bett daran, dass sie ihre Mutter hatte anrufen wollen. Sie nimmt es sich für den nächsten Tag vor.

Ladys Mutter scheint sich über den Anruf überhaupt nicht zu freuen. Sie seufzt und schweigt. Lady fragt, ob sie sich nicht wohl fühle oder ob ihr sonst etwas über die Leber gekrochen sei. Ladys Mutter schweigt. Lady insistiert. Ladys

Mutter schweigt noch immer, seufzend. Lady hängt es langsam aber sicher aus.

„Wenn du nicht reden willst, hat es keinen Sinn, dass ich länger auf dich einrede."

Erst als Lady das Gespräch echt beenden will, rückt ihre Mutter mit weinerlicher Stimme raus mit der Sprache.

„Was habe ich bloss falsch gemacht?! Kind, Kind, du bist doch kein Flittchen. Denk an deinen Anstand. Möchtest du deinen guten Ruf und alles verlieren? Ich mache mir solche Sorgen um dich und auch um deinen Liebling. Es ist ja schrecklich für ihn. Er muss sich von dir scheiden lassen, wenn du die Maîtresse von jemand anderem bist! Woher ich es weiss. Dein Liebling – er ist halt ein famoser Kerl – hat mich gestern angerufen, um es mir zu sagen. Damit ich im Bilde sei."

„Mutti, es ist alles in Ordnung. Mein Liebling hat kein Problem damit. Es wird keine Scheidung geben."

„Keine Scheidung???!!!"

Während Lady weiter auf ihre Mutter einredet, beginnt diese fassungslos zu heulen, bis sie mit tränenerstickter Stimme seufzt, dass sie so etwas erleben müsse, in ihrer eigenen Familie, sie seien doch immer eine anständige Familie gewesen.

Später am Tag ruft Josiane Meunier de Chatterbox Lady an.

„You happy fucker, you! Selbstverständlich wusste ich es schon längst, doch jetzt ist es offiziell. Dein Liebling hat mich gestern angerufen und es mir gesagt. Er wolle mich bloss informieren. Schliesslich müssten die engsten Freunde wissen, was angesagt sei. Schaust aus wie die Unschuld vom Lande, als ob du kein Wässerchen trüben könntest. Nein, nein, widersprich mir bitte nicht! Und schnappst dir ein hübsches, geiles Kerlchen. Das ist ja so romantisch! Und ich würde dir liebend gerne alles Gute für die Zukunft wünschen. Doch ist dies leider, leider nicht möglich. Stellen wir uns den Tatsachen. Dein Liebling ist viel berühmter als du. Über kurz oder lang wird er sich von dir scheiden lassen müssen, weil dein Liebhaber – wie soll ich mich ausdrücken – so überhaupt nicht zu unseren Kreisen gehört. Hättest du eine Affäre mit einem berühmten Kerl, der dir Pelzmäntel und hübsche kleine Sportwagen schenkt, dann wäre alles okay, weil unsere Kreise diskret sind. Aber mit diesem Rotscher?! Wie kannst du bloss! Weil dein Liebling berühmter ist als du, werden ich und meine Freundinnen dich von unserer Liste der engsten Freundinnen streichen müssen, wohl oder übel, und können es uns nicht mehr leisten, dich weiterhin zu kennen, du verstehst? Auf meinen Entscheid zurückkommen könnte ich bloss, falls du Rotscher sausen lässt und mit einem noch berühmteren Kerl als deinem Liebling eine Affäre hättest. Doch bist du, befürchte ich, nicht der Typ für strategisch geschickte und in unseren Kreisen übliche Dispositionen. Du gehörst ja bloss dank deinem Liebling zu uns."

Lady kriegt einen Lachanfall. Auf Josiane Meunier de Chatterbox und Konsorten kann Lady liebend gern verzichten. Diesen Umgang pflegt sie bloss, weil ihrem Liebling so viel daran liegt. Schliesslich geht ihr Verhältnis mit Rotscher niemanden ausser ihren Liebling, Rotscher und sie etwas an. Sie drei sind sich einig. Überdies hat das Verhältnis den Reiz des Neuen klar verloren, wird zur Routine, ist zwar hübsch, doch irgendwie nicht ganz so luftig, leicht und heiter, wie man sich hübsche Abenteuer vorstellt. Lady überlegt sich, dass die Leute bloss das Sonnige sehen und die Schattenseite, den Mond, die dunkle Seite des Mondes verdrängen. Rotscher ist zwar charmant, doch gleichzeitig schrecklich kompliziert und unberechenbar und oft auch der wahre Elefant im Porzellanladen. Lady grübelt. Sie grübelt auch noch, als sie am Abend mit Rotscher im Nouvelle zu einem exquisiten Dinner sitzt. Sie trinken Charbault Crémant und Lady lässt ihr Köpfchen hängen. Rotscher hat keine Idee, weshalb Lady nachdenklich ist, so ganz anders als sonst. Er zieht alle Register, um Lady aufzuheitern. Menschen, die mit Moral und Bibel um sich schlügen, seien Gewalttäter. Ladys Köpfchen hängt weiterhin. Menschen, die positionsgeil sind, glänzen betörend vor Dummheit. Ladys Köpfchen hängt weiterhin. Ein Kellner zaubert vor Lady ein Bild von einem Teller mit Langusten und Feigen an einem Balsamico-Coulis hin. Ladys Köpfchen hängt weiterhin. Gesetze, Vorschriften seien das künstliche Rückgrat von Menschen ohne Rückgrat, von Menschen, die sich nicht über das Amöbenstadium hinaus entwickelt hätten, aber dennoch nicht wirklich Amöben seien, weil sie sich nicht ständig durch Zellteilung reproduzierten, was wiederum ein Glück für die Menschheit sei, weil sonst die Dummheit schon längst überhandgenommen hätte, was bisher zwar auch nicht habe verhindert werden können, doch immerhin gebe es noch zwei Prozent halbwegs gescheite Menschen, sie, Lady, und er, Rotscher. Ladys Köpfchen hängt weiterhin. Rotscher spricht einen Toast auf sie Beide aus. Ladys Köpfchen hängt weiterhin. Lady solle alles um sich herum vergessen, sie sei das Mass ihrer Welt, sie sei die Königin ihrer Welt, die einzige blühende und wohlriechende Rose und die Leute, die sie massregeln oder zu einer Marionette machen wollten, seien in Wahrheit Frösche, deren Gequake fürchterlich sei. Ladys Köpfchen bleibt weiterhin hängen. Herr Ober, eine weitere Flasche Crémant! Wenn zwei Menschen offen und ehrlich miteinander verkehrten, dann hätten sie gegenseitig und auch sonst hinter alle Kulissen geschaut und seien genügend stark, um dem Neid, der Missgunst, der Häme zu trotzen. Ladys Köpfchen hängt weiterhin. Prosit, Lady! Wenn er, Rotscher, scharf über sein

Leben nachdenke, dann sei das, was er tue, überhaupt nicht mit seinen moralischen Grundsätzen vereinbar, doch so entspannt und glücklich, wie er sich nun fühle – und es sei nicht dem Champagner zuzuschreiben, der ja nicht einmal pink sei, sondern bloss ein sündhaft teurer Crémant in einem sündhaft teuren Lokal. Und während ihm durch den Kopf blitzt, wie soll ich das bezahlen?!, fällt ihm der Dessertlöffel aus der Hand, fällt mit einem glockenhellen Blingg an den Rand der gläsernen Dessertschale, die sogleich in unzählige Scherben zerspringt und eine dunkelrote Brombeere rollt in Rotschers Schoss auf seine weisse Hose. Lady lacht herzhaft. Ihre blonden Locken kringeln sich lustig um ihr Gesicht, ihre Augen weisen einen feinen Silberblick auf. Dann küssen sie sich, über den Tisch hinweg, so dass Rotschers Blazer voll in den Traum aus Vanille-Glace taucht und trieft. Lady weiss, sie wird das Verhältnis beenden.

Lady fragt ihren Liebling, wie ums Himmel's Willen er auf die Idee gekommen sei, die ganze Welt über ihr Verhältnis zu Rotscher zu informieren.

„Bloss die Familie und die engsten Freunde! Und ich habe es aus Anstand getan. Die Familie und die engsten Freunde sollen wissen, mit wem sie es zu tun haben."

„Und die Folgen. Gewisse Leute machen mir schreckliche Vorwürfe."

„Dafür kann ich nichts. Ich habe bloss getan, was ehrlich und anständig ist. Schlag nach im Lexikon über Ethik!"

Lady hätte ihrem Liebling am liebsten fuck you zugerufen, doch ihr Anstand bewahrte sie davor. Mit Schrecken fällt es ihr wie Schuppen von den Augen, sie und ihr Liebling nicht mehr einer Meinung. Und das Verhältnis mit Rotscher wird sie beenden. Lady schnauft auf.

Zehnte Folge

Die Essenz einer institutionalisiert kurzen Geschichte

Lady ist echt irritiert darüber, dass ein offenes und ehrliches Gespräch zwischen ihr und ihrem Liebling nicht möglich scheint. Sie spricht ihn noch einmal darauf an, wie verletzt sie ist, dass er heimlich Dritte über ihr Verhältnis informiert. Mit dieser Information an Dritte müsse er doch irgendetwas bezwecken. Ladys Liebling ist zwar physisch anwesend, hört ihr aber offensichtlich nicht zu, lächelt versonnen und streut dann und wann ein ja jaja jajaja ein. Dann saust er ab, weil er noch eine Verabredung mit Justus Kempner hat.

Mit Justus Kempner ist Ladys Liebling rasch handelseinig, doch setzt sich Severus Lustfrosch zu ihnen, worauf Justus Kempner seinen Llagavoulin runterstürzt und sich geistesgegenwärtig verabschiedet, während Ladys Liebling mit einem halben Glas Cynar – ein Orangenschnitz am Glasrand eingeklemmt – und mit Severus Lustfrosch an der Bartheke sitzen bleibt. Ladys Liebling hört nicht zu, was Severus Lustfrosch erzählt. Severus Lustfrosch schimpft über Natascha Lustfrosch, die ständig mit ihrem Daseinsanalytiker rumvögelt und ihm, Severus Lustfrosch horrend hohe Rechnungen für die Analyse runterjubelt, so dass er seiner

Frau, die ein echtes Flittchen ist, am liebsten den Hals umdrehen würde. Ladys Liebling ärgert sich, dass Severus Lustfrosch abgehauen ist, ohne sich darum zu kümmern, wer seine Drinks bezahlen soll. Düster hat er dennoch mitbekommen, was Severus Lustfrosch ihm erzählt hat. Ladys Liebling kann bloss sein weises Haupt schütteln. Er begreift nicht, weshalb die Menschheit so viel Aufhebens um die Geschlechtlichkeit macht. Hat man erst mal seinen Sohn gezeugt, als Mann seine Pflicht und Schuldigkeit getan, kann man alles dem Zufall überlassen und sich den wichtigen Dingen im Leben zuwenden. Er hat sich zwar sagen lassen, dass gewisse seiner Geschäftsfreunde einzeln oder in Gesellschaft von Geschäftsfreunden gewisse Etablissements aufsuchen. Doch Ladys Liebling interessieren solche Dinge nicht. Er hat Gescheiteres zu tun. Und kaum trudelt er zu Hause ein, will Lady doch schon wieder über ihren Gigolo reden. Ladys Liebling gähnt demonstrativ und tut so, als ob er im Stehen einschlafen würde, worauf Lady ihn nicht weiter behelligt und ihn zu Bett gehen lässt. Am nächsten Tag stösst Lady in der Migros vor der Kühltruhe mit Trutenfleisch auf Tusnelda Klammer, geschiedene Wertenfels, die – kaum ist sie Ladys ansichtig geworden – sich auf sie stürzt und sie sich vorknöpft.

„Die Männer sind alle Verbrecher! Nein, nein, das ist kein fauler Spruch und kein billiger Reim. Das ist die Wahrheit und nichts als die Wahrheit. Der Wertenfels gehört gehängt, geviertteilt für alle Lügen, die er mir aufgetischt hat. Das Ekel soll in der Hölle schmoren. Männer sind keine Träne wert. Dein Liebling informiert mich darüber, dass du ein Verhältnis hast. Siehst du, dein Liebling ist ein Verbrecher! Und du – ich kann es nicht anders sagen – du dumme Kuh hast nichts Gescheiteres im Kopf, als dich mit einem Exemplar dieser Spezies einzulassen. Ich warne dich. Lass die Hände von Männern, sie sind alle Verbrecher. Man sollte sie, bevor wir dummen Weiber wieder sentimental werden, entmannen, mit einem scharfen Messer, ratsch-ratsch-ratsch."

Lady lässt Tusnelda Klammer, geschiedene Wertenfels, stehen.

Derweil schüttet Rotscher Silvan Lester sein Herz aus. Während er Sinnliches erleben möchte, wolle Lady ständig quatschen. Sie werfe ihm immer vor, so überhaupt nichts von sich zu erzählen, so verschlossen zu sein und so weiter blablabla et cetera. Beziehungen seien a priori Missverständnisse. Zumindest in dem Bereich, der über reinen Sex hinausgehe.

„Du willst also weiterhin mit ihr schlafen."

„Eigentlich will ich ja Schluss machen. Doch es ist bequem, wenn man jemanden hat."

„Hüte dich davor zu sagen, komm, küssen wir uns. Wenn sie quasselt und quasselt und quasselt und dich mit Fragen löchert, fall vor ihr auf die Knie und bitte sie, dich zu heiraten."

„Idiot! Lady ist schon verheiratet."

„Das ist ja eben der Trick. Jede Frau, ob verheiratet oder nicht, ist gerührt, wenn sie einen Heiratsantrag bekommt und dann kannst du sie küssen, mit ihr knutschen. Selber Idiot. Kapiert?!"

Am nächsten Morgen hat Rotscher von den vielen Biers einen schweren Kopf, ist schlecht ausgeschlafen, fünf Mal in der Nacht aufgestanden zum Wasserlösen. Irgendwie wuchert die Geschichte mit Lady in ein Unding hinein, das ihm ganz und gar zuwider ist. Immer, wenn er darüber nachdenkt, ist ihm sonnenklar, ich soll/muss/will endlich Schluss machen – höchste Zeit. Dann sitzt er Lady gegenüber. Lady plappert und plappert und plappert. Wenn Lady wüsste, dass Rotscher ihr genau so wenig wie ihr Liebling zuhört und genervt denkt, Lady plappert und plappert und plappert, hätte sie, die sonst eher zu Tränen neigt, einen ausgewachsenen Wutanfall gekriegt und wäre explodiert. Denn sie thematisiert ihres Lieblings seltsame Seiten und dass ihre – Rotschers und Ladys – Zukunft keine echte Chance habe. Rotscher fällt der Tipp von Silvan Lester wieder ein. Er verspürt Lust auf etwas Tralala. Zum Spass gleitet er auf seine Knie, wirft Lady einen schmachtenden Blick zu und seufzt, willst du meine Frau werden? Lady ist baff. Es verschlägt ihr den Atem. So ruhig hatte Rotscher Lady noch nie erlebt. Er küsst sie und so weiter blablabla et cetera. Als sie schweigend neben einander liegen, danach, fragt Rotscher Lady, einer plötzlichen Eingebung folgend, wie wäre es mit einem Wochenende auf dem Berg der Wahrheit? Lady schweigt und gerät in einen Ausnahmezustand.

„Das Luxushotel? Können wir uns das leisten?"

„Kein Problem," wirft Rotscher lässig hin und verdrängt die Frage, wie er es bezahlen soll. Er verschweigt die Tatsache, dass seine Lieblingstante Dorabella Kripp, die sehr seltsam ist und sich Schalusia Trekker, Huhn von Anstand und besten Manieren, nennt, dort wohnt. In einem Hüttchen im Park des Luxushotels. Der Familienvorstand hat bestimmt, dass regelmässig ein Mitglied der Familie auf den Berg der Wahrheit pilgern muss, um sich zu vergewissern, dass Dorabella Kripp noch irgendwie funktioniert. Die Familie kommt für die damit verbundenen Spesen auf, doch ohne Übernachtung im Luxushotel, geschweige denn Nachtessen im Restaurant des Luxushotels. Die Reihe ist an Rotscher, Tante Dorabella Kripp wieder einmal zu besuchen. Ihm stinkt die lange Reise. Zusammen mit Lady ist die Reise nicht langweilig.

Auf dem Berg der Wahrheit angekommen, residieren sie in der Villa Semiramis im sechseckigen, zitronengelben Zimmer im Bauhausstil mit den Kathedralenfenstern und dinieren auf der Terrasse bei Kerzenlicht und diskreter Pianomusik auf der Terrasse, bei Mondschein, unter dem Himmelszelt. Sie trinken eine Flasche Taittinger Comtes de Champagne rosé. Rotscher will das Ende ihrer Beziehung mit Stil ankündigen. Lady will sich vom teuren Getränk nicht beirren lassen und Schluss machen.

Ladys Liebling hastet aus seinem Büro zu seinem Parkplatz. Dabei wird er, wie er zu seinem Schrecken annimmt, von einer wildfremden Frau angemacht. Lisiane Tedea hüpft auf der Bahnhofstrasse von Schaufenster zu Schaufenster und stützt plötzlich. Hoppla, sagt sie sich, was für ein hübsches Kerlchen! Zu bemerken ist dabei, dass Lisiane Tedea einen exquisiten Geschmack hat und auf Männer vom Typ Gnomen von Zürich steht. Wenn einer ihr gefällt, setzt sie ihre weiblichen Waffen ungeniert ein. Im letzten Moment fällt ihr ein, ach, dieser Honeypie ist ja Ladys Liebling, den sie schon lange kennt. Im gleichen Augenblick erkennt auch Ladys Liebling, dass diese aufdringliche Dame Lisiane Tedea, eine alte Freundin ist. Ladys Liebling registriert im Nu, dass Lisiane Tedea über die Summe ihrer verflossenen Ehemänner über ein hochkarätigstes Netz von Verbindungen im internationalen Wirtschaftssegment verfügt. Als Lisiane Tedea einen Drink in der Old-Fashioned vorschlägt, ist Ladys Liebling einverstanden. Lisiane Tedea raucht schlanke, lange Zigaretten mit einem langen Zigarettenhalter und übernimmt klar die Führung des Gesprächs, das sie mit Allgemeinplätzen eröffnet. Ladys Liebling überlegt sich, dass er Lisiane Tedea noch nicht über das Verhältnis von Lady mit Rotscher informiert hat und möchte dies unbedingt tun, bevor man zu den wesentlichen Dingen kommt. Jedes Mal, wenn die Eingangstüre der Bar sich öffnet, kneift Lisiane Tedea wegen ihrer Kurzsichtigkeit, gekoppelt mit ihrer Angst, ihre Gesichtszüge durch hässliche Brillen zu verunstalten in Kombination mit ihrer Allergie auf

Kontaktlinsen, ihre Äugelein kurz zusammen und winkt gespielt unauffällig auffällig mit schrillem Aufschrei dem Ankömmling zu, ihm signalisierend, sieh mal, mit wem ich hier sitze – unterstehe dich, dich uns zu nähern und meinen Fang zu stören. Ladys Liebling erkennt, dass Lisiane Tedea tatsächlich alle bedeutenden Männer zu kennen scheint. Bevor Ladys Liebling seiner Informationspflicht nachkommen kann, beginnt Lisiane Tedea zu flüstern.

„Mein Lieber, unter uns, von Freundin zu Freund gleichsam, einen Rat, der mir sehr am Herzen liegt. Sieh zu, dass Lady sich von diesem, diesem – wie heisst er gleich wieder – Rotscher – wie kann ein anständiger Mann Rotscher heissen! – trennt. Andernfalls musst du dich von Lady trennen. Ein sehr einflussreicher Mann, ich will seinen Namen nicht nennen, vertraute mir an, dass in den höchsten Kreisen über dich gelacht wird, weil Lady mit einem Nobody ein Verhältnis hat."

Der Ausblick von der Terrasse auf dem Berg der Wahrheit in die nächtliche Landschaft hinein ist betörend, der Taittinger Comtes de Champagne rosé prickelt, eine leichte Brise erfrischt.

„Schatz, du bist besoffen, sagt Lady."

„Quatsch," kontert Rotscher, leert sein Glas in seinen Schlund.

Ob diesem kurzen Wortgefecht entsteht ein Streit, so dass alle Leute rundherum mit offenen Mündern und in ihren Händen ausgestreckten Essbestecken erstarrt zu ihnen Beiden hinglotzen. Ein weisser Clown in prachtvollstem weissem Kostüm, bestickt mit Glitzersteinen tänzelt unter der weiten Kuppel des Sternenzelts vorbei. Er spielt Saxophon, intoniert „Come, follow the band", mit Inbrunst die Melodie Ton für Ton aufbauend, im Rhythmus die Vielklänge anschwellen/aufschwellen lassend, nach und nach an

Rhythmus und Kraft zulegend, bis das Zirkusorchester nachzieht und orgiastisch mitreissende Klänge in den Äther schmettert. Rotscher steht auf, packt Lady, tanzt mit ihr zurück in die Villa Semiramis, verzückt/entrückt, wir hatten unsern ersten Streit und haben ihn heil überstanden, oder etwa nicht. Was dann, geschieht, darüber schweigt des Sängers Höflichkeit und so weiter blablabla et cetera. Am nächsten Morgen dann besuchen die Beiden Dorabella Kripp, das heisst, Schalusia Trekker, Huhn von Anstand und besten Manieren. Lady ist entzückt von dieser allerliebsten Verrückten, wie sie sie nennt. Sie knipsen Bildchen, Rotscher mit Dorabella Kripp, Lady mit Dorabella Kripp und sogar ein Bild zu Dritt, mit dem Selbstauslöser, die Kamera auf einen Baumstrunk gestellt. Und immer wieder, na ja, die Fortsetzung. Noch etwas Süssholz Raspeln im zitronengelben, sechseckigen Zimmer. Der gute Moment, um Schluss zu machen, stellt sich weder für Lady, noch Rotscher ein.

Elfte Folge

Eine kurze Geschichte

Rotscher guckt angestrengt in den Badezimmerspiegel. Heisses Wasser fliesst aus dem Hahn ins Lavabo. Rotscher feuchtet sein Gesicht an, schmiert seine stoppeligen Gesichtspartien mit samtiger Crème ein, die er mit Bewegungen der Finger auf der Haut aufschäumt. Gleichzeitig schmettert er aus voller Brust „Torréador, en garde" in den Raum hinein. Dann verstummt er kurz, setzt den Rasierer an, zieht in rasch über die in einer erstarrten Grimasse gestraffte Haut, entspannt sich wieder, singt wieder, spült den Rasierer im Heisswasser aus, um den gleichen Vorgang etliche Male zu wiederholen und immer grössere Partien der unteren Gesichtshälfte glattrasiert zu sehen. Während er sein Werk im Spiegel betrachtet, hält er inne, gönnt es sich, die Pause mit Gesang auszufüllen, dem er viel Zeit einräumt. Er erinnert sich, dass ein französischer Kollege, den er an einem Weiterbildungskurs in Den Haag am Friedenpalast getroffen hatte, ein kleiner, unscheinbarer Kerl mit übersteigertem Selbstbewusstsein, nach dem Aufstehen jeden Morgen minutenlang Urschreie von sich gegeben hatte. Auf die Frage, was diese Schreie sollen, hatte er kopfschüttelnd – wohl hatte er gedacht, wie kann man bloss eine so blöde Frage stellen – hingeworfen, ach, natürlich um meine Lunge zu lüften. Der Gesang Rotschers entflieht durch das einen Spalt weit geöffnete Badezimmerfenster in den Innenhof des mehrstöckigen Häusergevierts. Plötzlich dringt das Echo seines Gesangs in munter plärrenden Kinderstimmen an Rotschers Ohr. Im Nu ist Rotscher von Null auf Hundert. Nur mit Mühe kann er sich zurückhalten, um sich nicht gleich aus dem Fenster rauszuhängen und die in dem Teil des Innenhofes, der noch nicht zu Parkplätzen umfunktioniert worden ist, spielenden Kinder zu beschimpfen. Sogleich fragt Rotscher sich, weshalb er ständig zu unbeherrschten Reaktionen neigt. Selbstverständlich hört er sofort mit Singen auf. Er grinst seinem Spiegelbild ins Gesicht. Schlaffer Kerl, kein Schwung, Versager, uach! Zermarterst dir dein Gehirn, wie die Kreditkartenrechnung vom Luxushotel auf dem Berg der Wahrheit bezahlt werden wird. Lässt dich treiben. Bist zu keinem Entscheid fähig. Manövrierst dich in Situationen hinein, die keine Zukunft haben. Schiss davor, die Dinge konsequent durchzudenken, die Wurzel zu packen und auszureissen. Immer dieses klein Beigeben. Nie den Mund öffnen, immer alles stumm runterschlucken. Wie war es gleich wieder gewesen mit der quirligen Verkäuferin beim Gemüsehändler, die immer so lustige Sprüche klopft, während sie ihm halb verfaultes Obst in den Papiersack hineinwägt und er, Rotscher, Schiss hat, ihr zu sagen, dass er kein faules Obst zu hohen Preisen entgegennimmt. Diesen faulen Pfirsich will ich nicht! Er darf nicht gleich losschreien. Ganz ruhig sagen, legen sie, bitte, diesen faulen Pfirsich zurück und geben sie mir den anderen. Mit einem Grinsen auf seinen Stockzähnen. Ausser sie zögen einen Preisnachlass in Betracht. Klingt das „zögen in Betracht" nicht gar zu hochtrabend, einer simplen Verkäuferin gegenüber? Ach, diese herablassende Einstellung. Rotscher ist neidisch auf diese Menschen – oft Bauarbeiter oder Typen von der Strasse, ohne Intelligenzzertifikat oder data-frisch Stempel für besonders wachen Geist –, die nonchalant Arme schlenkernd, grinsend und Kaugummi kauend, irgendwie noch charmant und mit einem Quäntchen Humor, sich für ihre Rechte stark machen können und, vor allem, ihre Rechte genau kennen und sich nicht genieren, sich dafür stark zu machen. Und ich degeneriertes Arschloch, denkt Rotscher, werde immer gleich von Zweifeln, schlechtem Gewissen und Stottern heimgesucht. Ich bin zu schüchtern! Zu rücksichtsvoll. Geniere mich, nein zu sagen! Schliddere untertänigst in das Dasein des Mitläufers rein. Rotscher mag sein Spiegelbild nicht mehr anschauen. Autsch, Wasser verdammt heiss. Und überhaupt, jeden Morgen diese verdammte Rasiererei. Und wenn sein Herz das nächste Mal noch so sehr im Halse zu pochen beginnen wird, Rotscher wird der quirligen Verkäuferin beim Gemüsehändler zuzwinkern und sagen, bitte nicht das faule Ding. Und dabei lächeln. Und die Rasierklinge ist auch schon ganz stumpf, verdammt, verdammt, verdammt! Mit der neuen Klinge dann spürt er plötzlich einen brennenden Schmerz, schaut doch wieder hin, nimmt seinen entgeisterten Blick wahr, lacht voll heraus und sieht Blut fliessen. Ein kleines Bächlein Blut seinem feucht leuchtenden, glatten Kinn entlang rinnen. Wenn Lady ihn jetzt sehen würde. Bluten oder nicht bluten, das ist hier die Frage. Lady oder nicht Lady, das ist hier die Frage, „ob's edler im Gemüt, die Pfeil und Schleudern des wütenden Geschicks ertragend, oder". Anstatt auf der Bühne, im Rampenlicht, mit Totenkopf in der Hand, wurmt es Rotscher, stehe ich hier, jämmerlich schlottrige Figur, nackt und bloss. Nun, wenn ich den Bauch etwas einziehe, ein Bein kokett vor das andere schiebe, Brust raus, Schultern nach hinten, muss schon sagen, fescher Mann. Sich ihn vorzustellen im Dinner-Jackett, Fliege, goldene Uhrkette, am Arm Lady in einem Traum aus Tüll in Mauve. Hilfe, ich kann keinen Gedanken mehr wälzen, ohne dass Lady sich darin breit macht und ihren Platz in meiner Phantasie fordert. Weshalb nicht gedankenlos in den Tag hinein leben, ohne das „cogito ergo sum", ohne das ganze Bildungs-Brimborium und ohne die Erinnerung an Lady.

Ich denke Lady. Sie betört meine Sinne. Oder halt: ist es Lady oder Rosé Champagner? Lady klaut ihm die Zeit, davon ist Rotscher überzeugt, und der Champagner raubt ihm die Sinne und zurück bleibt ein Mensch, der als Mitglied der Gesellschaft, insbesondere der produktiven, eine Null ist. Ich leiste nichts, und wenn, dann bin ich unkonzentriert bei der Sache, und was dabei rauskommt, ist mir letztlich wurst.

Mit Rotschers Trübsinn kopuliert nun seine innerste Überzeugung, dass die Menschheit höchstens noch zu retten sein wird, wenn die Dinge nicht mehr funktionieren. Ergo ist Rotscher letztlich stolz auf seine lausige Arbeitsleistung. Gleich drängt sich die Frage vor, ob seine Arbeitsleistung tatsächlich genügend lausig, um gesellschaftlich subversiv zu wirken? Rotscher sieht sich als ein träges Arbeitstier, das genau das tut, was ihm aufgetragen ist – nichts mehr und nichts weniger. Eine Null ist eine Null, nicht einmal ein Minuswert. Einer Null, rund und kuschelig, zum Spiel auffordernd, fehlt das herausragende Element. Rotscher denkt, mir fehlt es an Profil. Profil habe ich, wenn ich mich objektiv betrachte, von der Seite her, denkt Rotscher, während er vor dem Badzimmerspiegel posiert und dabei sogar auf seine Zehen steht, um etwas mehr von seinem Körper mitzubekommen. Profil besitze ich in körperlicher Hinsicht und aus meinem Körper ziehe ich viel mehr Lustgewinn als aus der drögen Arbeit. Und damit ist Rotscher gedanklich wieder – indirekt – bei Lady gelandet. Doch nicht nur bei Lady. Denn um Lady geht es überhaupt nicht. Flaniert Rotscher in der Stadt, schnellt sein Blick allem nach, was runde Formen hat und küssbar ist. Ergo, Lady ist genauso passager wie alle andern Abenteuer. Doch, um ehrlich zu sein, denkt Rotscher weiter, wenn ein Blick ein

Abenteuer eingefädelt hat und dadurch die Möglichkeit zu Intimität geschaffen ist, kommen in mindestens siebzig von hundert Fällen die faulen Ausreden: keine Zeit, Knoblauch gegessen, zu krumme Waden, dumm wie Bohnenstroh und so weiter blablabla et cetera. Hingegen, schnuppern Rotschers Nüstern Ladys bestimmten Duft, ihre Körperlichkeit in Verbindung mit Tamango, bleiben die Ausreden aus und steht der Verstand still. Ergo, Lady bringt Rotscher um seinen Verstand. Rotscher seufzt. Ohne Lady könnte ich gärtnern, töpfern, klöppeln, Briefmarken sammeln, philosophieren, mir Gedanken um eine sinnvolle Karriere machen. Das Gefühl der totalen Leere würde ausbleiben und auch die Ebbe in der Kasse. Das mit der Liebe sei sowieso eine luftige Einbildung. Liebe gibt es nicht. Sie ist ein Missverständnis. Es gibt Notwendigkeiten. Lady war für ihn zufällig und irgendwie, im Moment des Zufalls, notwendig. Genauso wie er für Lady notwendig gewesen sein wird. Daher das passagere Techtelmechtel. Nun sei es aber endgültig vorbei. Rotscher legt sich den klugen Satz bereit, tschüss, Lady, es war eine tolle Zeit, verbindlichsten Dank und, eben, wie gesagt, tschüss. Rotschers Blick fällt auf sein Spiegelbild mit den glatt rasierten Wangen und mit dem hämisch bösen Blick. Rotscher grinst seinem Spiegelbild zu. Das Spiegelbild grinst zurück. Rotscher tätschelt mit seiner Rechten die rechte Wange, streckt sich selber die Zunge raus, und spürt, wie er, frisch gebürstet und gestriegelt, Lust auf neue Untaten hat. Es kribbelt in seinem Bauch. Er rast zum Telefon, stellt Ladys Nummer ein, wartet klopfenden Herzens den Summton ab, um dann die Verbindung sogleich zu unterbrechen, weil er ja tatsächlich Schluss machen und nicht schon wieder schwach werden will, sobald Ladys glockenhelle Stimme flirrt, hier Lady, wer dort? Während er sich in Gedanken anerkennend auf seine Schulter klopft für seine heldenhafte Tat, summt er „Tea for two" und inspiziert seine Rasur nochmals im Badezimmerspiegel. Er flucht sich an, schimpft mit sich selber. Da sind nach wie vor Bartstoppeln! Voller Wut seift er seine Wangen und den Hals ein zweites Mal ein und schwört sich hoch und heilig, der quirligen Verkäuferin beim Gemüsehändler nichts zu sagen, weil ihm egal ist, wenn jeder zweite Pfirsich faul ist, weil er sowieso immer zu viel einkauft. Überdies möchte er verhindern, dass die quirlige Verkäuferin beim Gemüsehändler ihn nicht mehr so nett bedient.

Nach der (zweiten) Rasur verteilt Rotscher mit flach ausgestreckten Fingern Guerlin's Vétiver tätschelnd auf seine Wangen, seufzt vor Wohligkeit, lächelt seinem Spiegelbild zu. Das Telefon klingelt. Rotscher erkennt lächelnd, dass dies der Moment der Wahrheit ist. Er wird stark bleiben. Nicht rangehen. Lady nicht schon wieder auf den Leim kriechen. Sie wird nicht aufhören, anzurufen. Das ewige Klingeln des Telefons wird ihn verrückt machen. Seinen Mann stellen. Mannhaft den Hörer abheben. O Schreck, nein Hilfe, nicht auch das noch, denkt Rotscher verzweifelt, kaum hat er mitbekommen, dass nicht Lady, aber seine Mutter ihn anruft.

„Bub, Bub, ich bin so durcheinander. Ich schäme mich so. Sag, bitte, dass es nicht wahr ist. Es ist schändlich, ein Verhältnis mit einer verheirateten Frau zu haben. Ich wage mich nicht mehr unter die Leute, so sehr schäme ich mich. Heute früh, nach der Morgentoilette, habe ich vor lauter Sorge sogar vergessen, meinen Siegelring an den kleinen Finger zu stecken. So sehr hat mich diese Sache aufgeregt. Und, bitte, bitte, kein Wort zu Papa. Seine Angina pectoris. Wenn er es erführe, es wäre sein sicherer Tod."

Rotscher lacht souverän.
„Du glaubst auch jeden Mist. Kein Wort ist wahr."

Rotschers Mutter geht ihm auf den Leim, ist total beruhigt und kann wieder stolz auf ihren Ältesten sein. Und dieser amüsiert sich, wie er die Situation gemeistert hat, folgt einem Impuls, packt die Flasche rosé Champagner aus dem Kühlschrank und eilt zu seinem Wagen, um mit Lady über den Vorfall mit seiner Mutter zu lachen. Und plötzlich fällt ihm wieder ein, mein Gott, zu Lady will ich überhaupt nicht! Da bumbst es unerwartet. Rotschers Wagen ist verkeilt in das Heck eines Luxusgefährts mit wohlklingendem Namen. Tusnelda Klammer, geschiedene Wertenfels, entsteigt ihrem verkrempelten Fröschchen (sie hat ihr Auto Fröschchen getauft, weil es niedlich froschgrün ist), besieht die Bescherung (die im Moment des Geschehens viel verheerender scheint, als sie tatsächlich ist) und den Verursacher, der auf sie zukommt. Sie denkt, typisch Mann!, und lässt sich nicht einmal durch die Tatsache milder stimmen, dass dieser Mann, Rotscher, ein im Grunde hübsches Exemplar dieser Spezies ist. Sie kanzelt ihn gleich ab mit: typisch Mann, kann nicht mal bremsen, wenn gebremst werden muss! Rotscher platzt der Kragen. Es folgt eine Show, die viele Neugierige und Gaffer anzieht. Jeder Kraftausdruck, von welcher Seite auch immer, wird mit Zurufen aus dem Publikum quittiert. Teils feuern die Umstehenden Tusnelda Klammer, geschiedene Wertenfels, teils Rotscher an. Für Bombenstimmung sorgen jeweils Kraftausdrücke aus der untersten Schublade. Der Verkehr steht still, weil die verkeilten Wagen und die Show die Strasse blockieren. Da erscheint die Polizei, dein Freund und Helfer. Die Polizisten wollen für Ruhe und Ordnung sorgen, werden vom Publikum ausgebuht. Nun horchen sowohl Tusnelda Klammer, geschiedene Wertenfels, als auch Rotscher auf. Sie amüsieren sich köstlich über das sich bietende Schauspiel, wie das Publikum auf die Polizisten losgeht. Nebenher bemerken sie auch, dass der Schaden an beiden Fahrzeugen sich in Grenzen hält, dass diese Kratzer – ach, womöglich haben sie bereits vorbestanden – nicht der Rede wert sind. Rotscher zaubert die Flasche Rosé

Champagner hervor, überreicht sie mit Schmachteblick Tusnelda Klammer, geschiedene Wertenfels, die ihrerseits schmilzt und mit Entzücken vorschlägt, diesen köstlichen Tropfen müssten sie gemeinsam geniessen. Ihr pied-à-terre in der Stadt sei am Münsterplatz. Das Publikum applaudiert frenetisch. Der ältere der beiden Polizisten, Wachmeister Halbkilostein, verschafft sich Gehör und verkündet, wegen einer solchen Lappalie nehme er keinen Unfallrapport auf. Doch sollten die Herrschaften sich endlich wieder trollen. Auch Wachmeister Halbkilostein wird begeistert applaudiert.

Ladys Liebling kommt um fünf nach Neun nach Hause, als die Kinderchen längst im Bett sind und das für ihn bestimmte Nachtessen längst erkaltet ist. Er meint, kalt sei es ebenso gut. Er nehme den Teller hoch in sein Arbeitszimmer. Lady fragt ihn, wie sein Tag gewesen sei. Ach, antwortet er, Stress, Stress, nichts als Stress. Gottlob habe Tusnelda Klammer, geschiedene Wertenfels, mit der er um Fünf einen Termin wegen einer Gesellschaftsgründung gehabt habe, abgesagt, sie habe plötzlich Masern bekommen, eine Kinderkrankheit. Sie werde nächste Woche wieder anrufen.

„Wenn schon ein Termin geplatzt ist, weshalb bist du dann nicht zeitiger nach Hause gekommen, um zumindest die Kinder noch zu sehen, bevor sie schlafen?"

Zwölfte Folge

Kurzgeschichte

Fini Trimber war über Jahre die Geliebte eines Kardinals im Ausland gewesen. Der Kardinal hat inzwischen das Zeitliche gesegnet. Ihr wurde offiziell für ihr „Coaching in Sachen Qualitätsmanagement" von der Kirche ein goldener Fallschirm und eine Rente auf Lebenszeit zugesprochen mit der Verpflichtung zur Geheimhaltung bis zu ihrem Tod. Sie schweigt und ist, weil ihre Geschichte bekannt ist in den besten Kreisen, so etwas wie die graue Eminenz in Sachen Moral. Bei einem zufälligen Zusammentreffen mit Josiane Meunier de Chatterbox fragt sie diese, bist du Kundin von Madame Minouche in Paris? Josiane Meunier de Chatterbox sieht Fini Trimber ratlos an und verneint die Frage, indem sie fragt, wer diese Madame Minouche in Paris sei. Fini Trimber klärt Josiane Meunier de Chatterbox auf, dass die Sitten immer roher würden, man nicht wisse, wohin diese Verrohung der Sitten noch führen werde. Damen der Gesellschaft – „und nicht wenige, ich könnte dir Namen nennen, du würdest staunen" – reisten nach Paris zu Madame Minouche und buchten sich dort junge, hübsche Männer für „du weisst schon was", anstatt das diese dummen, dummen Weiber die wahren Werte erkennen und sich die herrliche Picasso-Ausstellung in der Fondation Maeght in Saint-Paul de Vence zu Gemüte führten! Die Welt sei so käuflich geworden, fürchterlich, empört sich

Fini Trimber. Josiane Meunier de Chatterbox erkennt, dass Fini Trimber einmal mehr eine hypermoralische Anwandlung hat und verabschiedet sich rasch, indem sie eine wichtige Verabredung, zu der sie wohl zu spät kommen werde, vorschiebt. Wenig später blättert Josiane Meunier de Chatterbox an einem Kiosk an der Bahnhofstrasse die Annabelle durch und überfliegt rasch die Artikel, die sie interessieren. Mit einem Mal wir sie brüsk weggeschubst und eine rohe Stentorstimme verlangt die International Herald Tribune. Bevor Josiane Meunier de Chatterbox die Ungeheuerlichkeit mit einem heftigen Gegenschubs kontert, erkennt sie in der rücksichtslosen Person ihre Freundin aus der Jugendzeit, Suzy Streiker.

„Josiane Meunier de Chatterbox, du altes Huhn, liest die Zeitschriften noch immer am Kiosk, weil es billiger ist, ha."

Gemeinsam pilgern Josiane Meunier de Chatterbox und Suzy Streiker in die Bar des Hotels Schweizerhof, um bei einem, zwei oder drei Gläschen Bloody Marys (Suzy Streiker) und einem Quart Perrier, ohne Eis und ohne Zitrone (Josiane Meunier de Chatterbox), ihr Wiedersehen zu feiern. Suzy Streiker donnert, mein Gott, Josiane Meunier de Chatterbox, ich kann's kaum fassen! Dann stellt Suzy Streiker Fragen über Fragen, ohne je eine Antwort abzuwarten und seufzt aus tiefster Brust, wie habt ihrs schön, in eurer wunderbaren Idylle hier. Ich beneide euch. Ich wohne in Paris, London, New York, Mégève und Nuku Alofa. Lord Cheytry hat mich bekniet, noch ein paar Tage in Somerset zu bleiben, hat eine Flut von weissen Orchideen in mein Zimmer stellen lassen. Du musst Lord Cheytry unbedingt kennen lernen. Pflanzt in seinem Wintergarten Gemüse an und richtet im Gewächshaus ein Hallenbad mit violetten Kacheln ein, ein Exzentriker. Und dabei will er überhaupt nicht mit mir schlafen. Er will bloss Schach spielen mit mir, das ist alles –

so eine Wonne! Hat für mich eine Privatführung durch die Picasso-Ausstellung in der Fondation Maeght in Saint-Paul de Vence organisiert – phantastisch! Apropos, hast du von der neusten Seuche gehört? Jede Frau über 35 glaubt, es ihrem Ruf schuldig zu sein, sich bei Madame Minouche im XVIème in Paris einen Gigolo zu mieten – ist das nicht niedlich?! Zum Glück brauche sie für Liebe nicht zu bezahlen. Sie brauche nur so zu machen – dabei schnippt sie mit zwei Fingern – und die Männer stürzten sich auf sie. Klar, nicht unbedingt junge hübsche, aber alte reiche. Daraufhin lässt sie Namen fallen wie Kennedy, Pompidou, Shah von Persien, Duke of Kent, Richard Burton, Visconti fallen, mit denen sie intim, verheiratet, geschäftlich verbunden oder was auch immer gewesen war.

„Nimm bloss nicht an, ich spiele im Leben dieser Leute eine Rolle. Berühmtheit ist ein Faszinosum – und ein Theater. Ich habe diese berühmten Leute studiert. Sie sind, wie soll man es nennen, schizophren. Sie spielen ihre Berühmtheit und sind dabei Menschen wie du und ich, bloss einsamer und im Leben, das nicht zur Bühne wird, total verloren. Deshalb benötigen sie Ulknudeln wie mich, als Publikum, zu ihrer Selbstbestätigung. Weiter nichts. Ich zähle nicht mehr als die Tapete im Raum, wo sie sich gerade aufhalten. Doch neulich, als ich mit Frankie Boy in Cannes war."

Den Rest von Suzy Streikers Tratsch und Klatsch bekommt Josiane Meunier de Chatterbox nicht mit. Gedanklich driftet sie ab. Sie stutzt, weil es nicht Zufall sein kann, dass in so kurzer Zeit zweimal Madame Minouche und die Fondation Maeght erwähnt wurden. Sie denkt über ihr Leben nach. Die Gästelisten der Nachtessen werden immer ähnlich aussehen, die lieben Kinderchen werden immer genau das tun, was man von ihnen erwartet, und das zu bauende Haus wird in genau den Farben prangen, die immer ihre Lieblingsfarben gewesen waren, seit ihrer Kindheit. Ihr grösstes Vergnügen ist es, jeweils um zehn Uhr dreissig in der Früh ihre Fingernägel mit Miss Dior No. 8 zu lackieren. Dabei muss sie sich jeweils auf das Auftragen der Farbe mit dem Pinsel konzentrieren und kann sich dabei keine anderen Gedanken leisten. Kritisch wird es danach, wenn der Geist, erfrischt von der kurzen Konzentration, frisch, frei und fröhlich auszuscheren droht, während sie den Flakon mit dem Nagellack zur Seite stellt. Weshalb nicht Madame Minouche aufsuchen, weshalb nicht einen hübschen jungen Mann buchen, um sie nach Saint-Paul de Vence zu begleiten?

Josiane Meunier de Chatterbox kündigt Balthasar Meunier de Chatterbox an, es gelüste sie, in der Fondation Maeght die wunderbare Picasso- Ausstellung aus der Sammlung von Leo und Gertrude Stein zu sehen, verbunden mit einem dreitägigen Workshop. Sie sei für drei Tage weg, fliege nach Südfrankreich. Balthasar Meunier de Chatterboxens einziger Kommentar ist, dann hat Fini Trimber dich rumgekriegt. Fini Trimber könne von nichts anderem mehr reden als dieser Ausstellung.

Auf dem Flughafen von Nizza wird Josiane Meunier de Chatterbox von einem braungebrannten, schlanken, schwarzgelockten Hünen, der direkt aus einem italienischen Modemagazin entsprungen sein könnte, mit einem Porsche abgeholt. Der junge Mann kommt gleich zur Sache.
„Wünschen sie, dass ich die Rechnungen bezahle oder sind sie emanzipiert und wollen selber bezahlen?"

Josiane Meunier de Chatterbox steckt dem jungen Mann ein Bündel Banknoten zu, worauf er ihr eine Quittung und genaue Abrechnung am Schluss zusichert.
„Das ist nicht nötig."

„Wo denken sie hin, Madame, ich habe meine Berufsehre. Übrigens, Madame, was erwarten sie?"

„In welcher Beziehung?"

„Im Bett. Es liegt mir fern, sie zu etwas zu drängen. Doch eine klare Absprache erhöht die Erfolgschancen. Ich biete Geschlechtsverkehr in 36 verschiedenen Stellungen, mit oder ohne Vorspiel, mit oder ohne Gewalt, zärtlich oder roh, Sado/Maso, aktiv oder passiv, Nadelsex, Golden Shower – was darf es sein, Madame?"

„Ich weiss nicht."

„Wie ich sie, Madame, einschätze, sind sie ein Rühr-mich-nicht-an Lieschen, das gegen seinen Willen verführt werden möchte, mit leichter Gewalt. Mit oder ohne Licht?"

„Ich weiss nicht."

„Bitte, bitte, keine falsche Verlegenheit, bitte! Es wird schon schief gehen! Ich habe ein Doktorat in Physik und eine Lizenziat in Psychologie. Ich bin ein Meister der Verführung. Ich sehe der Form ihres Näschens an, dass sie es geniessen, wenn man ihnen schmeichelt. Andrerseits fühlen sie sich bloss dann so richtig wohl, wenn sie als Frau, und die Frauen allgemein, als leicht minderwertig betrachtet werden, weil ihr Männerbild total verschroben ist. Die Fondation Maeght besuchen wir dann zum Abschluss, bevor das sexuelle Abschiedsfeuerwerk kommt, im Fonds des Bentleys, der sie zum Flughafen bringt."

Josiane Meunier de Chatterbox ist sprachlos. Als sie im Carlton in Cannes ankommen, wird ihnen die vorbestellte Suite zugewiesen, doch Monsieur Armand, wie der junge Schnösel sich nennt, vollführt einen Veitstanz. Sie hätten eine kleine Kammer unter dem Dach bestellt, worauf Josiane Meunier de Chatterbox und Monsieur Armand erhalten, was er fordert. Josiane Meunier de Chatterbox bleibt die Spucke weg. So was hat sie in ihrem Leben noch nie erlebt. Im Zimmer angekommen erklärt Monsieur Armand gelangweilt, nun sei er müde. Er gehe an den Strand, um sich auszuruhen. Lady legt sich am Strand neben ihn. Sie beobachtet ihn, wie er den Figaro liest, und sie ist mächtig stolz, dass sie es zum ersten Mal auf das internationale Parkett geschafft hat. Monsieur Armand ist zwar ein Ekel, aber förmlich so beschaffen, dass jede Frau neidisch werden muss. Zum ersten Mal in ihrem Leben verspürt sie ein Herzklopfen.

Josiane Meunier de Chatterbox kommt sich wie in einem Krimi vor. Endlich erlebt sie Geschichten, die sie sich nie hätte träumen lassen. Vielleicht hat Balthasar Meunier de Chatterbox einen Detektiv auf sie angesetzt, vielleicht wird er sie verstossen, wenn die Sache auffliegt. Das Ganze ist ja so aufregend. Skrupel hat sie keine. Die Religion ist bloss theoretisch ihr Ding. Eine abgebrochene Daseinsanalyse, die Urschreigruppe, das Zazen und das Tischrücken hat sie hinter sich. Sexuell eingestellt ist sie nicht. Genau so wenig wie Balthasar Meunier de Chatterbox. Doch jetzt will sie es wissen, in den sauren Apfel beissen, notfalls mit Zeigefinger und Daumen die Nase zukneifen und ins kalte Wasser springen. Als Monsieur Armand befiehlt, gehen wir zurück ins Zimmer, durchrieselt Josiane Meunier de Chatterbox ein leiser Schauder.

Monsieur Armand fragt Josiane Meunier de Chatterbox, wie sie die Dienstleistung wünsche, jetzt oder nach dem Diner? Josiane Meunier de Chatterbox wünscht, es so rasch als möglich hinter sich zu bringen. Monsieur Armand verschwindet erst mal unter die Dusche, erscheint splitterfasernackt, eingehüllt in eine Wolke von Parfüm und befiehlt, ziehen sie sich endlich aus. Josiane Meunier de Chatterbox wacht auf aus ihrer Erstarrung. Im Nu ist sie nackt, verdeckt ihre Blössen und verschwindet unter der Bettdecke, die sie über beide Ohren zieht. Monsieur Armand kennt kein Erbarmen. Er scheint keine Rücksicht zu kennen, besteht anscheinend darauf, seine Dienstleistung zu erbringen. Er bezeichnet sie als geile Sau, stöhnt und dann ist es vorüber. Josiane Meunier de Chatterbox denkt aufgeregt, und ich trotte hinterher, nicht mal widerwillig, lasse mich belehren und gebe brav die richtigen Stichworte. Und all das bei dieser Festbeleuchtung. Er sieht mich an, mit diesem kühlen Blick, mit dieser ernsten Miene, hinter der ich den Zynismus grinsen sehe, die Unmenschlichkeit in Person, und er lässt wie beiläufig fallen, dann sind sie hier wohl am falschen Platz! Richtig, Monsieur Armand hatte vor dem Stöhnen noch geschrien, wenn du keine geile Sau bist, dann bist du hier wohl am falschen Platz. Es war so schrecklich aufregend gewesen. Danach ist Monsieur Armand wieder ganz Gentleman und sehr höflich. Er reicht ihr sogar ein Kleenex, damit sie sich reinigen kann, bevor sie ins Badezimmer abhuscht. Als sie aus dem Badezimmer zurückkommt, bittet Monsieur Armand um eine objektive Bewertung seiner Dienstleistung. Denn nur so sei es möglich, beim nächsten Mal auch ihr einen Orgasmus zu verschaffen. Josiane Meunier de Chatterbox ist dieses Geschwätz schrecklich peinlich. Ihr liegt es nicht, offen über solche Dinge zu sprechen. Man tut sie und dann hat es sich. Im Grunde weiss sie jetzt, was sie wissen wollte. Das Prickeln ist vorüber.

„Dann muss ich meinen Einsatz als sofort beendet betrachten, Madame? Ich werde mich bei Madame Minouche dafür einsetzen, dass bloss ein Drittel des Preises verrechnet wird – auf ein Trinkgeld verzichte ich, selbstverständlich. Eine Frau nicht zum Orgasmus zu bringen bedeutet für mich professionell ein Fiasko und."

Josiane Meunier de Chatterbox beendet das Gespräch, indem sie sich zur Frivolität hinreissen lässt, einen Zeigefinger über Monsieur Armands Lippen zu legen. Monsieur Armand verabschiedet sich mit Handkuss. Josiane

Meunier de Chatterbox atmet erleichtert auf. Erstens sind die Kosten tiefer als geplant und drei volle Tage in Gesellschaft eines Mannes zu verbringen, der nur das eine will, hätte sie heillos gelangweilt und abgestossen. Sie fühlt sich frisch und frei und aufgelegt zu weiteren Schandtaten. Die Picasso-Ausstellung wird sie alleine besuchen.

Der junge Herr am Hotelempfang will ihr für die Pilgerreise in die Fondation Maeght den hoteleigenen Bentley aufschwatzen, doch Josiane Meunier de Chatterbox fährt mit dem öffentlichen Bus nach Saint-Paul de Vence. Nach einem Fussmarsch zum Eingang der Fondation Maeght stellt sie perplex fest, dass die Ausstellung vor zwei Wochen bereits ihre Tore geschlossen hat. Sie verflucht Fini Trimber und schwört sich, ihr nie mehr ein Wort zu glauben. Die neue Ausstellung öffnet in zwei Wochen. Von der stechenden Sonne benommen, lässt sie sich, nicht etwa schwitzend, bloss total echauffiert, unter eine Pinie links vom Vorplatz plumpsen, so gar nicht Lady-like. Schnippt ihre schwarzen, lacklederen, nun etwas verstaubten Stöckelschuhe weit weg und denkt, ein Glück, dass niemand mich hier kennt und sehen kann, Josiane Meunier de Chatterbox geschafft, doch glücklich unter einer Pinie hockend.

Sie sitzt präzise sieben Minuten und siebenunddreissig Sekunden da, als ein Taxi vorfährt. Reflexartig zieht sie die Krempe ihres breitkrempigen Panamahutes so weit ins Gesicht, dass dieses nicht mehr sichtbar ist und sie durch das Lochmuster der kunstvoll geflochtenen Krempe die Geschehnisse verfolgen kann. Josiane Meunier de Chatterbox kann es nicht fassen: dem Taxi entwindet sich ausgerechnet Ladys Liebling. Er bezahlt den Fahrer. Das Taxi fährt ab und Ladys Liebling strebt dem Eingang des Austellungsgebäudes zu. Ladys Liebling rüttelt genervt an der Eingangstüre, die ein schepperndes Geräusch von sich gibt. Dann liest er das Plakat neben dem Eingang. Seine stolze Haltung ist augenblicklich hin, seine Schultern brechen ein, er schlurft wie ein trotziger Junge von dannen. Josiane Meunier de Chatterbox denkt, so habe ich diesen Mann noch nie gesehen. Er strebt zur Pinie rechts am Vorplatz hin, lässt sich in den mit Grasbüscheln durchsetzten Sand fallen und streckt, grunzende Geräusche von sich gebend, alle Viere von sich. Josiane Meunier de Chatterbox ist inzwischen wieder genügend zu Kräften gekommen, dass sie den Weg zurück ins Dorf, in die Colombe d'Or unter ihre Stöckelschuhe nehmen könnte, doch ist sie sich gewiss, dass Ladys Liebling, der bisher noch nicht auf sie aufmerksam geworden war, sie, erhöbe sie sich, sogleich wahrnimmt und auch gleich erkennt. In dem Augenblick taucht von rechts der Gärtner auf, stellt sich breitbeinig neben Josiane Meunier de Chatterbox auf und redet auf sie ein. Ladys Liebling schaut auf und erspäht von seinem Logenplatz aus Josiane Meunier de Chatterbox. Sogleich erhebt er sich und die Geschichte endet damit, dass die beide gemeinsam den Weg in die Colombe d'Or unter die Füsse nehmen und über Fini Trimber schimpfen, die einmal mehr ungenau informiert hatte. Ladys Liebling ist geknickt, weil er diese Reise als die schönste Reise seines Lebens geplant und dafür eigens eine sündhaft teure Olympus OM-2 angeschafft hat. Sonst leiste er sich ja nichts.

„Weil du ein Workaholic bist," säuselt Josiane Meunier de Chatterbox.

In der Colombe d'Or prassen die beiden trotzig und werden, was nicht ihrem Naturell entspricht, recht lustig.

Ladys Liebling erzählt vorerst sehr zur Erheiterung von Josiane Meunier de Chatterbox nach fünf Gläsern Cynar bereits beim Aperitif, in recht giftigem Tonfall erzählt er, dass Balthasar Meunier de Chatterbox ihm neulich geraten habe, sich ein Hobby zuzulegen. Er selbst habe sich neben der

Arbeit für die Jagd (herrlich, diese Viecher abzuknallen!), Skat (ich bin zwar ein lausiger Spieler, doch der beste Betrüger), Segeln (weil ich bezahle, befehle ich schreiend herum und die Kulis müssen kuschen) und Priska Wunderweiler (bewundert mich grenzenlos und ich kann ihr ins Gesicht furzen, das heisst, ich lasse mir den Arsch von ihr versohlen und feuere sie an, immer fester zuzuschlagen) entschieden.

„Dann hat er also seine Freundin gewechselt. Priska Wunderweiler ist mir neu. Übrigens Dal Bosco hat 13 Prozent verkauft, rate mal an wen!"

Josiane Meunier de Chatterbox nippt am fünften Kir Royal, den der Wirt ihr als genialen Aperitif empfohlen hat und den sie bloss aus Anstand trinkt. Ladys Liebling versucht zu erraten, an wen Dal Bosco 13 Prozent verkauft hat. Beide sind in ihrem Element und tauschen sich beschwingt und fröhlich als gelungenster Zeitvertreib über Kaskaden von Tatsachen, Gerüchten, Prophezeiungen und vor allem Fiaskos (der anderen) in der Wirtschafts- und Börsenwelt aus, bis der Wirt fragt, ob sie noch einen Wunsch hätten. Josiane Meunier de Chatterbox und Ladys Liebling sehen sich erstaunt um und stellen fest, dass sie die letzten Gäste im Lokal sind.

Josiane Meunier de Chatterbox ruft ins Carlton an und bestellt den Bentley. Als Josiane Meunier de Chatterbox und Ladys Liebling im Fond, tief versunken in die Lederpolster, noch immer lachen über all die dummen, dummen Anleger, guckt Ariel, der gute, alte Ariel, das Amörchen mit Wülsten aus Babyspeck, mit frechem Grinsen und nilgrünem Lendentüchlein durchs Fenster rein und rülpst. Josiane Meunier de Chatterbox wechselt gerade das Thema und fragt, wie hältst du es mit der Scheidung von Lady? Ladys Liebling grinst. Er warte den günstigen Moment ab, sammle

Material, um Lady dann fix und fertig zu machen. Ariel bekommt diese Worte mit. Aus Wut ergreift er aus seinem Köcher einen Pfeil, spannt den Bogen und schschschtschtz. Volltreffer! Dann saust Ariel ab, um Lady und Rotscher zu warnen.

Der Teufel, ach, steckt im Detail. Josiane Meunier de Chatterbox und Ladys Liebling, beide vom Pfeil getroffen, sind volltrunken blau. Zeugen sind keine da, die Erinnerung der beiden ist wie weggeblasen und als sie am Morgen aufwachen, er im Bett, sie auf dem Bettvorleger, wird kein Wort darüber verloren, was hätte sein oder auch nicht sein können. Der Rest ist Schweigen. Da schweigt selbst des Sängers Höflichkeit.

Dreizehnte Folge

Die Abkürzung einer schönen Geschichte

Ariel ist wie hinmodelliert von einem Della Robbia, Terrakotta, bemalt und glasiert. Allerliebst, niedlich. Als Kind des Zufalls ist er jedoch unberechenbar und echt ein Bengel, wie er im Buche steht und trotz seines verschmitzten Gesichtsausdrucks ein Wesen, das jeden anständigen und ordentlichen Menschen das Fürchten lehrt. Für Uneingeweihte mag es durchaus den Anschein haben, als ob Ariels prall körperliche Kindhaftigkeit in den Tag hinein strahle und sein Dasein sich darauf beschränke, eine reizvolle Augenweide zu sein. Irrtum! Ariel folgt unverschämt seinen Trieben und schöpft sein Leben aus der Sinnlichkeit. Er grinst ständig neue Horizonte an, die ihn verblüffen. Seinen offenen Gesichtsausdruck interpretiert der Volksmund wiederum als ach so unschuldiges Kinderlächeln.

Ariel schiesst Pfeile, zufällig, nach Lust und Laune. Oft gehen die Pfeile daneben, bisweilen trifft er. Dann jauchzt er. Anstatt diskret zu verschwinden, guckt er hin, beobachtet, wie die Menschen sich je zu zweien, manchmal auch zu dreien oder gar noch viel mehr, Männlein und Weiblein, kreuz und quer, manchmal auch nur Männlein, nur Weiblein paaren, ihm ist's egal. Er liebt die Dynamik. Wenn die

Menschlein sich gegenseitig oder jeder für sich die Kleider vom Leibe reissen und dann wie von Sinnen auf- und miteinander herumturnen und -strampeln, dass es eine Freude ist. Ariel liebt Sport. Bereits bevor John Irving in seinem The world according to Garp das Jogging propagiert hatte, legte Ariel Kilometer auf Teufel komm raus zurück, der Ehrlichkeit halber sei erwähnt, nicht joggender-, aber flatternderweise, durch die Lüfte, so dass sein nilgrünes Lendentüchlein von seiner Scham weggeblasen wird und einen Blick auf Ariels Scham frei gibt, was Ariel wurst ist. Ariel, der nicht joggen, bloss flattern kann, ist klar ein flatterhaftes Wesen, das zwar tolle Ideen hat, Ideen, die beinahe die Menschheit retten könnten, aber eben, Ariel ist total schnell abzulenken. Nachdem er die Pfeile auf Josiane Meunier de Chatterbox und Ladys Liebling abgeschossen und festgestellt hat, dass er zwei Volltreffer gelandet hat, antizipiert er, dass die beiden sich nun die Kleider von ihren Leibern reissen werden Bei „reissen" fällt ihm ein, apropos „reisen" (hier ist anzumerken, dass Ariel in Orthografie eine Flasche ist und reissen als reissen versteht, aber gleichzeitig auch als reisen, so dass er unversehens ans Reisen denkt), ich sollte mich schon längst aufmachen, um Lady und Rotscher zu retten. Die beiden seien ihm inzwischen doch etwas zu lahm geworden. Ohne sein Dazutun könnte die Chose ganz schön in die Hose gehen. Und schon flattert er davon. Wohin, das wissen die Götter und sie sagen es nicht. Doch wir wissen es!

Ariels Pfeileinstiche entfachen Funken, die – mit etwas Glück – überspringen und einen Vollbrand auslösen. Für Pyromanen ist ein Vollbrand eine herrliche Angelegenheit, für Pyrophobe eine Katastrophe und für Weder/Nochs eine lästige Angelegenheit, die schnellstmöglich zu löschen ist, indem man draufpisst – falls sich kein anderes Mittel anbietet – , eine Löschdecke drüber wirft, um das Feuer zu ersticken und erneut Gras drüber wachsen zu lassen, oder die Feuerwehr alarmiert. Letztere Gattung sind in gewissem Sinne Rohrkrepierer. Rohrkrepierer öffentlich zu machen, zeugt von wenig Stil. Josiane Meunier de Chatterbox trägt am nächsten Morgen auf der Veranda des Carlton weisse, kurze Handschuhe à la Jackie Kennedy und trinkt einen Eisenkrautaufguss. Ladys Liebling sitzt Josiane Meunier de Chatterbox gegenüber und antwortet, als der Kellner ihn fragt, ob er dies oder das zu trinken wünsche, mit einem kurz schneidenden Ja, worauf der Kellner eine Tasse mit irgendetwas vor seine Nase stellt, was Ladys Liebling nicht weiter juckt, weil es ihm zu blöd ist, sich damit herumzuschlagen, was er trinken soll, und grundsätzlich trinkt, was ihm vorgesetzt wird. Ladys Lieblings nimmt das Thema, über das er und Josiane Meunier de Chatterbox sich am Vorabend, als sie noch halbwegs nüchtern waren, so sehr ereifert hatten, wieder auf, das Rätsel um den Investor, der sich mit 13% an der Dal Bosco beteilige. Im Nu ist die angeregteste Unterhaltung im Gange, bis jemand vom Nebentisch herüberruft, wer sagt denn, dass XY die Dal Bosco tatsächlich beherrscht. Ladys Liebling und Josiane Meunier de Chatterbox sind beide gleich verblüfft/verwirrt / erschrocken und schauen zu dem Herrn hin, der Unglaubliches einwirft und damit Abgründe öffnet.

John Elnambur als Teufel spielt gerne Macht des Schicksals und tritt mit begleitendem Theaterdonner auf, diesmal als Lord Elnambur, wie man sich einen englischen Lord eben vorstellt. Hierzu sei angemerkt, dass Theaterdonner, wie das Wort schon sagt, nicht naturgegeben, aber eine Inszenierung eines Regisseurs ist und nicht wirklich ernst genommen werden sollte. Der Zufall will es, dass an einem weiteren Nebentisch tatsächlich der waschechte Lord Rosebery sitzt und dieser nicht wie ein englischer Lord gekleidet ist, aber wie ein baskischer Bauer, aber vom

Personal des Carlton, das weiss, wer Lord Rosebery ist, mit ausgesuchter Aufmerksamkeit bedacht wird.

Im Nu sitzt John Elnambur, pardon: Lord Elnambur bei Josiane Meunier de Chatterbox und Ladys Liebling, bestellt Earl Grey Tea und eine hübsche Auswahl von Scones für „diese entzückenden Herrschaften und meine Wenigkeit". Die Kellner rümpfen sichtlich ihre Nasen, bringen aber, was bestellt ist, und Ladys Liebling und Josiane Meunier de Chatterbox vergeht Hören und Sehen, als Lord Elnambur loslegt und ihnen darlegt, die Dal Bosco nicht mehr Dal Bosco die Dal Bosco sei, von Strohmännern geführt, die für chinesische Schattenmänner, die in Wahrheit. Gerade als er offenbaren will, wer die tatsächlichen Drahtzieher sind, streicht mit laszivem Gang, ein Chanel-Täschchen schwingend, ein entzückender Barockengel – es ist Mrs Liberty – an der Corniche vorüber. Lord Elnambur ist nicht mehr zu halten und stürzt ihr nach.

„Und wer bezahlt jetzt den Tee und dieses, dieses Gebäck," kreischt Josiane Meunier de Chatterbox dem wegsausenden Lord Elnambur nach.

„Gewichtiger ist die Frage, wer die Drahtzieher sind! Das wissen wir jetzt nicht."

Übrigens, der echte Lord Rosebery an einem der Nebentische trinkt einen Pernod, mit viel Eis, ohne Wasser.

Mrs Liberty entzieht sich John Elnambur, wie immer. John Elnambur zaubert sich nach Zürich. Er schlüpft in die Gestalt von Fini Trimber. John Elnamburs Fini Trimber geht an der Seite von Balthasar Meunier de Chatterbox, der auf dem Weg in sein Büro ist. John Elnamburs Fini Trimber seufzt.

„Deine Josiane Meunier de Chatterbox und Ladys Liebling treiben in Cannes im Carlton auf der Veranda ihr Tralala treiben. ,In flagranti', ,intim' erwischt."

„Na so was," flachst Balthasar Meunier de Chatterbox.

„Also, tschüss dann," fährt John Elnamburs Fini Trimber fort und trifft Anstalten, sich zu verabschieden und zu entfernen, zögert, lässt wie nebenher fallen, „ach, es ist zwar Quatsch. Ich habe mich beinahe totgelacht darüber. Ladys Liebling und Josiane Meunier de Chatterbox konspirieren, um die Mehrheit der Dal Bosco zu übernehmen."

Balthasar Meunier de Chatterbox horcht auf. Sein Puls rast. Äusserlich bewahrt er seine Ruhe. Innerlich weiss er, das bringt das Fass zum Überlaufen. Ich stosse das Luder in den Dreck. Ein Geräusch, wie ein Furz. Schwefelgestank. Balthasar Meunier de Chatterbox will Fini Trimber löchern, wegen Details zum geplanten Deal. Doch Fini Trimber ist weg, wie vom Erdboden verschluckt. Zudem stinkt es nach Schwefel, seltsam. Balthasar Meunier de Chatterbox will keine Zeit verlieren. Er hat keine Ruhe mehr, bis er das Scheidungsbegehren versiegelt der Post übergeben hat.

John Elnambur fährt aus Fini Trimber in die Gestalt eines unteren Postbeamten, der beim Anblick des Siegels von Balthasar Meunier de Chatterbox Bares wittert und das Siegel ohne es zu beschädigen löst. Er rast mit der Neuigkeit der Scheidung zum Redaktor des grössten Boulevardblättchens, der hocherfreut ist über diese Indiskretion. John Elnamburs unterer Postbeamter erhält für die Preisgabe der Sensation pralle sechs Gulden. Als der untere Postbeamte wieder bei sich selber ist, wundert er sich, dass er sechs Gulden besitzt. Er latscht vom Arbeitsplatz weg, zum nächstgelegenen Kiosk, kauft ein Schoko-Glace- Cornet, den Schweizerischen Sex-Anzeiger und zwei Packungen Marlboro.

Der Redaktor des grössten Boulevardblättchens konstruiert um diese Scheidung, die ein Ehepaar aus den höchsten Finanzkreisen betrifft, einen Skandal mit viel Sex und Spermien. Es gelingt ihm aber nicht, die Geschichte für sich zu behalten. Er platzt beinahe vor Erregung. Rasch greift er zum Telefon und lässt sich durchschalten ins Bundeshaus nach Bern, wo er dem Wirtschaftsminister diese Neuigkeit brühwarm erzählen muss. Dieser informiert sofort alle bedeutenden Wirtschaftskapitäne Europas, die ihrerseits von ihm fordern, dass diese Mitteilung noch drei Tage geheim gehalten werden müsse, damit die Wirtschaft sich auf die Folgen dieser Scheidung für die Wirtschaft einstellen könne. Zudem könnte die Ungewissheit über den Fortbestand des Imperiums Meunier de Chatterbox wegen Arbeitsplatzverluste Panik in der Bevölkerung auslösen. Im Büro von Jean de la Boutellière, einem der Wirtschaftskapitäne, sitzt gerade einer der Redaktoren der Washington Post, der die ganze Geschichte mitbekommt. Der Wirtschaftsminister erlässt in einer dringlichen Notverordnung im Interesse des Landes das landesweite Verbot, die nächsten drei Tage über diese Scheidung zu berichten. Der Redaktor des grössten Boulevards Blättchen ist total zerknirscht und schwört sich, nie mehr einen Politiker ins Vertrauen zu ziehen, wenn diesem nichts Gescheiteres einfällt, als ihm, dem Redaktor des grössten Boulevardblättchens, zum Dank den Primeur zu vermasseln. Am nächsten Tag bringt die Washington Post exklusiv einen Frontpage-Bericht über die bevorstehende Scheidung der Meunier de Chatterboxens.

Josiane Meunier de Chatterbox weiss von dem ganzen Zeugs noch nichts. Obwohl ihr ein Lear-Jet rund um die Uhr zur Verfügung steht, zieht sie es vor, wie das Volk zu reisen, etwas Geld zu sparen und vor allem ihre

Aktionärsgutscheine, die sie als Grossaktionärin der nationalen Fluggesellschaft in Hülle und Fülle erhält, zu verfliegen. Die Aktionärsgutscheine würden tatsächlich verfallen, wenn sie nicht ständig erster Klasse in der ganzen Weltgeschichte herumjetten würde. Also fliegt sie erster Klasse von Nizza nach Hause. Als sie die vordere Gangway runter tänzelt (Ladys Liebling ist übertriebener Luxus ein Horror. Er reist tatsächlich wie das Volk, steigt demzufolge aus der Holzklasse, aus dem Schwanz der Maschine, einer Caravelle, aus) hängt eine Heerschar von Reportern in Trauben um den Fuss der Gangway. Vor Josiane Meunier de Chatterbox gehen der Kronprinz von Vorderbrimanien und Lulu Patschuli, Busenwunder und ultimative Filmsexbombe aus Norwegen, die Gangway runter, worauf Lulu Patschuli, im Wissen darum, dass die Reporter für sie da sind, dem Kronprinzen von Vorderbrimanien zuraunt, für sie, Hoheit, all diese Reporter! Der Kronprinz von Vorderbrimanien, der schwul ist und das allgemeine Geschrei um Lulu Patschuli nicht versteht, sich aber seiner Stellung sehr bewusst ist und weiss, dass die Reporter seinetwegen da sind, lächelt freundlich, nein, nein, Lulu Patschuli, alle hier für sie! Die Reporter jedoch ignorieren die verdutzten Kronprinzen von Vorderbrimanien und Lulu Patschulis und stürzen sich auf Josiane Meunier de Chatterbox, die, auf das eingeleitete Scheidungsverfahren angesprochen, frech lacht und kontert, junger Mann, hat ihre Frau Mama sie keinen Anstand gelernt?! Bevor ein Herr einer Dame eine Frage stellt, reicht er ihr ein Glas Dom Perignon! Sogleich wittert sie, dass etwas an der Frage dran sein muss. Sie inszeniert einen perfekten Ohnmachtsanfall, so dass ihr Chauffeur sie zu ihrem Wagen, der Spezialanfertigung eines Rolls Royce in der Hülle eines gewöhnlichen Ford Escort, trägt. Sie lässt sich sogleich zu ihrer Hausbank fahren, wird dort über das finanzielle Desaster, die weltweit gefallenen Börsenkurse informiert, worauf sie kurz entschlossen alle verfügbaren Börsenhändler damit beauftragt, alle nur möglichen Aktien aufzukaufen. Sogleich heftet sich ein Mr. Politescu als Berater an ihre Fersen und flüstert ihr zu, ein Anruf nach Chicago genüge und die störende Person werde diskret aus dem Wege geräumt. Josiane Meunier de Chatterbox ist gerade dabei, ihre Hände zu waschen, stösst einen verächtlichen Laut aus und lässt Mr. Politescu stehen. Sie lässt sich in die Höhle des Löwen, Balthasar Meunier de Chatterboxens, kutschieren. Das Reporterteam der Washington Post hatte vorsorglich im Büro von Balthasar Meunier de Chatterbox Wanzen installiert, so dass das Wie, Wo und Warum der Fortsetzung der Nachwelt akustisch erhalten bleibt.

Das Wie, Wo und Warum der Fortsetzung bleibt zwar der Nachwelt akustisch erhalten, ist jedoch wenig aussagekräftig, da die Nebengeräusche das Gespräch übertönen und dieses somit nur bruchstückhaft wiedergegeben werden kann (es ist möglich, dass jemand mit aller Wucht mehrmals auf das Möbelstück klopfte, an dem die Wanze befestigt ist). Überdies kommen die Wortkaskaden Josiane Meunier de Chatterboxens wie Maschinengewehrsalven, sind schlicht nicht zu verstehen, und Balthasar Meunier de Chatterbox stottert und verschluckt die Hälfte von dem, was er sagt. Im Wesentlichen rattert die Stimme der Josiane Meunier de Chatterbox Zahlen runter, unterbrochen von fürchterlich knackenden Geräuschen (wenn sie mit Faustschlag ihren Zahlenreihen Nachdruck verleiht), während die Stimme Balthasar Meunier de Chatterboxens, wenn vernehmbar, einsilbig, doch in erstauntem Tonfall rüberkommt. Es folgt ein verzweifelter Aufschrei Balthasar Meunier de Chatterboxens, dann stehe ich ja mit abgeschnittenen Hosenbeinen da! Später der schrille Schrei Josiane Meunier de Chatterboxens, und den 113-karätigen Brillanten schenkst du mir zur Scheidung, verstanden?! Mit einem diskreten Blobbp wird scheinbar gekonnt ein Korken aus einer Flasche gedreht. Glugluglug von Flüssigkeit in Behältnisse. Annahme: Balthasar Meunier de Chatterbox genehmigt sich einen Whiskey, Josiane Meunier de Chatterbox zieht ein Glas Milch vor. Soviel zur Aufzeichnung. Wenig später gelangt per Communiqué die Meldung an die Öffentlichkeit, die Meunier de Chatterboxens seien nie entzweit gewesen. Was den Bericht der Washington Post als Ente entlarvt. Die Börsenkurse steigen. Idylle – ach, wie hübsch!

Balthasar Meunier de Chatterbox ärgert sich schrecklich über das geschickte Händchen Josiane Meunier de Chatterboxens bei Börsengeschäften und über ihre Geschwindigkeit dabei. Er, der Wirtschaftskapitän, kann es mit ihr, der schrulligen Alten nicht aufnehmen. Während sein Vermögen sich höchstens verdoppelt, verzehnfacht, ja, verhundertfacht sich das Ihrige.

Lady möchte ihren Liebling, bloss aus Neugierde, fragen, was es mit dem Gerücht über sein Verhältnis mit Josiane Meunier de Chatterbox auf sich habe. Sie will ihm auch sagen, dass sie wegen ihres Verhältnisses zu Rotscher, das längst beendet ist, von den Damen der Gesellschaft gemieden wird. Lady holt hübsche Kristallkelche aus dem Schrank, stellt einen Weinkühler mit einer Flasche Dom Perignon Pink édition spéciale Warhol auf den Tisch. Klingeln an der Haustüre. Fritz Grünlich überreicht zwei Telegramme. Er hat diesmal keine Zeit, mit Lady ein Glas Bristol Cream zu trinken, was Lady recht ist. Im ersten Telegramm steht geschrieben, Geheimer Militäreinsatz, bin leider, leider weg für einige Tage! Dein Liebling. Lady wird ihrem Liebling gleich morgen ein Fresspaket mit einer Flasche Cynar und tausend Gummibärchen ins Feld schicken. Im zweiten Telegramm steht geschrieben, rate mal, wo ich bin! Rotscher.

Als Lady zurück in den Salon kommt, steht Rotscher breitbeinig mitten drin und öffnet die Champagnerflasche. Ariel schwebt über der Szenerie, grinst frech, reibt sich die Händchen und flattert weg. Rotscher ist durch das offen stehende Fenster eingestiegen. Eine perlende Fontäne spritzt aus der Flasche. Rotscher summt, sag beim Abschied leise Servus.

Vierzehnte Folge

Die Kürze als geschichtliche Würze

Ladys Liebling gibt bloss vor, bei einem Einsatz im Felde zu sein. Er arbeitet in seinem Büro, hat Anweisung gegeben für niemanden – und wenn ich sage von niemandem, dann meine ich tatsächlich von niemandem – erreichbar zu sein. Er schickt seine Sekretärin, ein blaues, gestreiftes Seiden-Pyjama zu kaufen und nächtigt auf dem Spannteppich vor seinem Schreibtisch, zugedeckt mit seinem Wintermantel, der in seinem Garderobenschrank hängt.

In der Bar des Savoy trifft er zufällig Tom Garner, der ihn beglückwünscht für seine intakte Ehe, die trotz Seitensprüngen beiderseits zu funktionieren scheine. Das sei überhaupt nicht selbstverständlich. Viele gehörnte Ehemänner setzten alles dran, ihre untreuen Ehefrauen fix und fertig zu machen, obwohl sie selber keine Zeit für ihre Ehefrauen hätten und froh sein sollten, dass ein Dritter sie bei Laune hält.

„Du bist doch befreundet mit Rotscher, oder? Lady behauptet, sie sei nicht mehr mit ihm zusammen. Weisst du, Tom Garner, näheres darüber?"

„Rotscher hat mir auch gesagt, dass es aus ist zwischen ihm und Lady. Doch ich glaube ihm nicht."

„So ein Mist!"

„Wie bitte?"

„Ich meine, wenn meine Lady ihren Rotscher nicht mehr hat. Sie ist ja so hin von ihm!"

Tom Garner schaut Ladys Liebling misstrauisch an. Irgendetwas an ihm gefällt ihm nicht. Vielleicht hat er zu viel von diesem Cynar – ist doch e ein Weibergesöff – erwischt. Er wechselt das Thema und fragt Ladys Liebling, ob er das Neueste von der Dal Bosco wisse. Ladys Lieblings Augen beginnen zu leuchten. Komm, erzähl! In dem Moment hat eine Erscheinung ihren Auftritt, die Tom Garner, in dessen Gestalt John Elnambur gewutscht ist, schlicht und ergreifend den Atem verschlägt.

Ladys Liebling ärgert sich schrecklich, dass Tom Garner wegen dieser blöden Frau jählings schweigt und ihr ach so interessantes Gespräch ein Ende findet, just in dem Moment, wo es total spannend wird. Diese blöde Frau ist ein üppiger Barockengel, wallend rot gelockt, der Körper in zweite Haut gehüllt mit Tigermuster, auf dem Kopf eine Toque aus violettem Samt. Sie fuchtelt mit einem Zigarettenhalter von mindestens 50 Zentimeter Länge herum, elegant zwar, doch irgendwie seltsam, das Gefuchtel, die Erscheinung insgesamt. Für Ladys Liebling ist es höchst genant, wie Tom Garner diese blöde Frau anmacht und mit ihr flirtet. Der üppige Barockengel ist volltrunken und lallt etwas. John Elnambur als Tom Garner bestellt für „die hübsche Dame" einen doppelten Himbeergeist und flüstert Ladys Liebling zu, ich schleppt sie ab, ich muss sie haben. Bereits als der Kellner den doppelten Himbeergeist vor die hübsche Dame am Nachbartisch stellt, schwant ihm Schreckliches und er ruft vorsorglich die Polizei. Danach geht es rasch. Der üppige Barockengel hievt sich auf ihre Beine, stellt sich breitbeinig vor John Elnambur als Tom Garner auf, giesst ihm den doppelten Himbeergeist ins Gesicht und sagt ganz ruhig, fick dich selber! Ladys Liebling schickt ein Stossgebet zum Himmel, dass kein Bekannter ihn hier sehen möge. John Elnambur als Tom Garner lacht sich beinahe zu Tode und klopft sich dabei auf seine Schenkel. Der üppige Barockengel kippt mit lautem Knall zu Boden und beginnt sogleich zu schnarchen. In dem Moment: Auftritt der Polizei, drei Polizisten an der Zahl.

„Gute Frau, wir wollen doch keine Schwierigkeiten machen."

Mrs Liberty rappelt sich auf, staunt den Hintern des zweiten Polizisten an, tätschelt diesen hübschen Hintern und sagt, knackiger Hintern! Dann bekommt sie Handschellen angelegt und wird abgeführt. Nach diesem Vorfall kehrt in der Bar des Savoy wieder Ruhe ein und das Leben geht seinen üblichen Trott. John Elnambur als Tom Garner sagt, ich würde mein Vermögen dafür geben, dieser Frau noch einmal zu begegnen. Ladys Liebling entfährt ein entsetztes, Gott behüte! Ihn schaudert es bei der Vorstellung, die Gesellschaft solcher Damen zu suchen. Tom Garner liest diese Gefühlsregung von Ladys Liebling an dessen Gesichtsausdruck ab und lacht, jeder ist frei, seine Freiheit da zu suchen, wo es ihm Spass bereitet, oder etwa nicht?!

Um Mrs Liberty kümmern sich die Polizisten. Während der Fahrt ins Polizeigefängnis entschuldigt sich Mrs Liberty zuerst für ihr Verhalten, um dann mit dem jungen Polizisten schamlos zu flirten, während der ältere Polizist darüber doziert, dass diese arme Frau ein Fall für den Psychiater sei. Sturzbetrunken und überhaupt nicht ernst zu nehmen. Man müsse sich als junger Polizist davor hüten, auf solche Personen reinzufallen, doziert der ältere Polizist, während Mrs Liberty mit dem jungen Polizisten nach wie vor flirtet. Im Grunde flirtet sie nicht mit ihm. Sie betrachtet ihn mit dieser wohligen Zufriedenheit, mit der eine Mutter ihren wohlgelungenen Sohn betrachtet. Der junge Polizist bemerkt diesen Blick und wird verlegen. Mrs sagt im Brustton der Überzeugung, ein Jauchzer, der aus ihrem Innersten stammt, Junge, bist du aber hübsch! Der Kopf des jungen Polizisten läuft feuerrot an. Währenddessen doziert der ältere Polizist noch immer über die Gefahr, die von Randständigen ausgeht. Der Fahrer wiehert vor Lachen, wobei unklar ist, ob er auf den älteren Polizisten hört oder auf Mrs Liberty.

„Wetten, Polizist ist nicht dein Traumberuf. Du hättest Bauer werden wollen. Welcher Idiot hat dir bloss eingeredet, dass Polizist zu sein, dein Ding ist?! Solche Muskeln, solche stämmigen Beine, wie geschaffen für die Arbeit auf dem Feld und im Wald. Bauer zu sein, ist keine Schande. Bauer zu werden ist eine Vision," flüstert Mrs Liberty.

„Hahaha," lacht der Fahrer und der ältere Polizist ist noch immer am Dozieren.

„Woher wissen sie, dass ich Bauer werden möchte," fragt der junge Polizist flüsternd Mrs Liberty.

In einer Pause seiner Vorlesung schnappt der ältere Polizist diesen Satz auf und verspottet, den jungen Kollegen. „Was, du willst tatsächlich Bauer werden?! Das darf nicht wahr sein! Nein, er ein Bauer!" Der Fahrer lacht noch immer. Der junge Polizist explodiert. „Jetzt ist endgültig Schluss. Ich hänge die Ausbildung zum Polizisten an den Nagel und melde mich in der Bauernschule an." Der Fahrer hört plötzlich auf mit Lachen. Er offenbart seine Gedanken nicht sogleich. Er weiss, dass er schon immer lieber Metzger geworden wäre. Auch er wird kündigen und seinen Traum verwirklichen, worauf es dem älteren Polizisten ebenfalls aushängen wird, denn er weiss, dass er mit seiner Nebenbeschäftigung (Callboy mit Spezialbereich S/M) deutlich mehr verdient als in seinem Hauptberuf. Er wird ebenfalls kündigen. Der Wächter vor der

Ausnüchterungszelle betrachtet durch die Gitterstäbe der Zelle die seltsame Person, die da schnarcht. Er philosophiert. Ein Glück, wenn man in geordneten Verhältnissen lebt. Hätte diese arme Person genügend Geld, wäre sie nicht in der Gosse gelandet. Alles eine Frage des Geldes. Plötzlich wacht Mrs Liberty auf und spricht mit sonnenklarer Stimme.

„Sie sind ein Quatschkopf! Fantasie ist der Ursprung jeder Veränderung. Geld ist Pinke-Pinke, Klimper-Klimper, nicht mehr und nicht weniger. Der wahre Luxus ist Zeit. Apropos, holen sie mir bitte Die Zeit am Kiosk, die nötige Pinke-Pinke ist im Beutel, den sie mir abgenommen haben."

Der Wächterpolizist geht zum Kiosk. Er philosophiert. Einem Impuls folgend betritt er die erstbeste Bank, um dem Schalterbeamten zu sagen, er sei Polizist und möchte einen Kredit bekommen, um einen Kolonialwarenladen zu eröffnen.

„Da hätten wir folgende Formalitäten zuerst zu erledigen."

Er erhält ein Formular. Der Schalterbeamte nickt ihm aufmunternd zu. Der Wächter staunt, so einfach ist das. Vielleicht, vielleicht sollte er tatsächlich das Ladenlokal an der Ecke Seehurd- und Lempnerstrasse mal genauer anschauen.

Der Fahrer des Krankenwagens, der Mrs Liberty in die Psychiatrische Klinik fährt, wird Lokomotivführer, einer der beiden Pfleger Hochseilartist und als solcher ein Star, von dem die ganze Welt sprechen wird, weil ihm bei seinem bulligen Äusseren niemand das Tänzeln auf dem Hochseil zugetraut hätte, und der andere Pfleger wird Strassenwischer und dabei schrecklich glücklich, weil er den ganzen Tag die Strasse beobachten kann und sieht, was sich da tagein tagaus tut. Ein Pfleger wird Polizist. Um eines klar zu stellen, Mrs

Liberty hat nichts gegen die Polizei oder eine andere Berufsgattung. Ihr ist lediglich ein Dorn im Auge, wenn Menschen bei vollem Bewusstsein tun, was sie nicht tun möchten. Mrs Liberty wird von allen Chefs aller Polizeikorps, Kliniken, Gerichten mit Prädikaten bedacht, die ihr wurst sind. So richtig ernst genommen wird sie ausschliesslich von den Menschen, die noch Zeit zum Träumen haben und sich nach einem Blick auf Mrs Liberty dranmachen, ihre Träume zu verwirklichen.

Ladys Liebling sitzt im Trans Europe Express, um eines Geschäfts wegen in eine Metropole zu sausen. Bei einem Zwischenhalt bleibt Ladys Lieblings Blick an einer Frau mit der Figur eines Barockengels heften und er erkennt sogleich die schändliche Person aus der Bar des Savoy. Die Frau steht auf dem Bahnsteig. Ladys Liebling wendet seinen Blick ab und versinkt in Grübeleien. Jemand fragt, ist dieser Platz besetzt. Er mag nicht hinschauen und schüttelt seinen Kopf. Wie er aus seinen Tagträumen aufwacht, sieht er sich gegenüber, zu seinem grössten Schrecken, dieses schändliche Weibsbild sitzen. Sie grinst ihn so schrecklich mütterlich an, so dass Ladys Liebling überhaupt nicht mehr weiss, wohin er gucken soll.

„Junge, Junge, leg dich hin. Du bist verspannt, ja, so verspannt. Genier dich nicht. Sollen die Leute doch schauen. Ich massiere dir deinen Nacken und du erzählst mir, was dich bedrückt."

Ladys Liebling findet es unerhört, dass dieses schändliche Weibsbild ihn mir nichts dir nichts anredet. Es wäre doch gelacht, wenn er, der Mann, um dessen Dienste sich die Berühmtesten, Mächtigsten und Reichsten reissen, sich von so einer Juxfigur beeindrucken liesse. Er darf nicht giftig zischen, schweigen sie, sonst muss ich sie wegen Belästigung belangen. Er schweigt. Er beachtet dieses grässliche Weib nicht. Er stiert stur in seine Akten, die vor sich aufgeschlagen hält, und denkt die irrwitzigsten Verwünschungen gegen all die Weiber, die ständig an ihm kleben.

„Mich wegen Belästigung zu belangen, würde bloss dich umtreiben, nicht mich," säuselt das schamlos sture Weib.

Ladys Liebling misstraut seiner Wahrnehmung. Woher weiss diese impertinente Person, was er bloss gedacht, doch nicht ausgesprochen hat. Oder hat er den Gedanken ohne sich dessen zu achten dennoch laut geäussert?

„Sie sind verspannt, junger Mann. Sie sollten ihren Gefühlen freien Lauf lassen. Sonst wachsen ihnen vor der Zeit grauste Haare und ein langer grauer Bart. Oder kennen sie etwa Gefühle nicht?"

Bei diesen Worten steht Mrs Liberty auf, lächelnd und verschwindet auf Nimmerwiedersehen. Ladys Liebling schnauft auf. Nun muss er wenigstens nicht mehr stur in seine Akten stieren, kann rausschauen und seinen irrwitzigsten Verwünschen gegen all die Weiber, die ständig an ihm kleben, freien Lauf lassen, innerlich wüten und toben. Bei der Erinnerung, dass die verrückte Schachtel ihn bezichtigt hatte, keine Gefühle zu haben, hat er mit einem Mal die Vision, dass er sich bei der Scheidung in die Opferrolle hineinsteigern wird, um der Welt ein für allemal zu zeigen, welcher erhabenen Gefühle er, dem vorgeworfen wird, hart wie ein Stein zu sein, tatsächlich hat. Der strenge Duft von Rosenwasser sticht ihm in seine Nase. Dass diese Kühe sich immer so parfümieren müssen, dass es wie in einem Bordell stinkt, wütet er still vor sich hin. Der Autor bemerkt dazu, dass Ladys Liebling nie in einem Bordell gewesen ist und daher nicht weiss, wie es dort stinkt. Ladys

Liebling flüchtet in den Speisewagen und bestellt einen Cynar mit viel Eis und wenig Wasser.

Trotz des sanften Wiegens des TEE in voller Fahrt kommt Ladys Liebling nicht zur Ruhe, denn am Nebentisch flüstern zwei kirchliche Würdenträger. Ladys Liebling ärgert sich schrecklich, dass er beim überhasteten Aufbruch in den Speisewagen vergessen hatte, ein paar Geschäftspapiere zur vergnüglichen Lektüre während des Essens in den Speisewagen mitzunehmen. Aus Langeweile und weil ihm nichts anderes einfällt, bestellt er Spaghetti Carbonara und noch einen doppelten Cynar. Nun steht das Essen vor ihm. Er will unbedingt nicht Zeit vertrödeln und nochmals zu seinem Platz zurückgehen, um die Geschäftspapiere zu holen. Das Lästige möglichst rasch hinter sich bringen. Wenn diese kirchlichen Würdenträger bloss nicht so leise flüstern würden. Was sie reden interessiert Ladys Liebling nicht im Geringsten, doch nicht zu verstehen, was andere sagen, selbst wenn ihn das, was sie reden, nicht im Geringsten interessiert, empfindet er als eine echte Zumutung. Und siehe da, schon werden die Stimmen etwas, ein kleines Bisschen lauter.

Ihro Eminenz aus dem Kloster, mit rot und blau geäderter Knollennase, ist in einen komplexen Diskurs verwickelt mit dem schmallippigen Hochwürden, mit Hackennase, aus einer Provinzstadt. Sie trinken einen Margaux 1961 und paffen Zigarren Davidoffscher Provenienz. Ihro Eminenz doziert über die Bescheidenheit, die eine Zier ist. Hochwürden hört aufmerksam zu und weist den Kellner derweil an, den Wein zu dekantieren und die Flasche, aber dalli dalli, vom Tisch zu entfernen, genauso wie den Humidor. Der Kellner entfernt den Humidor, den er nicht im geringsten da hatte liegen lassen wollen, vergisst demonstrativ eine Packung Villiger Stumpen, die er als Provokation neben dem Humidor an den Tisch der

Hochwürden gebracht hatte, ebenfalls wegzuräumen. Ihro Eminenz schüttelt ihren Kopf darüber, wie geistig arm das gemeine Volk doch ist und von der Bescheidenheit als Zier nichts weiss.

„Neulich haben wir, Hochwürden, in hehrster Absicht und mit genügend Distanz zu den verteufelten weltlichen Dingen, weil man sein vermaledeites Geld ja irgendwie anlegen muss, ein wenig Aktien verkauft und wieder gekauft und so weiter und dabei ein hübsches Sümmchen vorwärts gemacht, so dass wir uns, zur Ehre Mariens und aller Heiligen, unseren Mercedes in blauem Samt ausschlagen und eine Stossstange von reinem Gold anbringen liessen. Ein Gedicht, sagen wir ihnen, unser Dienstmercedes. Und wir darin im purpurnen Taft. Doch nun der Pöbel, aufgehetzt von irgendwelchen Teufeln, will uns steinigen, ist neidisch auf den schnöden Mammon, der uns so viel wert ist als Staub."

Bei diesen Worten von Ihro Eminenz zieht Hochwürden zu heftig an seiner Davidoff, verschluckt sich und beginnt fürchterlich zu husten. Ihro Eminenz sieht sich veranlasst, ihr beträchtliches Lebendgewicht hoch zu hieven, einen Schritt zu tun und Hochwürden auf den Rücken zu klopfen. Vor Husten stehen Hochwürden Tränen in den Augen. Zwischen Husten und Tränen presst er hervor, ach, diese Linken! Bestimmt steckt der Teufel dahinter.

Ladys Liebling hat seine Ruhe wiedergefunden, suhlt sich in Selbstverliebtheit, ist aber genervt vom Rauch der Davidoffs. Die Spaghetti Carbonara sind verschlungen, er hat sie mit mehreren Cynars runtergeschwemmt, also hält ihn nichts mehr im Speisewagen. Beim Verlassen des Speisewagens hört er, wie Ihro Eminenz ihm nachruft, sie sind doch, wir wissen schon, wer sie sind. Halt, halt, sagen sie uns bitte noch, was sich bei Dal Bosco tut. Mist, er ist schon weg. Dann stösst Ladys Liebling mit dem schändlichen

Weibsbild zusammen. Wundert sich, was dieses abgefeimte Wesen hier verloren hat. Erinnert sich bei ihrem Anblick der möglichst in den nächsten Tagen einzuleitenden Scheidung und reibt sich die Hände in der Vorwegnahme der Schlammschlacht, die er auslösen wird, um Lady ihren Rotscher zu vergällen. Als Reflex, ohne es zu wollen, schaut er der Dame nach, bleibt stehen und beobachtet, wie Ihro Eminenz und Hochwürden beide zum Fenster rausgucken, als die Dame sich ihnen nähert. Die Dame posiert sich vor deren Tisch und säuselt, „hy, Ralf, hy, Koni," und geht weiter. Ihro Eminenz und Hochwürden laufen beide im Nu hochrot an und jeder starrt in eine andere Ecke. Es herrscht eisiges Schweigen, bis Ihro Eminenz, mit Fingerspitzen auf den Tisch trommelnd hervorpresst, wo sind wir stehen geblieben, wo?

Fünfzehnte Folge

Kurz, kurz, kurz, Geschichten, Geschichten, Geschichten

Schalusia Trekker, Huhn von Anstand und besten Manieren, ist 85, beinahe taub, verschroben und verachtet Menschen, die irren. Sie lebt auf dem Berg der Wahrheit im Park eines Luxushotels in einem niedlichen Holzhäuschen und schreibt Gedichte, vorwiegend erotischen Inhalts, auf Chinesisch. In einem der Salons des Luxushotels befindet sich die antike, aus Holz geschnitzte und bemalte lebensgrosse Figur eines Bodhisattwa – eine Pracht. Schalusia Trekker, Huhn von Anstand und besten Manieren, stattet dem Bodhisattwa mehrmals täglich einen Besuch ab. Im Park des Luxushotels verstreut liegen verschiedene, niedliche Holzhüttchen, einst gebaut von Weltverbesserern und Anarchisten, bevor das gesamte Gelände umfunktioniert und ein Luxushotel erstellt worden war. Weshalb Schalusia Trekker, Huhn von Anstand und besten Manieren, Gedichte erotischen Inhalts auf Chinesisch schreibt, überhaupt, weshalb sie was tut, weiss sie nicht. Es ist ihr schlicht ein Bedürfnis, zu handeln, ohne sich über das Wieso und Warum den Kopf zu zerbrechen. Obwohl sie sich nicht wichtig nimmt, am Liebsten das Leben der Andern vom Rande her beobachtet, kreisen ihre Gedanken, wenn sie denkt, um sich und ihre Sicht der Dinge. Eines Tages stellt sie fest, dass sie glücklich ist und ihr Leben geniesst. Glück und Genuss widersprechen jedoch dem Diktat des Fleisses, der ihr als kleines Kind bereits als höchste Tugend eingetrichtert worden war. Die Vorstellung wegen ihres Glücks und ihres Genusses ein faules Luder zu sein, bedrückt sie. Ihren Namen hat sie sich selber verpasst. Sie hat einen Taufnamen, der ihr wurst ist. Die Menschen haben, wenn sie Heidi, Trudi oder Frieda hören, banale Vorstellungen. Banalität ist ihr ein Gräuel. Daher kreierte sie für sich den Namen Schalusia Trekker, Huhn von Anstand und besten Manieren. Das Anhängsel an den Namen erachtet sie als herrlich ausgewählt. Sie mag Huhn. Am liebsten hätte sie drei Mal am Tag Huhn gegessen. Doch der Zahn der Zeit hatte an ihren Schneidezähnen genagt. Keiner mehr ist da. Also strich sie Huhn von ihrem Ernährungsplan. Sie staunt noch heute darüber, dass ihr Huhn als Nahrungsmittel bis heute, trotz der früheren Sucht nach Huhn, nicht im Geringsten fehlt. Umso mehr erfreut sie sich tagtäglich an ihrem selbsterkorenen Titel, Huhn von Anstand und besten Manieren. Die Leute im Dorf nannten sie kurz nachdem sie auf den Berg der Wahrheit gezogen war bereits die verschrobene Alte vom Berg. Diese Bezeichnung schliff sich zu Frau Berg ab. Die Leute im Dorf, inklusive Postboten und Bankangestellte, kennen sie als Frau Berg und nehmen an, das sei ihr Name.

Wie das Schicksal so spielt, erhält Schalusia Trekker, Huhn von Anstand und besten Manieren, eines schönen Tages aus drei Himmelsrichtungen drei beinahe identisch aussehende Briefe, je eine Steuerrechnung enthaltend, je auf einen ihrer Namen lautend, ihren Geburtsnamen, Frau Berg und Schalusia Trekker, Huhn von Anstand und besten Manieren. Über ankommende Briefe freut sie sich schrecklich und ist echt gerührt, dass immer wieder – wie sie annimmt – liebe Menschen an sie denken. Doch der Inhalt der Briefe interessiert sie nicht. Daher legt sie die Briefe ungeöffnet und ungelesen beiseite, in einen der Räume ihres Hüttchens. Dieser Raum quillt von ungeöffneten Briefen beinahe über. So weiss Schalusia Trekker, Huhn von Anstand und besten Manieren, nicht, dass sie steuerlich drei Mal erfasst ist. Hätte sie es gewusst, hätte dieses Wissen sie weiter auch nicht beschäftigt. Sie denkt bloss, welch ein Zufall ihr ausgerechnet drei und nicht vier Briefe beschert hatte. Vier Briefe – sie liebt die Zahl vier – hätten den Briefempfang des Tages abgerundet. Als Rotscher sie wieder einmal im Auftrag der Familie besucht, mit dem klaren Auftrag, die bei ihre eingegangene Post zu sichten und zu ordnen, hebt er aus Interesse zu einer Frage an und leite sie mir den Worten ein, „Tante Poldi …" Im Familienverband ist Schalusia Trekker, Huhn von Anstand und besten Manieren, weiterhin unter ihrem Geburtsnamen bekannt und wird daher Poldi oder Tante Poldi genannt. Kurzform von Leopoldine. Als Schalusia Trekker, Huhn von Anstand und besten Manieren, darauf bestanden hatte, auch in der Familie Schalusia Trekker, Huhn von Anstand und besten Manieren, genannt zu werden, hatte Rotschers Mutter ihre Augen verdreht und geseufzt, „die ärmste Poldi ist übergeschnappt, nicht erst jetzt, doch jetzt ist es auch für euch ersichtlich," worauf Rotscher rumgemault hatte, hörbar, nicht sichtbar, was Rotschers Mutter schrill aufschreien liess, „nimm sie noch in Schutz, die Familienschande, schau dir bloss an, wie sie daherkommt!"

Rotscher fragt also Schalusia Trekker, Huhn von Anstand und besten Manieren, das heisst. Er schreit ihr in ein Ohr „Tante Poldi". Wiederholt diese Anrede mindestens fünfmal schreiend. Bis Tante Poldi/ Schalusia Trekker, Huhn von Anstand und besten Manieren, mit Kopfnicken quittiert, dass sie ihn längst verstanden habe.

„Du brauchst nicht so zu schreien. Ich bin nicht schwerhörig."

„Tante Poldi," schreit Rotscher nun, jeden Buchstaben fein säuberlich artikulierend, ins Ohr und dabei auf ihre Mimik schauend, um dieser zu entnehmen, ob sie versteht. „Hast du in deinem Leben immer alles richtig gemacht und nie etwas bereut?"

„Ich habe nur Fehler gemacht,", gibt Tante Poldi/ Schalusia Trekker, Huhn von Anstand und besten Manieren, mit versponnenen Lächeln preis und fährt dann mit ihrer tiefen, guturalen Stimme, die gewissermassen etwas holpert, fort, „doch ich bereue nichts. Ich bin ein faules Luder. Ich sitze auf dem Berg und schreibe Gedichte. Würde ich, wenn ich es könnte, in einem andern Leben mich für ein anderes Leben entscheiden? Wer weiss, vielleicht würde ich in einem Tal leben und die Flöte spielen."

Manchmal bleibt Schalusia Trekker, Huhn von Anstand und besten Manieren, am Morgen lang im Bett liegen, manchmal weniger lang. Manchmal steht sie frühmorgens auf, zieht bei sommerlicher Hitze oder winterlicher Kälte die zerschlissenen Wanderschuhe an, die sie sich aus dem Nachlass eines Verwandten erbeten und mit Wundpflastern notdürftig geflickt hatte, drei schwarze Röcke übereinander, dann die graue Strickjacke und darüber die schwarze Strickjacke mit den Löchern, den Regenmantel und den breitkrempigen schwarzen Filzhut, über den sie einen grauen, ellenlangen Seidenshawl zieht und unter ihrem Kinn mit hübscher Masche festbindet. Dann zieht sie ins Dorf runter, um Stunden später sich von einem Taxi wieder auf den Berg der Wahrheit rauf fahren zu lassen. Aus dem Nichts fällt ihr ein, wie glücklich sie sich schätzen darf, und wie es kaum fassbar ist, dass sie so glücklich sein darf. Und schon ist der Gedanke wieder da, ein zu faules Luder sein, weil sie geniesst, ohne fleissig zu sein. Ein faules Luder zu sein, ist ihr schrecklich arg. Gedichte schreibt der anständige Mensch, wenn überhaupt, in der Freizeit.

„Nein, nein, keineswegs, Fräulein Schalusia Trekker, Huhn von Anstand und besten Manieren, keineswegs sind sie ein zu faules Luder," erklingt da plötzlich eine ruhige Stimme und Schalusia Trekker, Huhn von Anstand und besten Manieren, horcht auf. Dem Zug der Zeit folgend sprechen die Leute gewöhnlich sie als Frau an, wo sie, Schalusia Trekker, Huhn von Anstand und besten Manieren, haargenau weiss, dass sie zeitlebens ein Fräulein gewesen und geblieben ist und darauf besteht, dies bis zum Ende ihrer Tage zu bleiben. Ihr kommt es spanisch vor, dass nun plötzlich jemand sie, das Fräulein, das normalerweise den Zeichen der Zeit folgend als Frau angesprochen wird, als Fräulein anspricht. Das kann nur der liebe Gott wissen, dass ich ein Fräulein bin und ein Fräulein sein will, überlegt Schalusia Trekker, Huhn von Anstand und besten Manieren, scharf. Bei diesem Gedanken jedoch muss sie unwillkürlich lachen. Bin ich denn bereits so sehr übergeschnappt, anzunehmen, der liebe Gott spreche mit mir, ausgerechnet mit mir.

„Mein liebes Fräulein Schalusia Trekker, Huhn von Anstand und besten Manieren, sie sind keineswegs übergeschnappt."

Schalusia Trekker, Huhn von Anstand und besten Manieren, wird hellhörig. Diese Stimme ist ihr unheimlich. Sie spricht die dunkle Seite ihres Mondes an, über die sie mit niemandem je gesprochen hatte. Schalusia Trekker, Huhn von Anstand und besten Manieren, liebt die Menschen. Bloss Menschen, die irren, kann sie nicht ausstehen. Was soll sie mit den Menschen?! Die Stimme hört sich unversehens wie Donnergrollen an und Schalusia Trekker, Huhn von Anstand und besten Manieren, taucht ein in eine Vision. Sie befindet sich in einem grossen, schönen, sehr geschmackvoll eingerichteten Ballsaal aus einer längst vergangenen Zeit. Ein Orchester spielt gefällige Musik. Schalusia Trekker, Huhn von Anstand und besten Manieren, ist als Gast am Rande dabei am wogenden Fest, gleichzeitig aber ein so zentraler Gast, dass alle Menschen im Saal je dreimal unbewusst vor ihr vorüberdefilieren, vorüberstreichen, vorüberhasten, vorüberflanieren und vorüberrennen. Josiane Meunier de Chatterbox kommt als Queen Victoria auf Schalusia Trekker, Huhn von Anstand und besten Manieren, zu und fragt spitz, sind sie die Kusine aus Philadelphia, die so sagenhaft reich ist? Nein? Ich dachte bloss, sie tragen für einen Kostümball zu gewöhnliche Kleider. Bloss eine Exzentrikerin wie die sagenhaft reiche Kusine aus Philadelphia kann es sich leisten, sich hier so zu zeigen.

„Mein Name ist Schalusia Trekker, Huhn von Anstand und besten Manieren. Und ich weiss nicht, wo ich hier bin und weshalb."

Josiane Meunier de Chatterbox sieht Schalusia Trekker, Huhn von Anstand und besten Manieren, an und verdreht ihre Augen, macht rechtsumkehrt und steuert gerade auf Klara Stackl zu, die als Lukrezia Borgia verkleidet ist und der sie zuflüstert, jene schrullige Person dort müsse übergeschnappt oder sagenhaft reich sein. Klara Stackl gibt zu bedenken, sie könne beides sein, übergeschnappt und sagenhaft reich. Sie beratschlagen, ob man sich, auf die Gefahr hin, dass man einer Hochstaplerin auf den Leim krieche, bei dieser Person gleich einschleimen oder zuerst den Rat der Ehemänner einholen sollte, was Josiane Meunier de Chatterbox das Letzte findet, weil Balthasar Meunier de Chatterbox in geschäftlichen Dingen zwar top, in gesellschaftlichen aber ein Flop sei, worauf Klara Stackl zu bedenken gibt, dass die sagenhaft reiche Kusine aus Philadelphia als geschäftliches Phänomen einzuschätzen sei. Josiane Meunier de Chatterbox ist leicht pikiert, dass Klara

Stackl ihr nicht widerspricht, als sie sagt, Balthasar Meunier de Chatterbox sei in geschäftlichen Dingen top, wo doch alle Welt weiss, welchen Coup sie neulich gelandet hat und wie er das Nachsehen gehabt hatte.

Ella von Swinger, im Kostüm der Grossfürstin Olga, paradiert bereits zum zweiten Mal vor Schalusia Trekker, Huhn von Anstand und besten Manieren, vorüber. Sie hat sich soeben mit Doktor Hubertus Stockfischus verlobt und bereitet ihren Umzug ins ferne Ausland vor. Zur Feier des Balles trägt sie ein Diadem mit einer Straussenfeder, die unablässig hin- und herwippt. Schalusia Trekker, Huhn von Anstand und besten Manieren, sieht, wie die Straussenfeder die Nase von Jack Piepser kitzelt, der als Zuhälter mit einem Zwölfergespann von herrlichen Stuten am Zügel verkleidet ist. Jack Piepser wischt das Ding weg, zieht daran, bis Ella von Swinger einen grellen Schrei ausstösst, weil ihre kunstvoll aufgetürmte Frisur sich ob dem Zug zu dekonstruieren beginnt. Doktor Hubertus Stockfischus, der als Melanchthon brilliert, ortet den Übeltäter und fordert ihn wegen verletzter Ehre sogleich zum Duell. Der Begriff Duell ist Jack Piepser genau so wenig bekannt, wie der Begriff Ehre. Doktor Hubertus Stockfischus und Jack Piepser stehen sich gegenüber, das Bild einer Begegnung des historischen Melanchthon mit einem Zuhälter von heute, ersterer alte Schule mit verstaubt antiquiertem Comment, letzterer als würdiger Repräsentant der Spassgesellschaft, um die Beiden ein Kreis von hämischen und sensationsgeilen Gaffern, bis Fini Trimber, verkleidet als Hexe mit Besen und allem Tralala, in ihre Hände klatscht und ruft, will denn niemand tanzen, die Musik spielt so wunderschönen An der schönen blauen Donau?!

Schalusia Trekkers, Huhn von Anstand und besten Manieren, Blick fällt auf Lisiane Tedea, die die Prinzessin von

Clève repräsentiert und gerade etwas Kokain snifft und vor Wohligkeit beinahe über die Brüstung der Balustrade fällt. Dabei verheddert sich der Rock ihrer Robe so ungeschickt / geschickt im Geländer, dass ihr intimster Körperteil – ja, ja, Lisiane Tedea trägt kein Höschen! – sich exhibitioniert, was Lehrling Meier, ein muskulöser und imponierender Kerl wie Samt und Seide, der sich als livrierter Lohndiener für den Abend verpflichtet hat, Glubschaugen machen lässt, die Lisiane Tedea zu einem einladenden Lächeln veranlassen, in Richtung dieses ultimativen Honeypies. Die Folge dieses Zwischenfalls besteht darin, dass die Gesellschaft während ungefähr einer Stunde auf ihren schönsten livrierten Lohndiener verzichten muss, was niemandem sonderlich auffällt. Nur Schalusia Trekker, Huhn von Anstand und besten Manieren, bemerkt wie, nach dieser oben erwähnten Stunde, Lehrling Meier kopfschüttelnd aus dem Separee tritt und seine rote Livree mit den goldenen Tressen zu Recht zieht. Der Anblick des total süssen Lehrling Meiers in seiner wie angegossen sitzenden Livree, bestehend aus schwarzem Samtspencer und schwarzer Damasthose, fesselt Maurice Piport, der zur Zeit auf wild männlich macht und es als seine Mission ansieht, in so erlauchter Gesellschaft stündlich sein Kostüm zu wechseln – zum Ball erschien er als Dschingis Kahn, wechselte dann zum Glöckner von Notre-Dame und ist jetzt schlicht und einfach Jean-Jacques Rousseau – , so sehr, dass er sich an Lehrling Meier heranpirscht und dessen knackigen Hintern tätschelt, was Lehrling Meier, der von Lisiane Tedea unter anderem eine Linie Cocain bekommen hatte, in einen Zwiespalt treibt, weil er weiss, dem Lüstling sollte er eine knallen, was er jedoch nicht kann, weil er sich einerseits kugelt vor Lachen und andrerseits einen neunarmigen Leuchter in Händen hält, der wegen des Lachens in Schräglage gerät, so dass im Nu Tausende von Wachstropfen dröhnend auf das Parkett prasseln. Schalusia Trekker, Huhn von Anstand und besten Manieren, verteilt ihre Sympathien willkürlich. Jean-Jacques Rousseau ist ihr höchst suspekt, den jungen Leuchterträger hingegen findet sie sympathisch, so dass sie sich entschliesst, ihm ein ordentliches Geschenk zu geben, das einzige Geld, das sie auf sich trägt, nämlich eine Banknote. Die Banknote hat einen solchen Wert, dass Lehrling Meier, als er sie anschaut, sich echt am Kopf kratzen müsste und, weil er dies nicht kann, noch mehr lachen muss, so dass er ein echt lustiger Kerl ist, während das Orchester nun den Walzer aus dem Rosenkavalier spielt und der Kostümball voll im Gang und ausserordentlich bällisch toll ist.

Schalusia Trekker, Huhn von Anstand und besten Manieren, entdeckt irritierende Phänomene. Die Pracht des Raumes, auf den ersten Blick bestechend durch Glanz und Gold und Stuckatur, wird getrübt durch Risse, bröckelnden Gips und abgeschossene Farben. Die gegenüberliegende Seite gar scheint eine Betonwand zu sein, auf die in trompe-l'oeil-Manier ein Scheinballraum gemalt ist. Schalusia Trekkers, Huhn von Anstand und besten Manieren, Blick streift über die verkommene Pracht der Rocaille-Muster, der dumpf gewordenen Kristallklunkern der Kronleuchter, der blinden Spiegel, der zerrissenen / zerschlissenen Seidentapeten, der gespaltenen Täfelungen und der von Motten zerfressenen Vorhängen und der vorgetäuschten Dinge. Zum einen Teil verkommen, zum andern Teil gefälscht – Schalusia Trekkers, Huhn von Anstand und besten Manieren, Verstand kann ob den Dingen, die sich ihr hier präsentieren, nicht stillstehen. Sie nimmt das ganze Theater hier nicht ernst. Sie hört, wie Fini Trimber zu Josiane Meunier de Chatterbox sagt, ein Skandal, dass heute jedermann zu unseren ach so gepflegten Bällen Zutritt hat. Nicht als Lakaien, was noch annehmbar wäre, nein, als Gäste. Man stelle sich vor, soeben habe sie zu ihrem hellen Entsetzen den Briefträger Fritz Grünlich hier entdeckt. Josiane Meunier de Chatterbox gerät ganz aus dem

Häuschen. Das Wort Briefträger elektrisiert sie. Wo ist er, wo??? Sie, die ausschliesslich in Häusern verkehrt, die austauschbar mit den berühmtesten Museen sind und wo ausgefeilt designte Schöne und Reiche (oder Betrüger und Kriminelle) sich mit Kunstsinn hindrapieren oder vorübertänzeln, ist ganz wild darauf, endlich mal anstatt eines Rembrandt oder eines Sam Francis einen einfachen Briefträger zu sehen. Sie stürzt sich auf Fritz Grünlich, der als Sonnenkönig gekleidet ist, entschuldigt sich einleitend für ihre Offenheit, doch möchte sie gerne wissen, wie es sich anfühle, arm und einfach zu sein? Fritz Grünlich versteht die Frage nicht. Arm sei der nicht. Und einfach auch nicht, schliesslich sei er Präsident des Kaninchenzüchtervereins und Delegierter im Landesverband und in dieser Funktion bereits einmal in Kunming gewesen. Zudem sei er Ehrendirigent des gemischten Chors, der demnächst die ‚Jahreszeiten' aufführe. Dabei gelingt es ihm, Josiane Meunier de Chatterbox 23 Eintrittskarten für den Anlass anzudrehen, worauf sie dem Chor eine Spende von 10'000, nein, sagen wir 50'000 zusagt. Dann wechseln sie das Thema. Beide sind verrückt nach den Sternen. Das Thema heisst Astronomie und dabei stellt sich heraus, dass Fritz Grünlich das weitaus bessere Fernrohr zu Hause hat als Josiane Meunier de Chatterbox, worauf Ersterer Letztere zu sich nach Hause einlädt, um einen Blick durch sein Fernrohr auf die Sterne zu werfen. Zwischen den Beiden bahnt sich auf Grund der Seelenverwandtschaft eine Freundschaft an, die nur erschüttert wird, als Josiane Meunier de Chatterbox Fritz Grünlich eine Stelle als Privat-Astronom bei ihr anbietet und Fritz Grünlich grinsend abwinkt, er sei mit Leib und Seele Briefträger – und das bleibe er. Die geteilte Leidenschaft für die Astronomie lässt sie bald wieder gute Freunde sein. An diesem Ball jedoch, wo sich die beiden zum ersten Mal begegnen, ist diese Geschichte, die zwar im Kern der Begegnung steckt, noch nicht bekannt, und Fini Trimber ist entsetzt über die

Distanzlosigkeit der Josiane Meunier de Chatterbox, weil für sie die bessere Gesellschaft sich dadurch auszeichnet, dass man gegenüber den einfachen Leuten lebt à la „s'ils n'ont pas du pain, qu'ils mangent des brioches!" und sich unbedingt von der Berührung mit Gewöhnlichem distanziert, wie sie, Fini Trimber, Ella von Swinger gegenüber ausführt. Ella von Swinger möchte diese Mitteilung mit einem Nasenrümpfen quittieren, was jedoch klar misslingt, weil sie sich ihre Nase neulich erst hat ummodellieren lassen. Die Operation ist zwar gelungen, sagt der Professor, ihre Nase rümpfen jedoch kann sie nicht mehr. Vom Wort brioches, das sie schon lange nicht mehr gehört hat, ist sie so sehr fasziniert, dass sie sogleich eine neunversige Elegie über brioches halblaut vor sich hindichtet, so dass Doktor Hubertus Stockfischus geflissentlich mitstenographieren kann. Doktor Hubertus Stockfischus hat bereits 5'812 lyrische Werke von Ella von Singer mitstenographiert und verspricht ihr tagtäglich / stundstündlich ihre Sammlung von Werken zu verlegen. Seine Beziehung zu Ella von Swinger beschränkt sich kurz zusammengefasst darauf, ihr Licht unter den Scheffel zu stellen und ihr Gel d unter die Leute zu bringen. Er plant überdies (und dies ernsthaft), sein eigenes lyrisches Werk mit finanzieller Unterstützung Ella von Swingers in Kalbsleder gebunden, mit Goldschnitt herauszubringen. Dass Ella von Swinger als Konkurrenz schon längst auf Eis gelegt worden ist, ahnt sie selber nicht. In elegischer Verklärung dichtet und diktiert sie, wo und wann es ist und über alles, was die Welt bewegt. Die echten Bewegungen entziehen sich ihrer Aufmerksamkeit. Während sie diktiert, schnellt Doktor Hubertus Stockfischus' Kopf nach rechts (und er lässt selbstverständlich das Stenografieren bleiben, was Ella von Swinger nicht bemerkt und in ihrem Werk Lücken entstehen lässt), als Mrs Liberty als Madman von Pompadour – nicht zu verwechseln mit Madame de Pompadour, die Mrs Liberty zu dieser Figur inspiriert hat – in weissem Paillettenkleid als weisser Clown mit Saxophon lustig sich eine Gasse durch die Menge der Ballbesucher bahnt und „come, follow the band!" spielt. Doktor Hubertus Stockfischus hat eine Schwäche. Diese Schwäche ist sein Geheimnis. Wegen eben dieser Schwäche schaut er Mrs Liberty sehnsüchtig nach. Weil die Schwäche jedoch sein Geheimnis ist, wird niemand je mit Sicherheit wissen, weshalb er an diesem Ball Mrs Liberty sehnsüchtig nachgeschaut hat. Mrs Liberty entgleitet seinem Blick und im Blickfeld taucht Josiane Meunier de Chatterbox auf, die soeben ihre Nase mit Blick auf Ercole Karumakis rümpft, was Schalusia Trekker, Huhn von Anstand und besten Manieren, sogleich wahrnimmt.

Ercole Karumakis, in einer Toga à la Augustus, hat beim Auftreten die Nonchalance eines Reeders, keine Manieren und versteht es, seine ihm unbekannten Gesprächspartner gleich so intim anzusprechen, dass Josiane Meunier de Chatterbox – wie oben bereits erwähnt – ihre Nase rümpft, Balthasar Meunier de Chatterbox zuposaunt, n.o.c.d. – i. e. not our class, dear – und sich brüsk, ohne das Ende dessen abzuwarten, was Ercole Karumakis ihr mitzuteilen hat, abwendet. Naive Mitglieder der Gesellschaft, nicht aber Schalusia Trekker, Huhn von Anstand und besten Manieren, glauben im Ernst, einen leibhaftigen Reeder mit Millionen am Arsch vor sich zu haben. Seine unflätige Sprache und die Geschichten um Betrug und Gewalt, die er von sich gibt, erklären die naiven Leute sich mit Ercole Karumakis' Sinn für Humor, seine feine Ironie und seine Allmacht über Imperien. Ercole Karumakis hat weder Humor, noch feine Ironie noch Allmacht über Imperien und seine finanzielle Situation ist schlenkernd. Meist wird ihm alles Geld abgenommen, bevor er ins Kittchen muss oder kurz nachdem er aus dem Kittchen rauskommt. Kaum ist er wieder auf freiem Fuss, dreht er vier, fünf, sechs krumme

Dinge und überschüttet Kitty Solandero mit so vielen und hochkarätigen Brillanten von van Cleef und Arpels, dass sie die Zeiten, wo Ercole Karumakis hinter Gittern sitzt und Papiertüten klebt, mit dem Verkauf einzelner Steinchen sehr gut überbrücken kann. Hannibal Ernst Stackl, der von Natur aus reich und geizig ist und hier als Sultan Pascha erscheint, lässt sich gerade von Ercole Karumakis einen vor dem schiefen Turm von Pisa geklautes Mercedes Sport Coupé für ein Trinkgeld aufschwatzen. Hannibal Ernst Stackl wundert sich, für so wenig Geld zu einem Klassewagen zu kommen. Ercole Karumakis ist überglücklich, diesen Wagen, der beim Ausladen im Libanon vom Kran gefallen und stark beschädigt worden war, deshalb nicht mehr nach Arabien verhökert werden kann und daher wieder zu Hause gelandet war, doch noch an den Mann gebracht zu haben. Beide sind glücklich. Klara Stackls Brust platzt beinahe vor Stolz über den Handel. Sie gibt ihre Mata Hari glänzend. Hinter vorgehaltenem Fächer bietet sie flüsternd herum, der berühmte Reeder Ercole Karumakis habe ihrem Hannibal Ernst Stakl sein Mercedes Sport Coupé mit den goldenen Türfallen für einen Pappenspiel beinahe geschenkt.

„Wie, hast du gesagt, heisst der Reeder, Liebling,“ fragt Josiane Meunier de Chatterbox Klara Stackl.

Klara Stackl lässt den süssen Namen auf der Zunge zergehen. Josiane Meunier de Chatterbox rattert im Rhythmus einer Maschinengewehrsalve die Namen aller bedeutenden Reeder dieser Welt runter und fügt in trockenem Tonfall an, ein, wie lautet sein Name wieder, gehört nicht in diesen erlauchten Kreis. Ercole Karumakis müsse ein Hochstapler und kleiner Betrüger sein, doch nie und nimmer Reeder. Von da an herrscht zwischen Klara Stackl und Hannibal Ernst Stackl dicke Luft. Er-Stackl besteht darauf, seinen Sportflitzer zu behalten. Sie- Stackl zetert, sie schäme sich zu Tode, dass der Sportflitzer nicht koscher sei.

Zudem wackle das rechte Hinterrad des Wagens. Um Weihnachten rum wird es Hannibal Ernst Stackl gelingen, aus einer Erbschaft heraus günstig einen Zobelmantel von Dior um ein Trinkgeld zu kaufen, weil die Erben des Zobelmantels gerade auf einem Kokain-Trip sind und den Pelz für Kaninchenfell halten. Klara Stackl wird total überwältigt sein von dem grosszügigen Geschenk ihres Hannibal Ernst Stackls, so dass es zur Versöhnung zwischen den Eheleuten kommen wird, worauf sie erneut zu flittern und zu flattern beginnen, nach Norditalien reisen, wo ihnen das Mercedes Sport Coupé unter den Ärschen weg vor dem schiefen Turm in Pisa – sie können den Vorgang von oben beobachten – geklaut werden wird. Beide werden wie Maikäfer strahlen. Der Wagen ist sehr, sehr hoch versichert und Ercole Karumakis wird sich wieder einen rechten Teil dabei verdienen, doch das ist Zukunftsmusik. Schalusia Trekker, Huhn von Anstand und besten Manieren, wundert sich, dass sie nicht nur die Leute sieht, aber bei dem Anblick deren Zukunft weiss.

Für Schalusia Trekker, Huhn von Anstand und besten Manieren, ist auch klar, dass Doktor Hubertus Stockfischus überall finanzielle Machenschaften wittert und die Leute hasst, die über Finanzen reden. Als Mrs Liberty aus seinem Blickfeld entschwindet fällt sein Blick auf Ercole Karumakis und Ernst Hannibal Stackl. Auf Anhieb hasst er diese Leute und verspürt eine Welle von Groll durch seinen Körper rollen. In dem Moment nimmt er ein altes Hutzelweibchen, eine Hexe wahr, die einen stechenden Blick auf ihn gerichtet hat. Er fühlt sich mit einem Mal durchschaut. Er ahnt, dass diese Hexe seine Gedanken liest. Er fühlt sich nackt mitten unter den festlich gekleideten Leuten. Er errötet und wendet sich wieder dem Stenografieren von Ella von Swingers letztem Vers der Brioche-Elegie zu. Schalusia Trekker, Huhn von Anstand und besten Manieren, liebt es, ungeniert Leute zu beobachten. Sie hat den Narren an dem gefressen, was ist und guckt dementsprechend hin. Manchmal denkt sie sich etwas dabei, manchmal auch nicht. Sie hatte angenommen, dass Maschinen und Technik die Würde der Menschen und die Romantik der Verhältnisse endgültig zerstört hatten. Als sie jedoch der imponierenden Dame mit der wippenden Straussenfeder auf dem Kopf gewahr wird, die tatsächlich ihren Privat-Sekretär im Schlepptau hat, der schriftlich festhält, was die Dame sagt, fällt es Schalusia Trekker, Huhn von Anstand und besten Manieren, wie Schuppen von den Augen. Sie erkennt, dass sich im Wesentlichen seit Goethes Zeiten wenig geändert hat. Dass Leute, die etwas auf sich halten, weiterhin ihre Eckermänner pflegen. Und dann kommt da dieser schöne Clown in Weiss, der so schön ist, dass es Schalusia Trekker, Huhn von Anstand und besten Manieren, beinahe den Atem verschlägt. Er spielt nun, The Lady is a tramp. Ein verliebtes Paar wiegt sich schmiegend im Takt. Schalusia Trekker, Huhn von Anstand und besten Manieren, ist entzückt und findet, dass die verliebte Frau mit blonden Locken ganz wie eine echte Lady ausschaut. Doch dann erschrickt sie, als sie ihren Neffen Rotscher erkennt in dem Mann, der mit Lady knutscht. Im Erschrecken stösst sie einen diskreten Schrei aus.

„Die Freiheit der Jungen," lächelt der weisse Clown, Mrs Liberty, Schalusia Trekker, Huhn von Anstand und besten Manieren, im Vorübergehen zu, mit einem Seufzer, „ach".

„Wo führt es hin, wenn die Leute ungeniert knutschen, wo es ihnen gerade gefällt?!"

„Ach, Schalusia Trekker, Huhn von Anstand und besten Manieren, wo führt es hin, wenn Mensch, die auf Bergen weilen und dichten, ins Tal kommen und die Verhältnisse hier verurteilen?!"

Rotscher kommt auf seine Tante Poldi zugerannt mit glänzenden Äugelein, verliebten Äugelein und glänzenden Wangen.

„Ach, Tantchen, ich bin so ein Glückspilz! Ich habe ein Verhältnis mit einer verheirateten Frau. Wir machen ständig Schluss, doch kaum sehen wir uns, ist es ganz toll."

„Und ihr Mann?"

„Absolut Klasse, hat nichts dagegen."

„Da soll ein normaler Mensch noch drauskommen. Bist du sicher, dass du dich nichts irrst. Du siehst so glücklich aus. Du irrst nicht! Geh, tanz mit deiner Dulcinea!"

Schalusia Trekkers, Huhn von Anstand und besten Manieren, hält der Menschen Liebeshändel und –tändel und –knatsche für Irrtümer. Da hält sie sich raus. Sie sieht, wie ihr kleiner Neffe Rotscher mit dieser Lady tanzt. Theoretisch wendet sie nun ihren Blick diskret ab, praktisch jedoch bleibt ihr Blick, entgegen ihrem Willen, hängen. Sie kriegt ihren verflixten Blick nicht los von dem hübschen Pärchen, Lady als Göttin Diana, Rotscher als Husar. Die beiden himmeln sich gegenseitig an. Verliebte sind so doof, denkt Schalusia Trekkers, Huhn von Anstand und besten Manieren. Man könne sich mit Verliebten über nichts Gescheites mehr unterhalten. Sie sind wie aus dem Verstand ausgeklinkt und verschmelzen mit dem bunten Treiben, das zu beobachten, das überhaupt wahrzunehmen, über das zu träumen und zu phantasieren doch das Herrlichste ist. Mein Problem, denkt Schalusia Trekker, Huhn von Anstand und besten Manieren, ist die Faulheit. Um nichts in der Welt will ich ein faules Luder sein. Doch wenn ich, denkt Schalusia Trekker, Huhn von Anstand und besten Manieren, wenn ich's mir so genau überlege, wie Rotscher und seine Lady, nicht mal wirklich tanzen und übers Parkett fliegen, aber an Ort sich lasziv aneinander schmiegen. Da kommt sie nicht umhin, zu erkennen, was für faule Luder die beiden sind. Genauso faule

Luder wie Dichter. Tagediebe sind sie, alle. Und mit einem Mal wiegt ihr Kopf im Rhythmus, in dem der faule Rotscher und die faule Lady sich wiegen und sie sieht gebannt und entzückt hin. Zum ersten Mal wendet Schalusia Trekker, Huhn von Anstand und besten Manieren, ihren Blick nicht ab, wenn sie Verliebte sieht. Und da: die Erleuchtung! Schalusia Trekker, Huhn von Anstand und besten Manieren, fällt es wie Schuppen von den Augen. Verliebtsein war, ist und wird immer Schwerstarbeit sein – ohne dass die Beteiligten es zu merken scheinen. Schalusia Trekkers, Huhn von Anstand und besten Manieren, sieht ungewollt in deren Zukunft und ihr schwant Schreckliches. Was diesen beiden noch alles blüht. Doch will sie ihnen nichts über die harten Proben sagen, die ihnen noch bevorstehen. Lady richtet ihren Blick mit einem so doofen Gesichtsausdruck auf diesen Tölpel und presst ihr linkes Knie gegen Rotschers Oberschenkel. Rotscher grinst wie der letzte Hornochse und flüstert ihr, dieser enthemmten Frau, bestimmt eine Schlüpfrigkeit ins Ohr und greift mit kralligen Fingern in ihren prallen Hintern. Augen funkeln, Hände spielen, Muskeln spannen sich an / entspannen sich wieder. Schalusia Trekker, Huhn von Anstand und besten Manieren, ist echt beeindruckt. Dann schaut sie wieder hin zu Ercole Karumakis und Hannibal Ernst Stackl, die wie Mumien dastehen, wie Ölgötzen, bloss ihre Lippen bewegen sich wie Automaten, auf und ab so schnell. Kein Wimpernzucken, nichts, bloss blablablabla bla. An diesen beiden, denkt Schalusia Trekker, Huhn von Anstand und besten Manieren, ist alles durch und durch faul, während da, wo man Faulheit vermutet, bei Lady und Rotscher, Höchstarbeit geleistet wird.

Jack Piepser ist Schalusia Trekker, Huhn von Anstand und besten Manieren, schon längst in die Augen gestochen. Wegen seines Ticks. Er scheint keine Kontrolle über seinen Kopf zu haben. Sein Kopf dreht sich andauernd rund herum und rund herum und die Augen leuchten wie Scheinwerfer von Leuchttürmen in die Ferne. Sie denkt, der ärmste Mann! Und tatsächlich fühlt Jack Piepser sich als der ärmste Mann, seit er seiner neusten Exfrau, Amalie Funkblöff, geschiedenen Piepser, diese schrecklich hohen Alimente bezahlen muss, kommt er sich ausgezogen vor, ausgezogen bis aufs Hemd. Doch lediglich im übertragenen Sinne. Und im übertragenen Sinne hasst er das Ausgezogensein bis aufs Hemd. Ist aber voller Schadenfreude, weil er seine Schäfchen durchaus im Trockenen hat und das bis aufs Hemd Ausgezogensein bloss aus taktischen Gründen spielt. Im tatsächlichen Sinne liebt er das Ausgezogensein bis aufs Hemdchen. Und diese seine Vorliebe wiederum hängt mit seinem Tick zusammen. Wie Schalusia Trekker, Huhn von Anstand und besten Manieren, rasch herausfindet, schnellt sein Kopf immer schwer orientalisch parfümierten Damen nach. Diese schwer orientalisch parfümierten Damen scheinen ihm den Kopf zu verdrehen. Und nicht nur das, in seiner Lendengegend bauscht sich eine Ausbuchtung auf, die durch die Hose hindurch, durch den Stoss seines Smoking Jacketts hindurch noch sichtbar ist. Schalusia Trekker, Huhn von Anstand und besten Manieren, denkt erstaunt, da denkt man, es steht einer faul rum, hält Maulaffen feil, derweil zuckt und wuselt es in ihm dass Gott erbarm – was doch, um ehrlich zu sein, eine echte Leistung darstellt, im Gegensatz zum Blablabla Bla von Ercole Karumakis und Hannibal Ernst Stackl, an denen ausschliesslich die Lippen wie wild japsen, die aber sonst wie Mumien in Blei gegossen dastehen. Alle fünf Minuten eine Erektion, chapeau, das ist schon was! Und hier ringt sich Schalusia Trekker, Huhn von Anstand und guten Manieren, zur Überzeugung durch, dass nicht nur seelisch Verliebte – siehe oben betreffend Rotscher und Lady – sondern auch der rein körperlichen Liebe Huldigende – siehe Jack Piepser – sich abrackern und keineswegs als faul zu bezeichnen sind. Dabei kann Schalusia Trekker, Huhn von Anstand und guten

Manieren, mit ihren wenigen Beobachtungen nur eine kleine Spitze des Mühen-Eisberges von Jack Piepser erahnen. Jack Piepser nämlich verbetonniert sich jeden Morgen mit besten Vorsätzen und muss jeden Tag von neuem miterleben, wie selbst Beton unter bestimmten Umständen schwach wird. Unter Beton versteht er die alleinige Konzentration auf seine Arbeit und unter bestimmten Umständen zweibeinige Kätzchen mit runden Formen und orientalischem Parfüm. Er will sich ernsthaft um höhere Werte bemühen, doch kaum wittern seine Nüstern orientalisches Parfüm, schnellen sein Kopf zuerst, dann sein Schwanz und zu guter Letzt sein ganzer Willen dem nach, wofür zu leben sich lohnt. Jack Piepsers Begleiterin versetzt ihm einen Stoss in die Rippen, doch Jack Piepsers Nase, Augen, Schwanz und Geist haben sich bereits so tief in Teresa Solanderos Reize vertieft, dass Jack Piepser nicht mehr reagiert und vor Lust zappelt oder erstarrt. Aus dieser komfortablen-unkomfortablen Lage kann ihn ausschliesslich Teresa Solandero erretten. Er wiederum muss seine Freundin Suzy Streiker loswerden, die ab sofort seine Ex-Freundin ist – zum Glück hatte Jack Piepser sie nicht noch vorher geehelicht gehabt – und ihn in der ganzen Welt runter macht. Suzy Streiker trinkt Whiskey und heult, dass dieser Schuft von Jack Piepser ihr das Glück auf Erden versprochen, aber immer nur Scheisse geliefert habe, was wiederum Natascha Wummer, geschiedene Lustfrosch, so sehr freut, dass sie Suzy Streiker in ihre Arme nimmt und sie, angeblich zum Trost, innig verküsst. Teresa Solanderos Kurven sind eher Mittelmass, jedoch benutzt sie „femme" und das sticht Jack Piepser als orientalisches Parfüm so kitzelnd, so an- und aufregend in die Nase, dass er ihr, da sie diesem Parfüm total treu bleibt, bis zu seinem Ende, das ihn im Alter von 96 Jahren ereilt, treu bleibt. Seine Witwe, Teresa Piepser- Solandero wird in dem Zeitpunkt 82 sein. Ihre Haut ist schrumpelig, der Körper aus der Façon geraten, ihr südländisches Temperament aber bleibt beschwingtjugendlich, so dass sie es schafft, das ererbte Vermögen mit gekauften Männern zu verprassen, die nie älter als 25 sind. Als sie im Alter von 101 Jahren bei Geschlechtsverkehr mit einem Adonis von futuristischer Schönheit einen Herzinfarkt erleidet und das Zeitliche segnet, sind ihre Kinder längst vorverstorben und ihr Enkel über 60 Jahre alt, doch noch fit genug, um sich bis zur Weissglut zu ärgern, dass diese Schrulle von Grossmutter ihre letzten Cents dem Adonis von futuristischer Schönheit verschenkt hatte, doch auch dieser Geschichte ist Zukunftsmusik und am Ball der Grossen Hoffnungen noch nicht erklingend, wird aber hier geschickt initiiert, indem Schalusia Trekkers, Huhn von Anstand und besten Manieren, Blick für den Bruchteil auf Jack Piepser ruht, was Schalusia Trekker, Huhn von Anstand und besten Manieren, entzückt und ihre Gedanken weiterziehen lässt, von der Liebe zum Dichten. Sie erinnert sich, dass die Welt rund um sie herum versinkt, wenn sie dichtet. Das Dichten macht sie selbstvergessen und setzt sie gleichsam unter Strom. Wer unter Strom steht, ist kein faules Luder, selbst wenn er oder sie Dichter oder Dichterin ist, genau so wenig wie die Liebenden, die Taugenichtse, die Clowns und die Schafhirten. Der Mensch ist seine Fantasie. Und sie verleiht Flügel. Mit ihr hebt der Mensch ab und fliegt davon, als emsig wuselndes Wesen. Da fällt ihr ein, dass sie ihren Titel, Huhn von Anstand und besten Manieren, dringend abändern muss in, Mensch von Fantasie und Liebe. Sie will ihren Entschluss Mrs Liberty mitteilen, doch Mrs Liberty ist weg. Schalusia Trekker, Mensch von Fantasie und Liebe, zuckt mit den Schultern und lächelt Lehrling Meier zu, der den neunarmigen Leuchter auf eine Kommode gestellt, den Kragenknopf seines Hemdes geöffnet und sich auf das schmiedeeiserne Geländer gesetzt hat. Er ist in die Betrachtung der gegenüber liegenden Wand, einer Seidentapete vertieft. Er kratzt sich am Kopf. Mich laust der Affe. Spinne ich oder sind da wirkliche Fasane, Pfauen,

Paradiesvögel? Er spricht die Frage laut aus und Rotscher, der neben ihm steht, fügt hinzu, und das Amörchen, das durch die Lüfte zwitschert mit dem nilgrünen Lendentüchlein, das es wie einen Schweif hinter sich her zieht, heisst Ariel. Doch alles ist Täuschung, bloss gemalt.

„Egal. Hauptsache, es ist hier."

„Und hier ist es," lächelt Rotscher.

„Du bist mir sympathisch," sagt Lehrling Meier zu Rotscher. „Männer reden in der Regel nur über Jobs, Autos, Modelleisenbahnen, Weiber und Pistolen. Daher ziehe ich Frauen den Männern vor. Aber du bist in Ordnung."

Rotscher lacht. Auch Lehrling Meier lacht. Lehrling Meier sagt, „ui, ich habe wohl etwas zu viel Kokain erwischt." Rotscher gesteht, „und ich etwas zu viel Champagner. - Die Kohlensäure sinkt einem dann in die Zehen und bewirkt, dass man leicht, kaum merklich abhebt und die Beine sich dann irgendwie verheddern, ehrlich! Einerlei. Der Teufel ist, dass die meisten Leute die Fasane, Pfauen, Paradiesvögel und Ariel nicht sehen. Wenn sie sie sehen, reden sie sie weg, weil kein vernünftiger Mensch an solche Dinge glaubt, doch wir, wir können schwören, dass es gibt, was wir sehen. Und die Andern werfen uns vor, wir spinnen. Und das glauben dann die Leute, die hier keine Fasanen, Pfauen, Paradiesvögel und keinen Ariel sehen, diese armen Teufel."

Lehrling Meier nickt und grinst.

Lady pudert ihre Nase und sieht im Spiegel, dass hinter ihr ein weisser Clown mit glitzernden Pailletten auftaucht. Sie spürt ihr Herz klopfen. Sie kann nicht glauben, dass die Erscheinung echt ist. Mrs Liberty lacht.

„Bin ich so erstaunlich, hübsche, kleine Lady?"

„Weiss, wie eine blaue Blume, ein Hoffnungsschimmer, ein Traum, kaum wirklich zu erfassen, doch wenn die Erscheinung hier ist, wird alles verzaubert. Wie damals auf dem Berg der Wahrheit."

„Du nennst mich eine Erscheinung."

„Zauber."

„Geh zu deinem Rotscher!"

„Wir haben uns getrennt."

„Quatsch!"

„Ehrlich!"

Lady ist echt erbost. Sie verlässt die Toilette. Mrs Liberty wundert sich. Rotscher fragt Lehrling Meier, was Frauen tun, wenn sie auf die Toilette verschwinden. Lehrling Meier lacht. Vielleicht ziehen sie eine Linie Kokain rein.

„Lady nicht!"

„Wer weiss."

„Lady bestimmt nicht."

„Und ich weiss aus Erfahrung, wenn man es am wenigsten erwartet, tun sie es bestimmt. Bist du verknallt in Lady?"

Rotscher kriegt eine knallrote Birne, schüttelt seinen Kopf wie wild und sagt, „nein, nein, nein! Es ist aus zwischen Lady und mir. Wir haben uns getrennt. Endgültig."

„Fein! Dann werde ich sie anbaggern."

Rotscher ist entsetzt. Lady ist keine Frau die man einfach so anbaggert! Und erst noch ein so junger Schnösel.

Rotscher ärgert sich über Lehrling Meier. Zu dessen Verteidigung denkt er sich, dass Lehrling Meier eben noch nicht trocken hinter den Ohren ist. Das zwischen ihm und Lady hat mit Liebe nichts zu tun. Es geht um Rosé Champagner. Mit wem sonst sollte er Rosé Champagner trinken? Ein Bier okay alleine. Eine Flasche Wein zur Not ebenfalls. Eine Flasche Wodka, wenn die Verhältnisse es erfordern, doch dann liegt man ganz schön flach und kommt kaum mehr hoch. Doch Rosé Champagner alleine? Nie und nimmer! Daher braucht er Lady dringendst. Weil er sich an Rosé Champagner gewöhnt hat und ihn nicht mehr missen möchte. Klar könnte er auf Rosé Champagner verzichten. Doch ohne Not Verzicht, was bringt ein so heroischer Verzicht?! Lehrling Meier schöpft quasselnd aus der breiten Erfahrung seines Kückenlebens und Rotschers Blick schweift ab, geradezu auf Schalusia Trekker, Mensch von Fantasie und Liebe. Er wundert sich, einen so verschrobenen Menschen hier anzutreffen. Klar, sie ist seine Tante und er mag sie. Doch verschroben ist sie, und erst noch total verschroben. Wie eine Weise aus dem Morgenland, so fremd. Was führt sie im Schilde? Sie hat die zwei Herren im Visier, die auf Louis XIV-Fauteuils sitzen und dicke Zigarren rauchen.

Ich als Autor von Pink Champagne erinnere mich, dass John Philipps mir einmal sagte – wir standen gerade in der Sammlung von hochgepriesenen Impressionisten eines Kanonenfabrikanten – , jetzt ist einer deiner legendären Wutanfälle fällig! Rotscher hasst die satte Bürgerlichkeit, die Kissenfurzer, die Fresssäcke und Säufer, die Kohle machen, dass es zum Himmel stinkt und auf nichts anderes als ihren Vorteil bedacht sind. Einer der beiden Herren auf den Louis XIV-Fauteuils ist der Autor, bin ich. Der andere Herr ist John Phillips. Wir paffen Zigarren und schütteln unsere Köpfe. Wie kann ein halbwegs gescheiter Mensch bloss auf die Idee kommen, sich einen Ball der Guten Hoffnungen einfallen und hier alle bekannten und unbekannten Protagonistinnen und Protagonisten auftreten zu lassen?! John Phillips lässt fallen, wäre dir wohler, du wüsstest, dass der Sinn des Lebens aus einer Mischung von Ketsup mit etwas Benzin und einem Schuss Angostura besteht? Schalusia Trekker, Mensch von Fantasie und Liebe, nähert sich den beiden. Sie fragt, was in der Tasche sei.

„Ach, meine Tasche?, fragt John Phillips. Nichts. Das ist meine Tasche, nichts weiter. Der Inhalt? Ach, nichts Besonderes. Ein silberner Barockleuchter, eine italienische Hinterglasmalerei aus dem Quattrocento, eine Erstausgabe des Candide, solches Zeugs eben. Und eine Flasche Whisky. In einer kleinen Kühlbox etwas Eis. Und zwei Kristallgläser. Doch den Whisky brauchen wir hier nicht. Hier gibt es genügend zu trinken."

Der Ball der Grossen Hoffnungen ist der Ort, wo jeder bekommt, was er sich ehrlich wünscht. Josiane Meunier de Chatterbox wünscht sich ein Bad aus Alabaster mit goldenen Wasserhähnen und feuervergoldetes Silber-Besteck für 124 Personen aus dem Besitz von Josephine de Beauharnais selig. Ihr persönlicher Berater rät ihr dringend davon ab, diesen Luxus in aller Öffentlichkeit zu kaufen, weil die Massen gegen Individuen mit Geschmack eingestellt sind und der geringste Vorwand genügt, um eine Revolution zu entfachen. Er kennt einen Geschäftsmann aus Panama, der als Strohmann die Geschäfte über eine Briefkastenfirma in Liechtenstein. Josiane Meunier de Chatterbox hat das Geschwätz ihres persönlichen Beraters über und unterbricht ihn mit einem scharfen Papperlapapp. Sie kauft, was sie sich wünscht, und die Revolution lässt auf sich warten, weil die ganze Linke, ach was, die ganze Welt, nach Chile guckt. Sie lässt ihren Berater stehen und steckt ihren Kopf zusammen mit Ladys Liebling, der als Maximilien de Robespierre verkleidet, und entlockt ihm sein neustes Wissen über Dal Bosco und Konsorten. Ella von Swinger wiederum hat sich im gleichen Luxusgeschäft in die gleiche Alabasterbadewanne verknallt und stellt sich vor, wie schön Doktor Hubertus Stockfischus sich darin ausnehmen wird. Sie studiert das Angebot und den Preis und begehrt danach zum Vergleich eine bescheidene Email-Sitzbadewanne mit gusseisernen Löwenpranken als Füssen, hergestellt anno

1968, zu sehen. Ella von Swinger tut nichts ohne Hintergedanken. Sie überlegte sich scharf, dass 1968 alle Arbeiter streikten und daher keine der gewünschten Sitzbadewannen hergestellt worden war. Zum Schein könnte sie dann widerwillig und tatsächlich seufzend erklären, ach, dann muss ich wohl oder übel die sündhaft teure Alabasterbadewanne käuflich erwerben. Ella von Swinger liebt solche Mätzchen. Der Geschäftsinhaber scharwenzelt mit nach hinten gerecktem und immer etwas nach links und rechts ausschlagendem Hintern um Ella von Swinger herum und säuselt, für sie, gnädige Frau, ist uns kein Aufwand zu gering! Er treibt Arbeiter einer Fabrik in Vietnam dazu an, die gewünschte Sitzbadewanne herzustellen, lässt sie von einem Restaurateur auf das Jahr 1968 altern und verklickert Ella von Swinger das simple Ding für nur 8 Prozent billiger, als das Alabasterunding kostet, worauf Ella von Swinger gute Miene zum bösen Spiel macht und sich entschliesst, Konsum in nächster Zukunft weniger zu berücksichtigen, dafür im Münster farbige Fenster von einem weltberühmten Künstler à gogo zu spenden. Ironie des Schicksals, das weiter seinen tragischen Lauf nehmen wird, als Doktor Hubertus Stockfischus anlässlich des ersten Bades in der Email-Sitzbadewanne, angeblich aus dem Jahre 1968, beim Einstieg so ungeschickt stürzt, dass sein Kopf gegen eine der als Fuss dienenden Löwenpranken prallt, zersplittert und Doktor Hubertus Stockfischus mausetot ist. Ella von Swinger wird im Andenken an Doktor Hubertus Stockfischus von einem weltberühmten Architekten eine Kapelle bauen lassen mit der Form einer Sitzbadewanne, die im Volksmund Stockfisch genannt werden wird. Ironie der Ironie des Schicksals wird sein, dass die Lyrikerin Ella von Swinger ohne ihren advocatus diaboli in Sachen Lyrik, der immer die Hälfte aufzuschreiben „vergass" und nach Lust und Laune abänderte, mit einem neuen Secretarius jährlich einen Band Elegien herausgeben wird, der jeweils mit Applaus aufgenommen und zum Bestseller wird, so dass ihr sieben Jahre nach dem Tod von Doktor Hubertus Stockfischus der Nobelpreis für Literatur zuerkannt wird, so dass sie im Stockfisch bekannt geben wird, eine Doktor Hubertus Stockfischus Stiftung ins Leben zu rufen, um das lyrische Schaffen im Land anzuregen.

„Halten wir nicht die Geschichte auf," fragt John Phillips den Autor, zieht an seiner Zigarre und lässt Rauchringe in die Luft aufsteigen, während Menschen um Menschen um Menschen in Festlaune von allen Seiten her vorüberflanieren.

Rotscher geht das kindliche Geplapper von Lehrling Meier endgültig auf die Nerven. Er stellt sich neben Schalusia Trekker, Mensch von Fantasie und Liebe.

„Ach, Tante Poldi, raunt er ihr zu, wie glücklich musst du sein, in methusalemischem Alter, von den Tribulationen des Menschengewürms nicht mehr berührt zu werden, über allem zu stehen, deinen Gedankenspielereien nachzuhängen und dann und wann, wenn dich gerade der Hafer sticht, ein Gedichtchen zu schreiben – ein Leben ohne Scham und Angst."

Schalusia Trekker, Mensch von Fantasie und Liebe, winkt Lehrling Meier herbei. Rotscher verdreht in Gedanken seine Augen und schickt stumm leidend das stumme Stossgebet zum Himmel, nein, Hilfe, nicht schon wieder! Bevor er sich's versieht, hat Schalusia Trekker, Mensch von Fantasie und Liebe, Lehrling Meier in einen Diskurs verwickelt, an dem sich Lehrling Meier nur doof grinsend und nicht mehr fähig, auf konkrete, von ihr angezogene Themen einzugehen, beteiligt. Rotscher denkt verzweifelt, während das Gerede der anderen um ihn herum mäandert, was habe ich hier verloren. Er sehnt sich nach Bier und guten Freunden, verwünscht den Moment, als er sich zu diesem

Affentheater verführen liess. Und dennoch kommt er nicht vom Fleck, bleibt stehen und hört nolens volens zu.

„Bringen sie mir was zu trinken, bitte, junger Mann!"

„Das Zeugs ist nicht gut. Es verursacht ein Geschwrubel im Kopf, dass ich darob noch stiefelsinnig werde. Ich kann bloss noch doof grinsen. Das ist überhaupt nicht, was ich im Leben am liebsten tun möchte. Ich möchte – das verrate ich ihnen nicht."

Nach diesen Worten schlendert Lehrling Meier, den vielarmiger Leuchter mit den tropfenden Kerzen hochhaltend von dannen und hält mit einem Mal in seiner Linken einen Totenkopf, starrt diesen fragend an, im Ungewissen, ob er einen Monolog beginnen soll oder nicht.

Schalusia Trekker, Mensch von Fantasie und Liebe, sieht Lehrling Meier in Verzückung lächelnd nach. Sie sei gespannt, was er ihr bringen werde. Junge Menschen seien das schönste auf der Welt. Sich in sie hineinzuträumen, ihre Körper sich vorzustellen, ihren Trieben nachzuhängen – welche Wonne. In den Jungen stecke ein Potenzial, von dem sie alten Kläuse bloss träumen könnten.

„Du inbegriffen, Neffe Rotscher, denn du bist auch nicht mehr taufrisch."

Mrs Liberty seufzt, wie bringe ich bloss wieder Ordnung in die ganze Schose?! Sie stützt sich auf ihre übernatürlichen Kräfte, zitiert den Autor des Romans herbei und fordert ihn ultimativ auf, einzugreifen, um die ach so schöne Geschichte nicht platzen zu lassen. Der Autor zuckt mit den Schultern, grinsend, heiter und gelassen.

„Ich habe bereits John Elnambur sterben lassen, weil er in einer Welt, wo der Trend zur perfekten Idylle vorherrscht, seine Funktion verloren hat. Diese Welt richtet sich auch ohne Teufel zu Grunde. Ich überlege mir echt, ob ich nicht auch Mrs Liberty sterben lassen soll."

Mrs Liberty schwingt ihren Zauberstab, während Schalusia Trekker, Mensch von Fantasie und Liebe, vorübergeht, die zaubernde Mrs Liberty einen Moment bewundernd anstiert und dann kreischt, wer zaubert mir einen Mann, einen richtigen Mann her, einen Mann, der noch weiss, was Männlichkeit ist, und dem die Frauen vor Wonne seufzend zu Füssen liegen! Doch Mrs Libertys Zauber bewirkt, dass Lehrling Meier sich um die eigene Achse dreht und schnurstracks auf Rotscher zusteuert, den er anrempelt, so dass Rotscher stolpert und stolpernd fliehend nach Halt sucht, nach irgendeinem Halt, zufällig einen Rockzipfel zu fassen bekommt, an dem er sich – wie es genau vor sich geht, kann der Autor auch nicht erklären, denn ist klar Zauberei im Spiel - hochzieht und bedächtig, seine Miene von totaler Vergelsterung zu einem verführerischen Lächeln verwandelnd, einem wohligen Busen emporgleitend, an einem feinen Dekolleté schnuppernd in das entzückendste Gesicht staunend wieder sicheren Boden unter seine Latschen kriegt – und Lady gegenübersteht, die er sogleich mit einem brennenden Kuss auf deren Mund begrüsst. Aufschreie des Entzückens gehen durch die Menge, tosender Applaus. Rotscher knabbert an Ladys linkem Ohrläppchen und flüstert ihr ins Ohr, komm, verduften wir, ich habe hinter der Nike von Samothrake, nicht der Skulptur im Louvre, dem Gipsabdruck hier im Foyer, eine Flasche Krug rosé versteckt, eisgekühlt. Die Leute geraten ausser Rand und Band, fiebern mit dieser schönsten aller Geschichten, bis John Elnambur als Papa Legba aus dem Voodoo Ritual aufersteht, die Anwesenden – ausser Lady und Rotscher – in Zombies verwandelt und mit dröhnender Stimme in die Runde fragt, aber meine Herrschaften, wo bleibt ihr indigniertes, gemeines, böses, giftiges, zersetzendes, Moralin triefendes und ach so herrliches Geschnatter?!

Letzte Folge

Der kurzen Geschichte kurzer Sinn

Tja tja tja, Lady und Rotscher. Die beiden Turteltäubchen. Und wenn sie nicht gestorben sind, so leben sie noch heute.

Um es vorweg zu nehmen. Sie haben überlebt.

Wir schreiben ein recht futuristisches Jahr (aus unserer Perspektive. Für die, die dannzumal leben werden, ist das für uns Futuristische gewöhnlicher Alltag). Es geht den Menschen so gut wie noch nie. Probleme gibt es keine mehr, denn die Herrschaft über die Welt ist in die richtigen Hände gekommen. Wer die Herrschenden sind, kümmert kein Schwein, pardon, kein Mensch. Das Heer der Sozialarbeiter hat die Führung des Kälber-, pardon, Menschengeschlechts übernommen. Es schaltet und waltet, als höchstem Ziel ausschliesslich dem Glück aller Menschen verpflichtet, die keine Signale mehr hören, bloss noch ihre Sozialarbeiter, die sie Sozis nennen. Die Sozis sehen liebevoll auf ihre Schützlinge herab. Die Menschlein sehen nicht gerne nach oben, weil sie lieber nach unten schauen, auf Menschlein, die noch kleiner sind als sie. Die Sozis schauen ebenfalls bloss nach unten. Deshalb haben sie nicht mitbekommen, dass über ihnen 18 göttergleiche Wesen thronen, die weder geschlechtlich noch geistig eingeordnet werden können.

Diese geben sich den neutralen Anschein von Statuten von Aktiengesellschaften. Hinzu kommt, dass zwischen der Basis, den Sozis und den Göttergleichen so viele Spiegel und Linsen angeordnet sind, dass Otto Normalverbraucher und Lieschen Müller, aber auch Josiane Meunier de Chatterboxens und Konsorten, nicht durchschauen mögen, was hinter dem ganzen Zauber steckt. Die Göttergleichen pflanzen den Sozis das Bewusstsein ein, sie, die Sozis, hätten die Macht über alle Menschen. Wie es sich tatsächlich verhält, bleibt im Dunkel eines seltsam düsteren Dunstes verborgen. Otto Normalverbraucher und Lieschen Müller, aber auch Josiane Meunier de Chatterboxens und Konsorten, konzentrieren sich aufs Scheffeln, aufs Protzen und Imponiergehabe. Der Rest ist Stammtischgerede. Weil die Zeiten, wie oben bereits erwähnt, echt gut sind, bleiben die Wünsche von Otto Normalverbraucher und Lieschen Müller, aber auch Josiane Meunier de Chatterboxens und Konsorten, nie bloss Wünsche. Sie nehmen Gestalt und Form an und verwirklichen sich im Nu. Hier ist anzumerken, dass die Regierungsform super-demokratisch verklickert wird. Mitbestimmung in allen Belangen in allen Parlamenten, Ministerien, Behörden, Ämtern, Gremien, Ausschüssen, Komitees und Quasselvereinen ist scharf geschrieben. Dieser letzte Begriff bedarf einer kurzen Erklärung. Früher hiess es „gross geschrieben". Etwas wird gross geschrieben, das heisst, es wird ihm Gewicht zugemessen. Heute heisst der Begriff „scharf geschrieben", weil jeder „liebe Mitbürger" – so die offizielle Bezeichnung der Menschen – mit sich einen kleinen Bildschirm herumträgt, auf dem jeder Humbug gezeigt, aufgelistet, wiedergegeben wird und was besonderes Gewicht hat, erscheint gestochen scharf auf dem Bildschirm. Sind die lieben Mitbürger zur Mitbestimmung mittels demoskopischer Umfragen oder Abstimmungen aufgerufen, werden die Dinge scharf geschrieben. Bestimmen die Göttergleichen in eigener Kompetenz, werden die Dinge etwas verschwommen übermittelt, vor allem mit Rücksicht darauf, dass die lieben Mitbürger, falls sie überhaupt noch lesen können oder mögen, sich nicht zu sehr beunruhigen oder gar ängstigen brauchen, frei nach dem Motto, was ich nicht weiss, macht mir nicht heiss.

Der Knüller der Zeit ist die Durchsetzung einer überall verbreiteten Umweltfreundlichkeit. Gedruckt wird kaum mehr, aus Rücksicht auf die Umwelt. Zwar sind Druckereien, Papierfabriken, Papeterien und so weiter pleite gegangen, dafür sind unzählige umweltfreundliche Betriebe neu entstanden. Ausführendes Organ der Sozis sind die persönlichen Freunde und Helfer. Der Kürzel dafür lautet FH. Jedes Individuum ist an einen FH gekoppelt. FH ersetzt den früheren Polizisten, der ausgedient hat. Um die FH nicht als Über- oder gar Allmacht erscheinen zu lassen, sind die Schemen mit den Strukturen der Organisation der FH nur verschwommen geschrieben. Ausschlaggebend für das Individuum ist sein persönlicher FH, der immer lächelnd, immer freundlich, immer hübsch, immer jung zu sein hat. Wenn der persönliche FH vom Individuum gewünscht wird, ist er zur Stelle, wenn er nicht gewünscht wird, verschwindet er augenblicklich. Entstehen gefährliche Situationen für das Individuum, ist der persönliche FH da und so weiter et cetera blablabla. Die Funktionsweise des Systems ist derart ausgeklügelt, dass nur von den Göttergleichen ausgewählte Wissenschaftler, die Experten sind, es durchschauen. Oberhalb des Handgelenkes besitzt das Individuum so etwas wie einen Fleck, der als Leberfleck oder Warze oder weiss der Kuckuck was locker verdrängt werden kann, in Wahrheit aber die Schnittstelle ist, mittels welcher das Individuum an das Zentralorgan der Göttergleichen angeschlossen ist. Der „Flecken" liefert die Daten aus der Blutbahn des Individuums. Das Blut ist Träger aller Daten des Individuums. Das Zentralorgan kennt die Eigenschaften des

Individuums und kann erkennen, welche Individuen zusammen harmonieren und welche nicht. Das Zentralorgan lenkt die Schritte des Individuums, ohne dass dieses sich der Tatsache, dass seine Schritte gelenkt werden, bewusst ist. Jedes Individuum ist so seinem Glück am nächsten und ist der Mühe enthoben, sich selber auf die Suche nach seinem Glück aufzumachen. Die Individuen sind da glücklich, wo sie stehen, sitzen, liegen, weil alle Daten perfekt abgeglichen sind. Der öffentliche Verkehr konnte längst abgeschafft werden, weil jedem lieben Mitbürger der richtige Ort gegeben ist. Genauso überflüssig ist der Individualverkehr. Es wird geduldet, dass die Sozis, weil sie ja Vorgesetzte sind, als Steckenpferd Ferraris und Maseratis, die in China unter Lizenz hergestellt werden, nachdem die Mutterbetriebe die Produktion eingestellt hatten, reiten. Das Individuum sieht die Ferraris und Maseratis nicht, weil es sie nicht sehen soll. So kommt kein Neid auf. Wenn ausnahmsweise was daneben geht, ist der persönliche FH sofort zur Stelle. Der liebe Mitbürger ist der Pflicht / Aufgabe / Möglichkeit, sich selber zu äussern, enthoben, weil klar ist, dass die aus dem Blut ermittelten Daten nicht lügen und daher direkt verwendet am Präzisesten sind. Zur mündlichen oder schriftlichen Äusserung besteht immer diese Differenz, die zu Missverständnissen, Unzufriedenheiten, Auseinandersetzungen führt. Selbst die ehelichen Pflichten erledigen sich autochthon je nach Bedürfnis. Die lieben Mitbürger brauchen sich dafür nicht mehr körperlich mit einander rumzuschlagen. Arbeit ist nicht mehr notwendig. Sie wird vollumfänglich durch Freizeit, Ferien, Freude und so weiter balblabla et cetera ersetzt. Die lieben Mitbürger können über ihre Zeit frisch, frei und fröhlich verfügen. Der liebe Mitbürger braucht seine Wünsche nicht zu äussern. Kaum sind sie in sein Blut eingepflanzt, werden sie auch schon erfüllt. Als Antiquität gleichsam ist dem Kehlkopf des lieben Mitbürgers ein – ein vom lieben Mitbürger nicht gefühltes – Mikrophon eingepflanzt, über das sprachlich auf den persönlichen FH, die Sozis oder das Zentralorgan eingeschwatzt werden kann, rein zum Spass.

Streit und Konflikte werden, falls sie überhaupt noch eine Möglichkeit haben zu entstehen, über das Blut wahrgenommen und beigelegt, bevor sie ausbrechen, so dass die Welt durch und durch friedlich ist. Die lieben Mitbürger teilen ausschliesslich ihre Freude zusammen und das erst noch im Spiel. Auf den kleinen Bildschirmen, die sie ständig mit sich rumtragen, spielen sie mit von einem zentralen Computer für sie eigens ausgewählten anderen lieben Mitbürgern die lustigen Spiele „Ploooppp", „Plufffff" und „Ouuuffff" und werden damit bestens unterhalten. Das System der Befreudung / Beglückung ist perfekt und funktioniert theoretisch bestens. Praktisch hingegen gelingt es John Elnambur und Mrs Liberty immer wieder für Verwirrung zu sorgen. Sie ziehen jedoch nicht am selben Strick, weshalb Mrs Liberty in der Regel schimpft wie ein Rohrspatz und John Elnambur vor dem Sieg in ein Triumphgebrüll ausbricht.

Anno domini 198… – die Zahl tut nichts zur Sache – , es war in den 80er Jahren des vergangenen Jahrtausends gewesen, tüftelte ein gescheites Haus an der London School of Economics Haus heraus, dass die Gefahr einer globalen Katastrophe klar gebannt sei. Die Strukturen der Herrschenden seien so weit von den Beherrschten entfernt, dass sie automatisch abhöben und davonflögen. John Elnambur liegt viel daran, einfache Lösungen zu verunmöglichen. Er setzt also alles daran, die Beherrschten aufzuwiegeln, damit sie die Strukturen der Herrschenden erkennen, dekonstruieren und zertrampeln. John Elnambur entlarvt den demoskopischen Kram, die Abstimmungen und die Mitbestimmung mittels Blutanalyse als reinen Bluff. Er kritisiert an den Sozis an, dass sie sich als Experten aufspielten, aber von Tuten und Blasen keinen blassen Schimmer hätten. Die lieben Mitbürger würden vermittels der kleinen Bildschirme mit Schrott abgespeist. Zuerst hatte John Elnambur noch geglaubt, es würde genügen, die lieben Mitbürger aufzufordern, die Flecken an den Handgelenken, die die Schnittstelle zum Zentralcomputer darstellt, wegzukratzen und herauszureissen. Doch jeder liebe Mitbürger, der sich mutwillig aus dem System ausklinkt, löst einen Alarm aus, der das Kompetenzzentrum benachrichtigt, das dann als Krankenpfleger getarnte Techniker aussendet, die im Notfall mit Gewalt dem lieben Mitbürger ihren Fleck erneut verpassen, doch diesmal unter der Haut, so dass erneute Rebellion Selbstverletzung bedeutet und Schmerzen bereitet. John Elnambur versucht alles, um den lieben Mitbürgern die Lust am Spielen zu vergraulen. Er versucht, die lieben Mitbürger, die noch nicht ganz bedeppert sind, gegen das System aufzuhetzen. Er wünscht, dass sie sich zu langweilen beginnen und auf dumme Gedanken kommen. Doch die Göttergleichen senden Heere von Sozis und FHs gegen den Virus / gegen die Bakterie John Elnambur aus. Mrs Liberty verdreht ihre Augen, weiss nicht mehr, wo ihr der Kopf steht und schimpft wie ein Rohrspatz. Sie zelebriert ihre Ohnmacht. Ihr Ziel ist das gleiche wie das von John Elnambur. Muss sie mit ihrem Feind zusammenspannen?!

Die lieben Mitbürger sind glücklich. Ihre blitzend sauberen Wohneinheiten lullen ihre Sinne ein. An die lustigen Computerspiele sind sie 24 Stunden am Tag angeschlossen. Ein blosser Impuls, den man, o Wunder, durch Zufall kriegt, zaubert alles herbei, was das Herz begehrt: einen Gartenzwerg, einen Hometrainer, ein Collier mit Brillanten von insgesamt 147 Karat, eine Peitsche und Lederhöschen mit Nieten dran, eine Kuckucksuhr, eine Modelleisenbahn, einen Picasso oder was auch immer. Der sexuelle Trieb, kaum ist er erwacht, löst ungeahnte Lüste aus und bewirkt, dass, je nach Wunsch, in Minutenschnelle oder nach stundenlangem Treiben der Samen in orgiastischer Explosion oder explosivem Orgasmus seiner Bestimmung zugeführt wird. Der Kinderwunsch führt direkt zum Baby aus der Retorte. Abtreibung, Sterilisation – kein Problem. Und da der liebe Mitbürger dem lieben Mitbürger immer ein wenig unheimlich bleibt, findet, zum Beispiel, beim Sex keine Totalkonfrontation des lieben Mitbürgers mit seinem Sexualpartner, seiner Sexualpartnerin mehr statt, sondern der begehrte Körperteil ist da, einladend zum Phantasiespiel. Doch das Lustigste überhaupt sind die lustigen Computerspiele. Aktive sportliche Betätigung wird substituiert durch Knopfdruck. 103 in die körperangepassten Liegen der lieben Mitbürger eingebaute Vibratoren beginnen zu rattern und schunkeln die lieben Mitbürger in ungeahnte Verzückung hinein. Passive sportliche Betätigung ist ein heiss begehrtes Relikt aus vergangenen Zeiten. Tagtäglich werden am Bildschirm Fussballspiele, Tennistourniere und Sumo Ringkämpfe aus vergangenen Jahrhunderten übertragen. Denkt ein lieber Mitbürger, Räucherlachs mit Kapern und Zitrone oder Schnitzel mit Pommes – schwuppdiwupp fliesst durch unsichtbare Schläuche und Kanülen, die aus dem Organisationszentrum die Verbindung zum Individuum herstellen, eine mit allen notwendigen Nährstoffen angereicherte Flüssigkeit, die im Körper des Individuums eine Empfindung auslöst wie in früheren Zeiten der Genuss von Räucherlachs oder Schnitzel, ohne das lästige Kauen, Schlucken und so weiter blablabla et cetera. Schlaf ist Schlaf im herkömmlichen Sinne, wobei das Schlafbedürfnis in Anbetracht des veränderten Lebensstils merklich gesunken ist. Gesundheit wird radikal durchgesetzt. Lästige Körperteile, die versagen, werden ersetzt durch Gummi, Plastik und ähnliche Materialen, so dass Krankheit im klassischen Sinn ausgerottet ist. Die neuen Möglichkeiten haben den Körper des lieben Mitbürgers gleichsam neu erfunden. Der individuelle Körper hat die Form einer Kugel mit einem kleinen Kügelchen oben drauf. Das kleine Kügelchen ist der Kopf. Die Extremitäten sind auf das Allernotwendigste zusammengeschrumpft, im Wesentlichen zur Bedienung des kleinen Bildschirms und zum Drücken der Knöpfe. Der liebe Mitbürger, der sich als Krone der Schöpfung, als Mensch sah und formal in einem Körper mit Mund und After und allem Pipapo gefangen war, ist inzwischen ausgestorben und nur noch in den Geschichtsmaterialien vorhanden, doch eher verschwommen geschrieben. Der liebe Mitbürger ist nicht mehr das Nichts, aber das Alles! Für gute Laune sorgt eine Flüssigkeit namens Harpoplom hoch Fünf. Jeder liebe Mitbürger bekommt seine tägliche Zuteilung automatisch eingeflösst. Jeder liebe Mitbürger bekommt jeden Tag – auf seinem Bildschirm, jedoch mit individuellem Bild – einen der Sozis zu Gesicht, der ihn nach seinem Befinden fragt. Das Heer der Sozis strömt tagtäglich zur selben Zeit aus dem Sozihaus aus und treibt die FHs mit Peitschenknall an, die lieben Mitbürger einzeln zu besuchen, um sicher zu sein, dass jeder schön ruhig zu Hause bleibt und das Harpoplom hoch Fünf seine Wirkung. Eine durch und durch liberale Gesellschaft, in der alles top funktioniert!

Arbeit, Mühe und Sorge kennen bloss die lieben Mitbürger, die sich stur dem Glück auf Erden entziehen möchten. Grundsätzlich ist es nicht möglich, auf das Glück zu verzichten. Wie käme der liebe Mitbürger auch dazu?! Die Erinnerung an die Zeiten, als das Leben noch Stress gewesen war und meist in einer Abfolge von kleineren und grösseren Katastrophen endete und die Menschen dennoch ihre Orgasmen gehabt und sich eingeredet hatten, das Glück auf Erden gefunden zu haben, ist ausgelöscht. Liebe Mitbürger mit geringer Tendenz, sich dem Glück zu entziehen, werden mit der doppelten Zuteilung von Harpoplom hoch Fünf behandelt. Hartnäckige Fälle von Starrsinn werden von ihrem persönlichen FH, bei Bedarf von ihrem persönlichen Sozis und, wenn all das nichts gebracht hat, noch von einem Göttergleichen in die Mange genommen und einer Gehirnwäsche unterzogen, der kaum ein lieber Mitbürger zu widerstehen vermag. Nach kurzer Zeit erklärt der liebe Mitbürger, undankbar gewesen zu sein im Irrglauben, dem Glück entfliehen zu müssen. Die verschwindend geringe Anzahl von durch und durch Hartnäckigen schmort in einem Verliess, wo der liebe Mitbürger einen riesigen Felsen auf einen Berg rollen muss, um dann zu sehen, wie der Fels von selber wieder runter rollt und die Plackerei von vorne beginnt. Was Wunder, dass John Elnambur zufrieden sagt, man muss sich den lieben Mitbürger im Verliess als glücklich vorstellen. Mrs Liberty schimpft wie ein Rohrspatz. John Elnambur schmücke sich mit fremden Federn und benutze den hübschen Satz in fies verdrehter Absicht.

Ausserhalb der Wohneinheiten und des beglückten Lebens herrscht Urwald, der jedoch zu einem kleinen Überbleibsel zusammengeschrumpft ist, ohne Aussicht darauf, jemals wieder wild wuchern und die Zivilisation mit Wurzeln und Pflanzen und Erde unter sich begraben zu können. Falls ein lieber Mitbürger es überhaupt schafft, sich vom Zentralorgan abzukoppeln, ist seine Verbindung zum persönlichen FH, zum persönlichen Sozi und zu den Göttergleichen gekappt. Dann fehlt die Versorgung mit dem Glückbringenden, aber auch mit dem Überlebensnotwendigen. Es drohen Verhungern und Verdursten. Es bleibt einzig die Flucht in den Urwald. Der liebe Mitbürger, der nun als Ausgestossener ein Fremdling ist, muss, bis dahin an intravenöse Ernährung und Pflege gewöhnt, wieder lernen, was feste Nahrung ist, wo natürliche Nahrung herkommt und wie der Mensch sie sich in der

Natur beschafft. Mrs Liberty kurvt ratlos im Urwald herum, nach und nach die Nerven verlierend und wie ein Kutscher fluchend, bis sie erschöpft zu heulen anfängt. Ihr ist nach Coupe Romanoff. In ihren Blutbahnen tut sich nichts. Ihre Begierde wird nicht gestillt. Sie wächst (nicht Mrs Liberty, die Begierde in Mrs Liberty!). Irgendwo aus einer fernen Erinnerung fängt sie das vage Bild von roten Beeren auf. Sie kostet von allem, was an Büschen hängt und rot und rundlich ist, doch spuckt es angeekelt wieder aus. Zudem hat sie Lust auf einen Mann, doch ist keiner da. Ihre Lust ist so gross, dass sie sich sogar mit John Elnambur einlassen würde. Mrs Liberty ist am Ende ihres Lateins. Sie erkennt, dass ihr nichts anderes übrig bleibt, als sich eine Kugel durch den Kopf zu jagen. Nirgends ist eine Pistole zu finden. Also lebt sie nolens volens weiter. Ohne auch nur den geringsten Sinn in ihrem Dasein zu erkennen. Plötzlich hört sie das Quietschen von Bremsen, wendet sich um und sieht auf dem nahen Urwaldpfad ein Relikt aus alten Tagen anhalten. Ein Ferrari oder Maserati. Wäre sie des Chinesischen mächtig gewesen, hätte sie gleich erkennen können, dass es sich um einen Maserati handelt. Eine Türe des Maserati öffnet sich. Eine widerstrebende, sich gegen alles sträubende, jämmerliche Figur wird aus dem Wagen brüsk rausgestossen. Fällt in den vom Regen matschigen Urwalddreck. Die Türe des Maserati schliesst sich wieder und der Wagen braust davon. Mrs Liberty, die trotz ihres Alters von mehreren hundert Jahren noch sehr attraktiv aussieht und etwas auf ihr Äusseres gibt, ihrer Not im Urwald zum Trotz, nähert sich dem Wesen und seufzt enttäuscht, ach, bloss ein kümmerlicher Tattergreis. Ob der Erscheinung im Urwald bekommt der Tattergreis Glubschaugen, springt behände wie ein junger Spund auf und muss die Erscheinung, die ja bloss eine Erscheinung sein kann in dieser Gegend, gleich vergewaltigen.

„Nicht so ungestüm, junger Mann. Ich bin die ihrige, freiwillig und mit Lust."

„Das trifft sich gut, ich bin total ausgehungert. Im Paradies gibt es keinen Schweinekram. Der ist vom Menu gestrichen. Da gibt's nur Blutverdünnung, der das Geknutsche und Einiges mehr ersetzen soll. Dabei erinnere ich mich noch haargenau, dass ich vor Urzeiten, vor, ach, lang, lang ist's her, in die Kunst der Liebe eingeführt wurde von einem wunderschönen weissen Clown im Paillettenkleide."

„Dann sind sie Lehrling Meier."

„Und habe noch nicht alles vergessen und verlernt! Als die neue Zeit angebrochen war, habe ich mich Generaldirektor Meä (was nichts anderes heisst, als Meier auf schick französisch ausgesprochen) genannt, woraus ich mir das grosse Glück versprach."

Der erneuten Begegnung zwischen dem arg in die Jahre gekommenen, seine ursprüngliche Lust jedoch nicht verloren habenden Lehrling Meier und Mrs Liberty im Urwald hat folgende Vorgeschichte: Lehrling Meier hatte seinerzeit vom Ball der trügerischen Hoffnungen den Totenschädel John Elnamburs mit nach Hause genommen. Nach der Beglückung des entwickelten Teils der Menschheit durch die sanfte Revolution starrte Lehrling Meier oft den Totenschädel an und glaubte aus dessen hohlen Schädel die Anweisung zu vernehmen, sich fortan Generaldirektor Meä zu nennen und Karriere zu machen. Einerseits gelang dieses Vorhaben, andrerseits kam die sanfte Revolution in die Quere. Generaldirektor Meä wurde, je mehr er auf den Totenschädel hörte zum Querschläger und entzog sich der Verwandlung in eine Kugel mit einem Stecknadelkopf als Kopf. Für seine Familie wurde Generaldirektor Meä so zum Ärgernis. Ein Ururenkel, der es zum Sozi geschafft hat, fragt Generaldirektor Meä, weshalb siehst du so seltsam aus, weshalb hast du so etwas seltsames zwischen deinen – wie nennt man diese antiken Relikte, die sonst kaum mehr jemand in diesen hässlichen Form und voller Haare hat? – Beinen baumeln? Generaldirektor Meä will sein Wissen nicht ohne Gegenleistung an den Mann bringen. Sein Urenkel steigt auf den Kuhhandel ein. Er verspricht dem Urgrossvater, ihn in seinem Maserati in den Urwald zu chauffieren, ihn dort auszusetzen und dafür erklärt er ihm auf der Fahrt in den Urwald, wozu das Ding, genannt Schwanz, zumindest in der alten Welt zu brauchen gewesen war. Die Reise dauert nicht sehr lange. Generaldirektor Meä gerät über die schönsten Dinge im Leben ins Schwärmen und schildert die Lust und ihre Erfüllung in den schönsten Farben und, als sie am Ziele angekommen sind, ruft Generaldirektor Meä seinem Urenkel zu, falls du noch nicht alles begriffen hast, kann dir ein Mann namens Rotscher den Rest erklären. Das ist die Vorgeschichte. Die Fortsetzung kennst Du, o Leser. Weiter im Text.

Generaldirektor Meä wiederholt mehrmals, was für ein Glückpilz er sei. Er habe immer geahnt, wenn es ihm gelinge, den Fängen des billigen Glücks zu entrinnen, werde er das wahre Glück finden. Mrs Liberty nickt. Ihr fehle zum wahren Glück bloss noch ein Coupe Romanoff. Generaldirektor Meä jauchzt vor Glück. Nun hat er wieder eine Aufgabe gefunden. Er weiss noch nicht, dass er nie einen Coupe Romanoff (Erdbeeren mit Vanilleeis und Schlagsahne) finden wird, und er ahnt noch nicht, dass Mrs Liberty ihrem Namen alle Ehre machen wird und sich nicht festhalten lässt. Im Augenblick jedoch sind die beiden ein Herz und eine Seele. Sozi Meä wiederum klappert auf seinem Computer im Geschäft alle Individuen der Stadt ab, um Rotscher zu finden und ihn davon zu überzeugen, dass er ihn zu einer Spritztour in den Urwald einlade, weil er unbedingt Informationen benötige, die man im überwachten Rahmen des Paradieses unmöglich austauschen könne. Sozi Meä hat von seinem Urgrossvater das Ideelle mitgekriegt, das Technische jedoch ist ihm nach wie vor ein Rätsel. Rotscher jedoch erklärt klipp und klar, er verlasse das Paradies nicht ohne Lady, die er leider verloren habe und nicht mehr finde. Sozialarbeiter Meä findet auch Lady.

„Kennst du mich noch?", fragt Rotscher Lady.

„Wie könnte ich unsere schöne Geschichte je vergessen! Das allgemein verordnete Glück, ach, hat uns einen Strich durch unsere Zukunft gemacht und alle Hoffnungen ausradiert."

Abwechselnd erzählen die Beiden Sozi Meä ihre Geschichte.

„Tom Garner bittet Rotscher, diese Frau abzuholen, eine gute Bekannte, die Frau eines total erfolgreichen Kollegen, der seinerseits verhindert sei, zur Party zu kommen, während seine Frau, eben die besagte Frau, eine ganz lässige Frau, unbedingt zur Party kommen wolle. Rotscher soll diese Frau abholen und sie zur Party mitbringen. Du kommst ja ohne Begleitung, da wird es dir nichts ausmachen, diese Frau abzuholen, den Umweg zu machen und sie zur Party zu fahren. Übrigens, sie heisst Lady. Murrend begräbt Rotscher seinen ursprünglichen Plan, mit öffentlichen Verkehrsmitteln zu Tom Garners Party zu gehen. Er sucht seinen Wagen auf einem öffentlichen Parkplatz in der Umgebung seiner Wohnung, klappert alle umliegenden Strassen ab, bis er glücklich seinen MG erkennt. Keinen Alkohol und auch sonst Verpflichtungen – Mist, Mist, Mist! Rotscher hasst Verpflichtungen. Lady ist tatsächlich ein Phänomen. Kaum zu glauben, dass sie die Frau dieses total erfolgreichen und berühmten Kollegen ist. Überhaupt nicht eingebildet. Überhaupt nicht blasiert, überhaupt nicht, wie man sich die Frau eines derart erfolgreichen, berühmten und Geld wie Heu verdienenden Kollegen vorstellt. Rotscher wagt verstohlene Blicke nach rechts, auf die quirlige, blondgelockte Frau auf dem Beifahrersitz, um dann gleich wieder geradeaus auf die Strasse zu stieren. Es ist keine Strasse. Es ist ein holpriger Weg, der bergan durch einen Wald führt."

Während Rotscher und Lady Sozi Meä ihre Geschichte, zumindest den Anfang ihrer Geschichte erzählen, verwandeln sie sich vor den Augen des erstaunten, seinen Augen kaum trauenden Sozi Meä in die jungen, hübschen Menschen, die sie vor Urzeiten einmal gewesen waren. Sozi Meä kann es nicht fassen. Doch kaum ist das Wunder geschehen, wendet Rotscher sich Sozi Meä zu und schmeisst ihn in bestimmtem Tonfall raus. Er störe. Sozi Meä ist ein höflicher Mensch und möchte um nichts in der Welt stören. Er verschwindet, ist aber dennoch neugierig darauf, weshalb er stört und was die beiden denn machen werden, das er nicht sehen darf. Also verschwindet er nur zum Schein und kommt als Geist zurück und hockt sich unsichtbar auf den Schrank. Von hier aus kann er wunderbar beobachten, wie die beiden sich die Kleider von den Leibern reissen und so weiter blablabla et cetera.

Sozialarbeiter Meä denkt, bei Zeus, das muss ich auch einmal versuchen. Er wünscht sich einen Körper, wie ihn Rotscher hat, und wünscht sich einen Menschen wie Lady, damit er echt ausprobieren kann, ob sie beide auch so lustig im Bett strampeln können. Es gelingt. Er findet so viel Spass dabei, dass er sich tagtäglich neue Menschen wünscht, mal blond, mal braun, kurz er liebt alle Frauen, und diese danken es ihm mit Scharen von kleinen Meäleins. John Elnambur reibt zufrieden seine Hände. Aufruhr in Zürich. Die Revolution gärt, der Sturz der Herrschenden steht kurz bevor. John Elnambur setzt alles dran, zum Kaiser gekrönt zu werden und wählt sich zur Kaiserin Mrs Liberty, die – das ist ihm klar – seine Pläne auf fiese Art durchkreuzen wird.

Allerletzte Folge

Zur Nachspeise ein kleiner Geschichten-Variationen-Salat

Anmerkung des Autors:

Die Geschichten sind nicht als bare Münzen (Helvetismus, zu Deutsch: als reine Wahrheit) zu nehmen. Kleine Geister sagen, alles erstunken und erlogen, Quatsch, sinnlos und unmoralisch. Wer Spass am Unsinn findet, erkennt, dass mit etwas Phantasie die schönsten Reisen aus einer Wirklichkeit, die bisweilen schwer zu ertragen ist, möglich werden und dass jede Geschichte, und sei sie noch so klatschig und tratschig, ein Körnchen erlittene Irritationen enthält, die Denkanstösse geben für den Denker, dem Rodin eine stimmige Form gegeben hat. Auf zur Nachspeise also, bevor Branntwein mit Zigaretten und Zigarren gereicht werden wird.

Es folgt eine Auswahlsendung zum Thema boy loves girl. Maestro, musica! Ein Tusch! Der Mann mit dem Zylinder auf dem Kopf dreht an der Drehorgel und üppig quellen die Töne heraus und klingen, dass es einem wohlig den Rücken runter rieselt.

Erste Option

Die grosse Tragödin Sarah Bernard rezitiert im Kreise der Engel im Jahr des Herrn (die Jahreszahl bleibt ein Geheimnis. Sarah Bernard hat bereits ihr Holzbein) mit der gleichen Inbrunst, mit der sie Hamlet gespielt hatte, folgenden Text:

„Ladys Liebling stellt sein situatives Dasein in Frage. Bilanz oder nicht Bilanz, das ist hier – damit meint er wohl Lady und deren nächste Umgebung, die ihm überhaupt nicht behagt – der springende Punkt. Ist eine Bilanz erst mal erstellt, nimmt sie ihre papierene Existenz auf. In einer Zeit, wo dem Auswurf eines Computers mehr Glauben geschenkt wird, als einem Gesicht, wird papierene Existenz unheimlich rasch zu ehernem Gesetz. Ladys Liebling, Spezialist in Sachen eherne Gesetze, klügelt in der Regel im Auftrag von Siebengescheiten eherne Gesetze aus und wirft sie vor die Säue. Die Siebengescheiten merken beim Lesen des von Ladys Lieblings ausgeklügelten Gesetzes, dass sie zwar bekommen, was sie wollen, es aber nicht im Geringsten das ist, was sie sich vorgestellt hatten. In eigenen Antrieb bilanziert er Ladys Verhalten und präsentiert diese Bilanz Lady, die mit Bilanzen nichts anfangen kann und will. Ladys Liebling redet mit Lady wie mit einem Kind. Wenn du noch etwas Anstand hast, wirst du eingestehen müssen, dass Soll und Haben korrekt bilanziert sind. Ich verstehe mich auf Bilanzen. In Sachen Bilanzen kann niemand mir etwas vormachen. Mit der Bilanz in der Hand vollführt er einen Freudentanz, führt das Blatt immer wieder zu seinem Mund und verküsst es überschwänglich, denn es ist das Sinnbild seines Anstands und seiner Ehre.

Erste Option, Lösung eins

Ladys Liebling stolpert anlässlich seines Freudentanzes, stürzt, bricht sich das Wadenbein links und wird mit Tatü-Tata ins Hospital gefahren. Dort erleidet er –

wer hätte sich das gedacht – eine Lungenembolie und segnet das Zeitliche.

Erste Option, Lösung eins, klein a

Lady ist traurig. Rotscher gibt vor, ebenfalls traurig zu sein. Er tätschelt Lady die linke Hand, was Lady wiederum so munter stimmt, dass sie eine denkbar lustige Witwe abgibt.

Erste Option, Lösung eins, klein b

Lady ist nicht traurig. Rotscher denkt nur an das Eine – mit 90 Prozent an Sinnliches und mit 10 Prozent, wenn nur die Lebensversicherung von Ladys Liebling zahlt! Zusammen ergibt es einen ganzheitlichen Gedanken – und so halten Lady und Rotscher selbst beim Trauergottesdienst für Ladys Liebling ohne böse Hintergedanken Händchen, was die Trauergäste schockt, zu giftigem Klatsch und Tratsch veranlasst und die nicht im Geringsten amüsierte Josiane Meunier de Chatterbox zur Bemerkung veranlasst, Lady steht unter Schock und Rotscher hält ihre Hand, how absolutly shocking!

Erste Option, Lösung eins, klein c

Lady ist etwas traurig und echt geschockt. Rotscher sucht das Weite. Lady dreht durch, was auf direktestem Weg in die Klapsmühle führt und zur Bemerkung: das Schicksal hat ihr arg zugesetzt, der Ärmsten!

Erste Option, Lösung eins, klein d

Lady ist etwas traurig und echt geschockt. Rotscher sucht das Weite. Lady ist echt geknickt und gibt eine perfekte Witwe ab. Klatsch und Tratsch generiert den Spruch: ha, jetzt fällt sie verdientermassen zwischen Stuhl und Bank.

Erste Option, Lösung eins, klein e

Lady ist überhaupt nicht traurig. Rotscher ist total geschockt. (in diesem Sinne gibt es noch unzählige Lösungen, die aber langweilen, so dass sie übersprungen werden.)

Erste Option, Lösung zwei

Ladys Liebling ist ja so glücklich und sein Freudentanz erfüllt ihn mit Genugtuung. Seine Ehre ist gerettet und sein Geweih bis zur Unkenntlichkeit geschrumpft, so dass niemand es mehr wahrnimmt. Er ist ein Muster an Grossmut, das seiner Angetrauten selbst die Abwechslung mit einem kleinen Würstchen gönnt. Gleichzeitig kann er nun legitim seine schlechten Launen, alle Frustrationen im Geschäft und allfälligen beruflichen Erfolgskoller an Lady auslassen, weil sie ja die ewige Sünderin ist und jeder anständige Mann sie als solche zu behandeln hat.

Erste Option, Lösung zwei, klein a

Ladys Liebling ist ja so glücklich und sein Freudentanz erfüllt ihn mit Genugtuung. Seine Ehre ist gerettet und sein Geweih bis zur Unkenntlichkeit geschrumpft, so dass niemand es mehr wahrnimmt. Er ist ein Muster an Grossmut, das seiner Angetrauten selbst die Abwechslung mit einem kleinen Würstchen gönnt. Gleichzeitig kann er nun legitim seine schlechten Launen, alle Frustrationen im Geschäft und allfälligen beruflichen Erfolgskoller an Lady auslassen, weil sie ja die ewige Sünderin ist und jeder anständige Mann sie als solche zu behandeln hat. Dann geschieht das Überraschende. Ein Partner von Ladys Lieblings Büro ist in zwielichtige Geschäfte in Hongkong verwickelt, wird dort verhaftet und eine Schadenersatzforderung, die zwar mafiosen Charakter hat, wie das gesamte Gerichtsverfahren dort, treibt das Büro von Ladys Liebling in Konkurs. Ladys Liebling sucht einen Goldschmied auf, lässt den Wappenstein aus der Fassung brechen, zerbricht das Wappen und lässt sich aus dem Gold des Ringes eine Kugel giessen, die er sich in den Kopf jagt, so dass sein Blut in einer Fontäne die Wände und so weiter blablabla et cetera (auch hier sind unzählige Variationen offen, die wir geflissentlich überspringen, um zum Schluss zu kommen.)

Es gibt unzählige Möglichkeiten. Sie alle zu Papier zu bringen ist unmöglich. Die Behauptung der Unmöglichkeit ist eine Ausrede. Dem Autor fehlen Zeit, Lust, Papier und Geld, um alle Möglichkeiten aufzuschreiben. Der Geschichte einen konkreten Schluss zu verpassen, ist banal. Also endet die Geschichte, die aus einem Samenkorn wucherte, das das Leben säte, hier.

Nun, Lady und Rotscher, Pink Champagne sollen berühren und zu Tränen rühren. Haben sie das bei Dir, o Leser, bewirkt?

Anhang

Der Hintergrund von PINK CHAMPAGNE: Der PINK ORDNER

Wie es zum PINK ORDNER kommt - un homme et une femme!

Der Zufall einer Liebe!

Die Liebe wird auf eine harte Probe gestellt. Widrigkeiten im Umfeld häufen sich. Die Verliebten lassen sich nicht beirren. Sie nehmen den Kampf gegen das, was sich gegen ihre Liebe stellt und ihre Liebe bedroht, auf. Jedes mit seinen Mitteln. Der Mann ist neben seinem Brotberuf

Schriftsteller, von dem ein Hörspiel bereits von einer Radiostation produziert und ausgestrahlt worden war. Das Ventil für den Mann bei Schwierigkeiten ist das Schreiben.

Der Schriftsteller (Rainer Bressler, geboren 1945, Jurist und Schriftsteller) verschanzt sich, wenn er weder der Brotarbeit noch der Liebe frönt, hinter seiner IBM Kugelkopf-Schreibmaschine. Er imaginiert aus Tagträumen und seiner entfesselten Fantasie Geschichten, die ihre Wurzeln im Erlebten haben. Er hackt diese Geschichten in die Tasten der Schreibmaschine. Er lässt Dampf ab. Er widmet die Geschichten, eine nach der andern, seiner Liebsten. Anno domini 1982/1983.

Der Schriftsteller pilgert mit jeder Geschichte einzeln in einer Kopieranstalt und lässt die Manuskripte auf PINK PAPIER kopieren. Um die Geschichten seiner Liebsten in der angemessenen Form zu dedizieren.

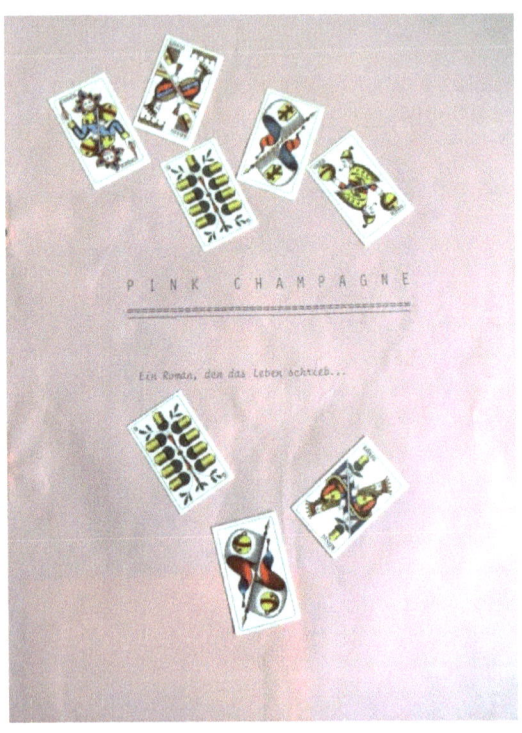

KURZE GESCHICHTE MIT FOLGEN :

PINK CHAMPAGNE

ROMAN

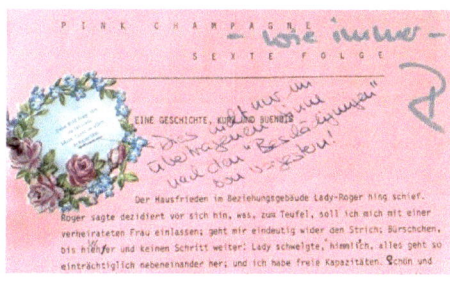

PINK CHAMPAGNE — wie immer —

SEXTE FOLGE

EINE GESCHICHTE, KURZ UND BUENDIG

Das uns uus un Abwagueu au uau das "Berla fuyugu" dai u-zadeu!

Der Hausfrieden im Beziehungsgebäude Lady-Roger hing schief. Roger sagte dezidiert vor sich hin, was, zum Teufel, soll ich mich mit einer verheirateten Frau einlassen; geht mir eindeutig wider den Strich; Bürschchen, bis hierher und keinen Schritt weiter; Lady schwelgte, himmlisch, alles geht so einträchtiglich nebeneinander her; und ich habe freie Kapazitäten. Schön und

INER BRESSLER BIRMENSDORFERSTRASSE 65 /2424372

PINK CHAMPAGNE

VIERTE FOLGE

für 1 prolKee

IM GRUNDE KURZE GESCHICHTE

11 Juli 1988

217

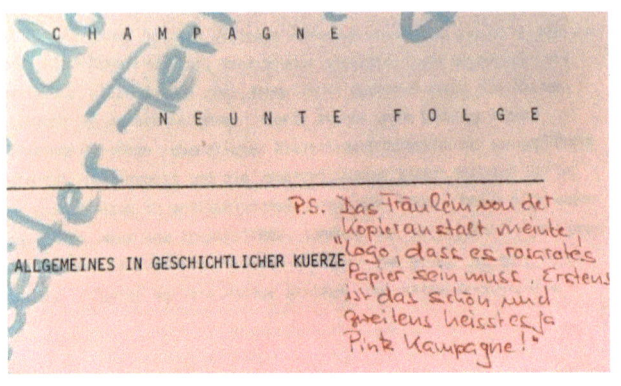

C H A M P A G N E

N E U N T E   F O L G E

ALLGEMEINES IN GESCHICHTLICHER KUERZE

P.S. Das Fräulein von der Kopieranstalt meinte „logo, dass es rosarotes Papier sein muss. Erstens ist das schön und zweitens heisst es ja Pink Kampagne!"

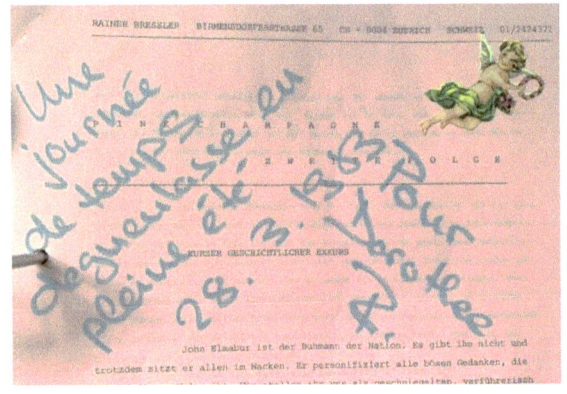

RAINER BRESSLER   BIRMENSDORFERSTRASSE 65   CH – 8004 ZUERICH   SCHWEIZ   01/2424371

I N   B . . R P A G N E

Z W E I T E   F O L G E

KURZER GESCHICHTLICHER EXKURS

Une journée de temps degueulassé en pleine été 28. 3. 83 Pour Dorothee A.

John Elaabur ist der Buhmann der Nation. Es gibt ihn nicht und trotzdem sitzt er allen im Nacken. Er personifiziert alle bösen Gedanken, die

218

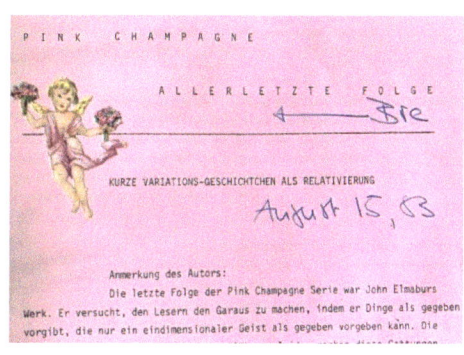

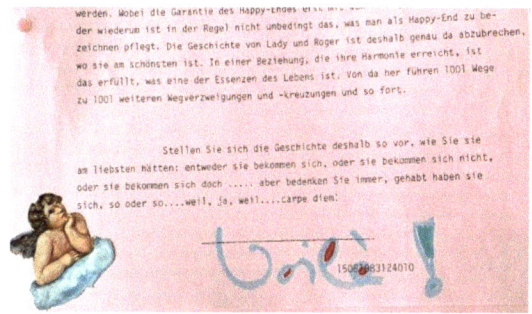

Das ist der Hintergrund von „PINK CHAMPAGNE. Satirischer Roman". Erstmals veröffentlicht wird der 2012 und 2013 überarbeitete Roman in „Privatzeug 1856 bis 2012. Spur 3. Schreiben", BoD 2013, unter dem Pseudonym Kess Frank.